COLLECTION FOLIO

Gilbert Sinoué

Le colonel et l'enfant-roi

Mémoires d'Égypte

Gallimard

Première édition novembre 2006.

À Robert Sursock, l'ami, qui, au fil de nos dialogues, m'a permis de voir une Égypte que je ne voyais plus.

Prologue

Je suis né d'une ville enceinte de lumière qu'un fleuve têtu traverse lentement. Je suis né entre deux rives, femelles engrossées, qui bataillent le désert depuis la nuit des temps.

C'est ici, par hasard, que la nature survit parmi les ombres vertes, vaguement disséminées. Par hasard aussi, que le vent ensemence les cités palmeraies. Je suis né d'un limon inséminé de tout, d'un pays à l'été infini. Les dieux l'ont parcouru un soir d'il y a longtemps, signant au pied des dunes leurs gestes démesurés. Depuis lors, Horus, Harmakhis, Maat et les autres sommeillent dans une vallée royale en allée du présent, tandis que leurs enfants, boueux, surnuméraires, cherchent désespérément le dernier lac sacré. C'est ici que tout se noue dans la sueur des mots, le croisement des regards, les langueurs anonymes. Ici que l'on apprend le vrai sens du mot destin, de l'écrit, du *mektoub*, l'autre pseudonyme de Dieu.

« Minuit et demi », écrivait le vieil homme

dont la silhouette courbée hantait et hante encore les rues d'Alexandrie. « Le temps a fui, depuis qu'à 9 heures j'ai allumé ma lampe et me suis installé ici. Je suis resté sans lire, sans parler. À qui parler, seul, dans cette maison ? Depuis qu'à 9 heures j'ai ravivé ma lampe, l'image de mon jeune corps m'est apparue et celle des chambres tièdes, parfumées, et celle des voluptés passées. J'ai revu des rues qui ont perdu leur visage, des femmes et des hommes qui ont cessé d'exister, des théâtres et des cafés défunts. L'image de mon jeune corps m'est apparue et m'a rappelé des souvenirs terribles : deuils de famille, séparations, sentiments des miens, volontés des morts dont on a fait si peu de cas. Minuit et demi. Comme le temps fuit ! Minuit et demi. Comme elles passent les années ! »

Durrell n'est plus. Si la façade rococo de l'hôtel Cecil ouvre toujours sur la mer, ce n'est plus l'hôtel Cecil. Justine, Balthazar, Mountolive et Clea se sont dilués sous l'effet du soleil ; ils ont coulé dans l'asphalte. Ont-ils jamais existé ? De toute façon Durrell n'a rien compris. Il n'a vu qu'une terre teintée d'Angleterre. Son quatuor a vécu dans la marge d'une ville, en exil d'un pays. La vraie vie tremblait autour qu'il n'a pas entrevue.

Le Caire vibre toujours sous les coups de boutoir du désert et toujours le vent soulève la chevelure calcaire du Mokattam, pulvérise des volutes de sable qui s'élèvent, tourbillonnent, virevoltent avant de saupoudrer les fenêtres, les terrasses, les ruelles, les minarets, les devantures, les cordes à linge. Poussière millénaire, combat perdu d'avance.

Au pied des pyramides, j'ai vu de mes yeux vu un balayeur impavide qui, des heures durant, sous quarante degrés, balayait le sable recouvrant la route... À peine quelques mètres dégagés, tout était à recommencer. Fatalité. Combat perdu d'avance. Qu'importe ! Telle est la volonté du Tout-Puissant. Patience. Patience. Le peuple égyptien n'est fait que de patience. Demain, mon petit. Demain, mon fils. *Inch Allah.* Tout ira mieux. N'oublie jamais : Perses, Grecs, Romains, Mamelouks, Turcs, Français, Anglais ; tout ce monde a battu en retraite et nous sommes toujours là.

Hier, monarchie, aujourd'hui République, caricature de démocratie et pauvres voix bâillonnées. Il n'en restera rien. Nous serons toujours là. Hier, nos mères, avant elles nos grands-mères, marchaient le long de l'avenue Kasr-el-Nil, bras nus, vêtues à la dernière mode de Paris, pomponnées, visage à découvert. Hier, elles couraient les soldes chez Sednaoui, Chemla ou Cicurel, nos grands magasins. Elles nageaient en maillot une pièce dans la piscine du Guezireh Sporting Club, vestige centenaire des colonisateurs de Sa Majesté britannique à qui il fallait un lieu de rendez-vous digne de leurs uniformes, de leurs parties de polo et de cricket ; elles se plongeaient avec délice dans les vagues de Sidi Bichr, de Stanley beach, entre le Mex et le palais de Montazah où l'infortuné roi Farouk passa ses étés. Bras nus, visage à découvert. Elles étaient pourtant de fières musulmanes. Les dignes filles du Prophète. Alors ? Que s'est-il passé ? Pourquoi aujourd'hui leurs filles avancent-elles masquées ? Torturées d'interdits, de silences imposés, le corps anéanti par les ténèbres : *Nous avons entouré de voiles leurs cœurs, qui les empêchent de comprendre le Coran, et dans leurs oreilles est une lourdeur.* Sourate 165. Verset 25.

Pourtant, c'étaient leurs mères…

Mais peut-être suis-je dans l'erreur ?

Était-ce dans un autre pays ?

Ou alors, n'ai-je croisé que des infidèles ?

1938. Une fois par semaine, la fanfare jouait dans les jardins de l'Ezbequieh. Les musiciens étaient tous des soldats anglais. Autour d'eux, et le long des allées fleuries, les femmes papillonnaient ombrelle à la main, volaient, caressaient les hommes d'un battement de cils. Les hommes s'inclinaient. Tarbouchs et chapeaux melon.

Ti kanis ? Dové vai ? Shabbat chalom ! Salam alékom ! Günaydýn ! Gute Nacht ! Parev ! J'entends des voix. Les entends-tu papa, qui montent de cette Andalousie égyptienne brûlée, de cette Cordoue alexandrine éclatée ? 1492. L'Espagne. Isabelle la prétendue Catholique. Nasser. 1952. La révolution. Deux pays. Deux exils.

Deux déchirures et des lambeaux de vie dispersés à tout jamais.

Nous ne parlions pas une langue homogène, mais une langue hybride, une sorte de mosaïque glottique où l'italien se confondait avec le grec ; l'arabe avec l'hébreu, le turc et l'arménien.

Roland Barthes a écrit : « Au dire de Freud (*Moïse et le monothéisme*), un peu de différence mène au racisme. Mais beaucoup de différences en éloignent, irrémédiablement. Égaliser, démocratiser, massifier, tous ces efforts ne parviennent pas à expulser la plus “petite différence”, germe de l'intolérance raciale. C'est pluraliser, subtiliser, qu'il faudrait, sans frein. »

On a conjugué l'Égypte au singulier. Pour le meilleur et pour le pire.

Que s'est-il passé ?

PREMIÈRE PARTIE

1

Mai 1948. C'est la guerre.

Dans un train bondé de soldats, trois officiers déploient une carte d'état-major. Ils ont une trentaine d'années. Ils ont pour nom Abdel Hakim Amer, Zakaria Mohieddine. Le troisième s'appelle Gamal. Gamal Abdel Nasser. On le surnommera plus tard le *bikbachi*, grade d'origine turque qui signifie « chef des mille » et qui, par la suite, sera utilisé pour désigner plus généralement un colonel de l'armée égyptienne.

L'homme est grand. 1,84 m. L'œil est noir de jais. Le sourire est à la fois enchanteur et carnassier. Tout en lui respire la force, la détermination et l'audace.

Le convoi bringuebale en direction d'El-Arich. El-Arich, première étape sur la route de Gaza, petite ville frontière, où en 1799 un certain Bonaparte en partance pour la Syrie livra un combat sanglant contre les troupes de Djezzar pacha. Gaza, dont Ben Gourion dira lors d'un Conseil des ministres : « Quant à la bande de Gaza, je crains qu'elle ne nous embarrasse en fin de compte. Si je croyais aux miracles, je prierais pour qu'elle disparaisse dans la mer. » Analyse visionnaire. Le 14 août 2005, Ariel Sharon a mis fin à cet « embarras ».

Nasser pointe son doigt sur la carte :

— *Mech ma'oul !* Ce n'est pas possible ! Où nous envoie-t-on ? Dans quel enfer nous jette ce roi fantoche ? Les Juifs sont dotés d'un armement cent fois supérieur au nôtre. Que dis-je ! Le nôtre est inexistant ! En face nous attendent des gens cultivés, venus d'Europe. Ils ont connu les ghettos et la vie dure. Nos hommes n'ont aucune expérience guerrière ! Notre misérable armée n'a jamais livré combat. Durant toute la guerre mondiale, hormis quelques artilleurs chargés de la défense aérienne, elle est restée dans l'expectative. Elle n'a jamais tiré un coup de feu !

D'un geste las, il montre ses frères d'armes entassés, l'œil somnolent.

— Dire que ce sont ces malheureux qui ont mission d'occuper des centaines de kilomètres de terre palestinienne et de déloger les kibboutzims !

Comment en est-on arrivé là ?

Un an plus tôt, le 29 novembre 1947, l'ONU adoptait un plan de partage de la Palestine (alors sous mandat britannique) en deux États indépendants, un juif et un arabe. Personne ne jugea utile de demander leur opinion aux 1 142 000 Palestiniens qui vivaient alors sur ce territoire. De plus, le découpage proposé était d'une absurdité consternante. D'un côté, un État arabe de 12 000 kilomètres carrés peuplé de 735 000 Palestiniens dont 10 000 juifs. De l'autre, un État juif de 14 200 kilomètres carrés composé de 498 000 Juifs et 407 000 Palestiniens. Les 205 000 habitants, dont 100 000 Juifs, qui vivaient à Jérusalem seraient placés sous régime international.

La décision fut jugée inadmissible par la communauté arabe. Hormis le fait que ce plan instaurait des frontières absurdes, les Palestiniens lui reprochaient de faire la part belle aux émigrants juifs en leur accordant les terres les plus fertiles de la côte Méditerranéenne.

Parallèlement, le découpage fut aussi rejeté par les mouvements juifs extrémistes (Irgoun[1] et groupe Stern[2]), qui revendiquaient le territoire dans sa totalité et refusaient l'internationalisation de Jérusalem.

1. L'Irgoun (abréviation de Irgoun Zvaï Leoumi : « Organisation militaire nationale ») était une organisation armée nationaliste juive, née en 1931 d'une scission de la Haganah et dirigée après 1943 par Menahem Begin. Après la proclamation de l'État d'Israël en 1948, la plupart de ses éléments furent intégrés dans l'armée régulière.

2. Originellement, le Lehi (acronyme en hébreu pour *Lohamei Herut Israel*, « Combattants pour la liberté d'Israël »). Les autorités britanniques le surnommèrent groupe Stern, en référence au nom de son premier dirigeant Avraham Stern.

Voici la Palestine transformée en poudrière.

Le 14 mai 1948, David Ben Gourion proclamait l'indépendance de l'État d'Israël. Dès le lendemain, des unités égyptiennes, syriennes, irakiennes et transjordaniennes faisaient mouvement vers la Palestine...

Abdel Hakim et Zakaria hochent la tête. Leur compagnon a raison. Ils vont, sinon à la mort, du moins à la défaite.

Nasser se laisse choir lourdement sur le sol et se prend le visage entre les mains. Il pense à Tahia, l'épouse qu'il a laissée, et à leurs deux filles : Hoda et Mona. Les traits de sa mère remontent aussi à sa mémoire, accompagnés par un flot de souvenirs. Sa mère qui comptait tant, perdue trop tôt ; cette chair qu'il n'a pas eue le temps de goûter, de humer, comment l'oublier ? Comment combler le vide définitif de son absence ?

Dieu qu'elle est loin, cette modeste maison de briques et de plâtre plantée en Haute-Égypte, au cœur du Saïd, dans le village décharné de Beni Morr où vécurent son père, Abdel Nasser Hussein, petit employé des postes, et sa mère, Fahima, née Hammad, fille d'un entrepreneur.

Beni Morr. Agglomération misérable. 3 000 âmes environ. Un millier de chrétiens. Trois mosquées. Une église copte. Une école coranique. Des chaumières de brique crue. Et pour les familles les plus aisées, des maisons « en dur ».

Les hommes d'ici sont des êtres à part. Des Saïdiens. En raison de leurs origines africaines, leur peau est plus foncée que celle des Égyptiens du nord. Ils sont fiers, ombrageux, tenaces, voire têtus et âpres ; des traits de caractère qui expliquent peut-être pourquoi, en Égypte, ils sont la cible privilégiée de toutes les plaisanteries. Les *nokats*, ou l'art de l'autodérision poussé à l'extrême.

À peine le couple marié, le père de Gamal s'est vu confier le bureau postal de Bacos, dans la banlieue d'Alexandrie. Bacos, la *Bacchus* grecque. Bacos et son tramway à impériale. Le postier s'est installé dans une maison cernée de bâtisses poussiéreuses et sans joie. Ce n'était pas la misère, ce n'était pas non plus l'aisance. Il est probable toutefois que l'existence eût été bien plus précaire s'il n'y avait eu le soutien des beaux-parents. Le salaire d'un postier ne dépassait guère les 8 livres mensuelles.

C'est là que, le 16 janvier 1918, Gamal Abdel Nasser voit le jour. Le premier enfant. Plus tard, d'autres le suivront. La famille Nasser ne restera que trois ans à Bacos. Hussein est muté à Assiout ; retour en Haute-Égypte. Le jour de ses six ans, le petit Gamal entre à l'école élémentaire. Assiout n'est pas très éloignée du village natal de ses parents. C'est une chance. Chaque fois que l'occasion le permet, Hussein et Fahima vont passer quelques jours à

Beni Morr. Le cœur de l'enfant sera à jamais marqué par ce village.

On se dit que cette fois le séjour à Assiout durera. Non. Un an plus tard, le facteur est à nouveau transféré. Ce sera Khatatba, dans le delta du Nil. Un patelin. Un fantôme de ville bordée de palmiers fatigués.

Comment éduquer un garçon dans ce trou perdu où n'existe qu'un semblant d'école ? Comment lui permettre de conquérir une place dans cette société égyptienne déjà surpeuplée ? Entre 1882 et 1918, la population est passée de six à plus de douze millions d'habitants. Vingt ans plus tard, ce chiffre sera doublé. De nos jours, il a triplé. Une seule solution : Le Caire. Qu'importe si la séparation est douloureuse. Un oncle, l'oncle Khalil, fonctionnaire au service des *wakfis* — biens religieux de mainmorte — habite la capitale. On lui confie Gamal. Il vient d'avoir sept ans. L'oncle l'inscrit aussitôt à l'école primaire El-Nahassin, à deux pas du souk Khan-Khalil et de la prestigieuse mosquée d'Al-Azhar. Non loin, on peut apercevoir un imposant ensemble architectural. Il renferme les tombeaux des anciens maîtres de l'Égypte : les Mamelouks. Esclaves circassiens, devenus tout-puissants. Pendant deux siècles, ils dictèrent leur loi à la terre des pharaons. Il fallut que débarque, un matin de 1798, un petit général corse pour que soient décimés ces fiers cavaliers. Mais leur véritable mort, ils la trouvèrent un 1er mars 1811, dans les méandres de la citadelle du Caire, où les soldats de Mehemet Ali, alors vice-roi d'Égypte, leur portèrent le coup de grâce.

Élève réfléchi, souvent solitaire, parfois distrait. Gamal a une fâcheuse tendance à négliger ses repas, ses vêtements, ses études et il étonne son père par d'étranges remarques : « Papa, pourquoi est-ce que nous mangeons de la viande, alors que les bergers qui pourtant élèvent des moutons n'en mangent pas ? » Le postier ne s'est jamais posé la question. C'est ainsi. *Mektoub.*

Exilé dans la grande ville, Gamal n'écrit qu'à sa mère. Il sait qu'elle le comprend mieux que personne, qu'elle sait lire les secrets de sa jeune âme tourmentée. Chaque lettre de Fahima lui insuffle des réserves de bonheur qui lui permettent de tenir le coup dans cette ville où, malgré l'affection de son oncle, il se sent si seul.

En avril 1926, la correspondance s'interrompt.

Gamal s'inquiète. Son père le rassure : « Maman est occupée par mille et une tâches ménagères. Et puis il y a l'éducation de tes trois frères cadets. » Gamal continue tout de même de noircir des pages. Tant pis si *sett* Fahima ne lui répond pas. Écrire, s'épancher, se confier, lui suffit amplement.

Lorsque l'été arrive, Gamal retourne à Khatatba pour y passer les vacances. Fahima n'est pas là pour l'accueillir. Sur le seuil se tient seulement Hussein, la mine sombre. La nouvelle tombe, terrible. Un couperet : « Voici quelques mois que ta maman est morte. Nous l'avons transportée à Alexandrie pour être soignée. Ici, nous n'avions rien. C'est là-bas qu'elle est décédée. Je n'ai rien voulu te dire pour ne pas t'affecter. »

Le lendemain, Hussein surprend son fils qui creuse un trou devant la maison. « Que fais-tu ? » gronde le père. « Je veux voir ce que cache cette terre, rétorque Gamal. Je veux voir d'où nous sortons et où nous retournons. »

Des années plus tard, Anouar el-Sadate écrira dans son livre *Révolte sur le Nil* : « C'était en 1938. Nous étions tous de la même promotion. Gamal vivait avec nous, comme nous, mais il apparaissait pensif et mélancolique, grave et réservé. À peine commencions-nous une plaisanterie qu'il nous interrompait pour nous ramener à des sujets plus sérieux. En vérité, il était toujours meurtri par la disparition prématurée de sa mère, deuil qu'il a longtemps continué de porter... » Et toujours à propos de Nasser, il ajoute dans *À la recherche d'une identité*, que c'était un jeune homme sérieux, donnant l'impression qu'il n'aurait permis à personne de se montrer frivole à son égard. S'il écoutait les conversations avec intérêt, il prenait rarement la parole. Il avait de toute évidence dressé une muraille entre lui et les autres, et faisait preuve d'une réserve si manifeste, que les relations entre Sadate et Nasser se limitèrent à une estime mutuelle.

En 1928, c'est le remariage précoce du père de Gamal.

Comment l'enfant a-t-il vécu cette seconde noce ? Il est probable qu'il accepta très mal qu'elle eût lieu dans un délai aussi court. De toute façon, Fahima avait emporté avec elle toute espérance de bonheur familial.

À l'automne 1929, l'administration postale transfère Hussein une nouvelle fois. Il est expédié à Kom Hamada, au nord de Khatatba. En 1933, encore une mutation. Mais cette fois, elle est synonyme de bonheur puisqu'il s'agit du Caire. Le père et le fils réunis, enfin !

On change tout de même Gamal d'école et on l'inscrit à El-Nahda, un établissement situé dans le quartier de Daher. À quelques pas se dresse la mosquée de l'imam Chaaraoui. Édifice calcaire, vieilli et vieillissant, que ne parviennent pas à égayer les mosaïques bleues qui ornent sa façade. Pourtant Gamal s'y sent bien. C'est ici qu'il fuit l'exiguïté de la maison paternelle et cette belle-mère pour laquelle il n'éprouve rien. Ici qu'il prend plaisir à réviser ses leçons et à méditer, déjà, sur le sort de l'Égypte.

Pauvre Égypte... Ferme à coton du Lancashire. Voici plus d'un demi-siècle qu'elle vit sous occupation anglaise. Rien ne peut se faire ou se défaire hors de la bénédiction du représentant britannique. L'Égypte est ligotée. Le Parlement une caricature. Certes, il y a un roi. Fouad. Pour plus très longtemps. Dans trois ans, un matin de mai 1936, son jeune fils, Farouk, va lui succéder.

2

Farouk est né en 1920, le 11 février.

Rarement monarque fut autant conspué, blâmé, désapprouvé, injurié, méprisé. On a tout lu et tout entendu avec l'impression d'un texte polycopié à l'infini : potentat ventru, roi fantoche, homme à femmes, inconscient, joueur, flambeur, kleptomane... En comparaison, Caligula et Néron font figure de bons pasteurs.

Dans ses derniers jours, le père de Farouk, se sentant condamné, n'a cessé de penser à son fils, préoccupé par l'idée qu'il aurait à lui succéder sur un trône posé sur des sables mouvants et sans formation suffisante. Ce n'est pourtant qu'à la veille de sa mort, sans doute pour lui dispenser d'ultimes conseils, qu'il demande au ministre des Affaires étrangères le retour urgent de Farouk. Trop tard : la même dépêche apprend au jeune prince le décès de son père et son propre avènement au trône d'Égypte.

Les gouvernements britannique et français facilitent un rapide départ de Farouk vers son pays. Il passe la Manche de Douvres à Calais, traverse la France en chemin de fer pour s'embarquer à Marseille, à bord du yacht royal, le *Mahroussa*, à destination d'Alexandrie. Au même moment, au Caire, se déroulent en grande pompe les funérailles de Fouad.

Le 15 mai 1936, le jeune souverain débarque à Alexandrie sous une chaleur étouffante.

À peine a-t-il posé le pied sur le débarcadère que le grand chambellan se précipite pour lui baiser la main. La fanfare entame l'hymne royal. Toute l'assistance est au garde-à-vous. Ceux qui assistèrent à la scène ont conservé en mémoire l'image d'un collégien raidi dans une petite redingote noire, coiffé du tarbouch, le couvre-chef national, frêle, dévoré des yeux par autant de pachas et de princes prêts à n'en faire qu'une bouchée pour satisfaire leurs propres ambitions : « Daniel dans la fosse aux lions », aurait murmuré alors un correspondant britannique.

Après le chambellan, c'est au tour du prince Mohamed Ali — nommé régent — et du président du Conseil, Ali Maher, de s'incliner. Une demi-heure plus tard, on entraîne l'adolescent vers la gare où l'attend le train spécialement affrété pour le conduire vers Le Caire.

Une foule immense borde les rues et les avenues. Sur le passage du cortège on peut entendre les cris de « Vive Farouk ! Vive le libérateur ! ». En moins de deux heures, un record pour l'époque, le train franchit les deux cents kilomètres qui séparent Alexandrie de la capitale où le même accueil triomphal attend le nouveau souverain.

La première démarche de l'adolescent est d'aller s'incliner devant la sépulture de son père, inhumé à la mosquée El-Rifaï. La voiture royale, précédée de deux escadrons, roule lentement au milieu des acclamations. Les youyous couvrent la musique militaire. Une fois devant la tombe, le souverain redevient ce qu'il est : un enfant. Oubliant toutes les règles protocolaires, il se jette sur le marbre fraîchement scellé et fond en larmes.

Il a seize ans et vingt-deux millions d'Égyptiens pour sujets. Il se retrouve à la tête d'un royaume occupé par les Britanniques et d'un héritage d'environ cent millions de dollars. En plus du *Mahroussa*, conçu pour voguer en haute mer, il hérite du *Kassed Kheir*, somptueux bateau fluvial à roues à aube. (Après l'abdication du roi, mon père se rendra acquéreur de ce yacht, le transformera en hôtel-restaurant et organisera les toutes premières croisières en Haute-Égypte. C'est sur cet esquif digne des mille et une nuits que j'ai eu l'immense privilège de passer le plus clair de mon adolescence. Mais c'est une autre histoire...)

Farouk découvre aussi dans sa corbeille six palais, d'innombrables propriétés agricoles disséminées à travers l'Égypte, une effarante quantité de tapis, des tableaux, des armes, des monnaies rares et une prodigieuse collection de timbres-poste composée de plusieurs volumes. Aux dires des spécialistes, il s'agissait probablement de la collection la plus importante du monde après celle de la Couronne d'Angleterre.

Seulement voilà. Toute l'éducation de l'enfant-roi reste à faire. Elle ne sera jamais vraiment achevée. Même après son retour d'Angleterre, à aucun moment, Edward Ford, son précepteur (anglais bien entendu, et désigné par le représentant britannique, Miles Lampson), ne réussira à imposer à son élève la discipline d'une académie. L'implacable Lampson, qui joue un rôle majeur dans l'existence de Farouk, est en Égypte depuis le 8 janvier 1934. Après de modestes débuts en 1903, au Foreign Office, il gravit peu à peu les échelons entre Sofia, Vladivostok, Tokyo et Pékin où il accède à la fonction d'ambassadeur plénipotentiaire. L'Égypte, poste sensible s'il en est, est la consécration. En 1936, Lampson a cinquante-deux ans, de taille moyenne, mince, de petits yeux, un visage tout en longueur au milieu duquel pointe un nez digne de Cyrano. Il a divorcé de sa première femme, Rachel Mary Phipps, et s'apprête à convoler avec une Italienne, Jacqueline Castellani, fille de sir Aldo Castellani. Il l'épousera le 18 décembre de cette même année. C'est un être particulièrement exécrable qui figure l'arrogance et le mépris d'une Angleterre encore auréolée de ses possessions coloniales. En 1943, le gouvernement britannique lui accordera le titre de Baron Killearn.

Dans les premiers temps, l'existence de Farouk est conforme à celle de tout prince héritier. Réveil à 6 heures du matin, culture physique sous la tutelle d'un professeur de gymnastique français, puis commence le défilé des précepteurs. Son père tient particulièrement à ce que Farouk maîtrise la langue arabe ; langue que lui-même ne parle pas. Étonnante situation que celle d'un monarque qui gouverna un pays dont il ne comprenait pas la langue. Rappelons que Fouad, à l'instar de toute la dynastie qui l'a précédé, est de sang turco-albanais. Son illustre ancêtre, Mehemet Ali, ne parlait pas non plus un mot d'arabe.

La mère de Farouk, la reine Nazli, vit en recluse dans le harem royal. Elle y reste prisonnière seize années durant, proche de la dépression nerveuse. Les seuls moments d'évasion que son époux lui autorise sont consacrés à son fils, un fils qui, hélas, n'apprécie guère les études. Chez lui, c'est avant tout le goût du jeu qui prime. Jamais il ne s'en départira. Lorsqu'il sera en âge de faire usage d'une carabine à plomb, l'une de ses distractions favorites consistera à libérer des cailles (encagées dans cette perspective par les serviteurs) à travers les appartements royaux et à les prendre pour cibles. C'est au cours de l'une de ces séances qu'il fera éclater la plupart des fenêtres du rez-de-chaussée du palais de Koubbeh. Son secrétaire privé et ami, Antonio Pulli, me confiera qu'il arrivait à Farouk, adulte, de guetter ses jardiniers pour les inonder à coups de tuyau d'arrosage.

L'homme est d'une nature plutôt laxiste, encline à la désinvolture. En témoignent les observations de ses précepteurs retrouvées au palais : « Doit améliorer son écriture et veiller à la bonne tenue de ses cahiers », ou encore : « Il est regrettable que vous ne reteniez pas l'histoire de vos ancêtres et celle du pays que vous devrez gouverner un jour. » Ce pays, l'enfant, cloîtré dans son palais, en ignore presque tout. Il ne verra les pyramides qu'une fois sur le trône. Il n'a pas d'amis. Dans l'une de ses dissertations, il écrit : « Mon père a plein de ministres. Moi, je n'ai qu'un chat. » Sur sa table de chevet trône une photo. Celle de Jan, le neveu de Gerda Sjoberg, l'une de ses innombrables nurses. Une Suédoise. Seule *nanny* « étrangère » dans un bataillon de gouvernantes composé exclusivement de Britanniques. Pendant longtemps, Jan fut le « meilleur ami imaginaire » du futur roi.

Dans l'immense palais Abdine aux allures de Buckingham Palace, l'unique être proche de lui est précisément ce jeune Italien, que nous venons de citer : Pulli. Il est d'une dizaine d'années son aîné. Son père est responsable de la maintenance du circuit électrique du palais. Le jeune Antonio le seconde, apprend le métier, et c'est tout naturellement qu'il sera amené à réparer les jouets du futur roi d'Égypte. On peut dire que de cet instant naît l'amitié entre l'adolescent et l'enfant ; amitié taillée dans le granit qui se prolongera jusqu'à la révolution. Sur Antonio Pulli aussi, on a dit pis que pendre : proxénète du roi, âme damnée, larbin soumis… C'est encore un raccourci. J'ai connu le personnage. Il fut en quelque sorte le parrain que je n'ai jamais eu. Il faisait partie de ces êtres rares qui placent l'intégrité et la fidélité au rang des qualités les plus nobles. L'affection qu'il éprouvait à l'égard de Farouk était proche de la vénération. Nous le verrons plus tard, elle le mènera jusqu'au sacrifice. Lorsque, en 1943, l'Italie bombardera les côtes égyptiennes, Miles Lampson exigera du roi qu'il limoge son ami ainsi que tous les membres de son équipe d'origine italienne. À quoi Farouk répondit : *I'll get rid of my Italians, when you get rid of yours.* « Je me débarrasserai de mes Italiens, quand vous vous serez débarrassé de la vôtre. » Faisant illusion à Mrs Castellani, l'épouse italienne du haut-commissaire.

Farouk, jeune, est particulièrement beau. Mince, grand, le trait fin, la bouche sensuelle. Il est plus proche alors de Tyrone Power que du Gargantua qu'il deviendra. Le jour de ses quinze ans, il est décidé, toujours sous l'influence de Lampson, que Farouk entrera dans une académie militaire. Ce sera l'académie royale de Woolwich, à une quinzaine de kilomètres de Londres. Si l'établissement ne possède pas l'aura de Sandhurst, il est néanmoins réputé pour avoir formé des hommes tels que Lord Cromer ou Chinese Gordon. Le premier régenta l'Égypte entre 1883 et 1907. Le second — nommé gouverneur du Soudan par le khédive Ismaïl — se rendit célèbre pour l'héroïsme dont il fit preuve, en défendant, entre mars 1884 et janvier 1885, la ville de Khartoum assiégée par le célèbre Mahdi[1]. Ce fut d'ailleurs au cours de ce siège que l'héroïque Gordon tomba, le corps transpercé par une lance, revolver au poing et à court de munitions.

Un matin d'octobre 1935, Farouk embarque pour l'Angleterre à bord d'un croiseur britannique, le *Devonshire*. Une garde rapprochée l'accompagne. Aziz el-Masri, nationaliste convaincu, caractère ombrageux, assume la fonction de mentor, à la grande déconvenue de la chancellerie anglaise du Caire, qui le voit d'un très mauvais œil. Le contrepoids est trouvé en la personne de Mohamed Hassaneïn pacha, lequel

1. Chef religieux musulman, il prit au Soudan la tête de 100 000 hommes fanatisés avec l'intention de libérer le pays de la présence anglo-égyptienne. Le Premier ministre Gladstone chargea Gordon d'évacuer les 13 000 militaires et civils qui résidaient dans la capitale, Khartoum.

passe, à tort ou à raison, pour un agent de Sa Très Gracieuse Majesté.

En principe, Farouk aurait dû poursuivre ses études pendant au moins cinq ans, entrecoupant ses trimestres studieux par des voyages dans divers pays d'Europe et de brefs retours auprès de sa famille. Le sort en a décidé autrement.

En l'envoyant en Angleterre, son père a probablement voulu le soustraire aux influences d'un monde oriental qu'il sait si prompt au laxisme. Fouad ne se contente d'ailleurs pas des rapports hebdomadaires établis par les deux principaux tuteurs du prince ; une correspondance active circule entre Londres et Le Caire et des courriers spéciaux fournissent des notes précises sur les personnalités que Farouk rencontrent et surtout sur les réactions du prince héritier confronté à ses interlocuteurs.

L'adolescent royal va ainsi vivre loin de sa terre natale, à Henry House, dans le Richmond. En mai 1936, lorsqu'il revient en Égypte, il n'a aucune expérience du pouvoir, encore moins des humains. Il a passé son enfance dans la cage dorée des palais, coupé de tout. Une fois assis sur le trône, pris entre le marteau de l'éveil nationaliste et l'enclume de l'occupant britannique, on voudra qu'il réussisse là où son père échoua. Mal entouré, mal conseillé, victime de toutes les pressions, *the kid*, comme le surnommait avec mépris Miles Lampson, « le gosse », refusera de grandir et préférera s'enfermer dans une adolescence perpétuelle. Ce que l'Histoire exigeait de lui était au-dessus de ses forces. Entre le sens austère du devoir et l'allégresse que procure la légèreté, il n'a pas eu à choisir. Il ne le pouvait pas.

3

Dans le wagon, la chaleur est insoutenable.

Gamal ne semble pas s'en apercevoir, tant il est concentré sur sa lecture. L'ouvrage a pour titre *Les Caractères de la tyrannie*, par l'écrivain nationaliste syrien Rahman el-Kawakbi. Persécuté par les autorités turques, il a été forcé de se réfugier au Liban, puis en Égypte, où il est mort. Dans la première édition ne figurait pas le nom de l'auteur, sans doute par crainte de représailles, son contenu critiquant sévèrement le régime despotique turc. Rahman reprochait aussi à l'Occident d'avoir pactisé avec les tyrans et exploité à travers eux les peuples au lieu de soutenir leur lutte pour l'indépendance.

Mais cet ouvrage n'est pas le seul que le jeune Gamal aura dévoré. Au cours de ses études, à chaque fois qu'il en a eu le loisir, il s'est précipité à la bibliothèque nationale, empruntant des livres aussi variés que la biographie du leader nationaliste turc Mustapha Kemal, le *Tale of two cities*, de Dickens, *Jules César* de

Shakespeare, *Les Misérables*, traduit par Hafez Ibrahim, le grand poète égyptien, *Gordon and the Sudan*, de Allen B.M., *Napoleon and Waterloo*, de Becke, mais aussi Rousseau et Voltaire. *Jules César*, Nasser ne s'est pas contenté de le lire. Il en a aussi interprété le rôle sur la scène de son école, El-Nahda, lors de la fête annuelle. On raconte que ce jour-là, son père, en le voyant tomber sous le poignard de Brutus, manqua de s'élancer à son secours.

L'une des œuvres qui auront sans doute le plus marqué l'étudiant est *Métropole*, « Om El Kora », ouvrage anonyme. Il donne à lire une analyse à la fois clairvoyante et visionnaire du monde arabe et des raisons de sa stagnation : « Les chefs de certains pays occidentaux sont des monarques et pourtant, leurs sujets progressent. Le malheur des pays d'Orient est que leurs princes vivent dans l'opulence sans se préoccuper des droits et des besoins de ceux qu'ils gouvernent. Notre retard vient de ce que nous nous sommes endormis. Il nous manque un chef, un leader intègre et qui sache guider le peuple. » Le constat est sans appel : « Les musulmans sont dans un état de paresse et d'inactivité. L'ignorance est la source de toutes leurs maladies. »

Dans l'esprit du jeune Gamal, ces mots feront leur chemin.

À l'école El-Nahda, son sujet favori de discussion est toujours le même : la politique.

Pendant des heures, tandis que d'autres courent derrière un ballon, lui s'enflamme, se lance dans des débats contradictoires. Ses professeurs essayent tant bien que mal de calmer ses ardeurs. Mais Gamal reste intraitable et continue d'organiser des rencontres chez lui, dans son petit logement rue Khamis el-Ads, ou dans le jardin de la mosquée Sidi el-Chaaraoui où il a l'habitude de se rendre pour étudier, méditer.

Malgré son jeune âge, l'étudiant n'a pas froid aux yeux. Son ami de collège le plus proche, Hassan el-Nachaar, a confié comment Nasser s'efforçait d'entrer en contact avec les hommes politiques : un jour de février 1937, rendez-vous fut pris avec un politicien influent. Au moment où les deux jeunes gens arrivaient, le personnage quittait son bureau. Il avait manifestement oublié le rendez-vous. Qu'importe ! Gamal le rejoint devant l'ascenseur. « Nous avons formé un groupe d'élèves, lui lance-t-il à brûle-pourpoint, et nous désirons connaître votre avis sur la meilleure façon de servir notre pays. »

Le politicien, pris de court, lui conseille de se mettre en contact avec le comité des étudiants de l'Université du Caire. « Un mois plus tard, explique El-Nachaar, nous sommes allés les trouver. » C'est la déception : « De quoi croyez-vous qu'ils débattaient ? Politique ? Lutte ? Non, rien de sérieux. Ils discutaient de la meilleure manière de s'attribuer des fonctions au sein de leur club. Quel serait le président ? Le vice-président ou le secrétaire ? Nous avons décidé de travailler seuls, de former nos propres comités d'élèves des écoles secondaires, gouvernementales et privées. »

Un autre témoin, Abdel Aziz Chourbagui, membre du parti nationaliste, explique aussi à propos de Gamal : « À cette époque, sa vision des choses, son programme, n'étaient pas encore formés. Il était égaré dans un monde tourmenté. Il allait, çà et là, visitant les partis politiques dans l'espoir d'en trouver un qui répondît à ses aspirations. Très vite, il parvint à la conclusion que ce parti idéal n'existait pas. »

On trouve ici et là des affirmations induisant que Nasser, dans sa recherche du parti idéal, aurait adhéré un certain temps au mouvement d'extrême droite nazi, les Chemises vertes, fondé en 1933 par un avocat jumeau de Goebbels, Ahmed Hussein, personnage trouble et trublion, retors et hystérique. D'après le journaliste Ahmed Aboul Fath, ce fut bien le cas. Aboul Fath — que nous retrouverons plus tard — était le beau-frère du lieutenant-colonel Saroit Okacha, l'un des membres fondateurs des Officiers libres. Rédacteur en chef du journal wafdiste *El-Misri*, il fut pendant près de cinq ans l'ami du futur maître de l'Égypte, jusqu'au jour où, en désaccord avec Nasser, il opta pour l'exil, en 1954.

En septembre 1935, Gamal écrit à son ami Hassan el-Nachaar :

« Dieu a dit : “Il faut se préparer et rassembler contre eux toutes nos forces.” Ces forces où sont-elles ? Aujourd’hui, la situation est critique et l’Égypte est dans une impasse. Il me semble que le pays agonise. Le désespoir est grand. Qui peut le dissiper ? Notre gouvernement est basé sur la corruption et les faveurs. Qui peut le changer ? La Constitution est suspendue. Qui peut dire à l’impérialisme : arrête-toi là ? Il y a en Égypte des hommes qui ont de la dignité, qui ne veulent pas se laisser mourir comme des animaux. Où est le nationalisme brûlant de 1919 ? Où sont les hommes prêts à se sacrifier pour la terre sacrée de la patrie ? Où sont les hommes prêts à donner leur vie pour l’indépendance du pays ? Où est celui qui peut recréer le pays, pour que l’Égyptien faible et humilié puisse se relever, vivre libre et indépendant ? Où est la dignité ? Où est le nationalisme ? Où est passé l’élan magique de la jeunesse ? Tout cela a disparu et la nation s’endort comme les gens de la Caverne [Il fait référence ici à la sourate XVII, dite *Al-Kahf*, la Caverne]. Qui peut les réveiller, ces misérables qui n’ont pas la moindre conscience de leur état ?

« Mustapha Kamel[1] a dit : “Ce n’est pas une vie que de vivre dans le désespoir.” Actuellement, nous sommes en plein désespoir. Nous reculons, mon vieux, nous allons en arrière, cinquante ans en arrière. Nous sommes revenus au temps de Cromer… mais Cromer, en ce temps, trouva celui qui sut lui tenir tête, le harceler jusqu’à le pousser à la démission. Qui peut tenir tête, qui peut harceler, aujourd’hui ? Tout le monde court après l’impérialisme, les gens ne connaissent que la flatterie. On dit que l’Égyptien est lâche, qu’il craint le moindre bruit. Il faut un leader qui l’encourage à lutter pour son pays. Cet Égyptien deviendra alors un tonnerre qui fera trembler les édifices de la persécution.

« Mustapha Kamel a dit aussi : “Si mon Cœur se déplace de gauche à droite, si les Pyramides oscillent, si le courant du Nil change, moi je ne changerai pas de principe.” Tout ce qui s’est passé jusqu’ici est une longue introduction à un travail plus important et plus grand. Nous avons affirmé plusieurs fois que nous allions œuvrer en commun pour arracher la nation à son sommeil et débusquer les forces cachées qui sommeillent au tréfonds des individus.

1. Homme politique égyptien, leader du Parti nationaliste (1874-1908).

Mais, hélas, jusqu'à présent, rien n'a été fait. Mon cher, je t'attends chez moi, ce 4 septembre à 4 heures de l'après-midi, pour discuter de tout cela. J'espère que tu ne manqueras pas ce rendez-vous. »

Signé : Gamal

Le 10 novembre de cette même année, une bévue britannique (une de plus) met le feu aux poudres. Ce jour-là, sir Samuel Hoare, secrétaire d'État aux Affaires étrangères, déclare que l'Angleterre n'est pas opposée au rétablissement constitutionnel en Égypte. « Toutefois, ajoute-t-il, quand on nous a consultés, nous nous sommes prononcés contre le rétablissement de la Constitution de 1923 que nous jugions inapplicable en Égypte. »

Aux yeux du peuple, ce discours confirme sans équivoque que c'est à Londres que le Premier ministre égyptien prend ses instructions, quand bien même il s'agit de mesures internes. Colère, fureur. Le pays tout entier exprime son mécontentement.

Dès le lendemain, le jeune Nasser organise un rassemblement place Ismalieh (aujourd'hui Midan el-Tahrir). Le 12 novembre, collégiens et étudiants se réunissent au cri de : « Vive l'Égypte ! » La police intervient. Les coups de bâton pleuvent. Les manifestants ne fuient pas. Mieux encore, ils résistent et continuent de crier leur rancœur. Soudain, c'est la surprise. Les policiers cessent de frapper et se rangent aux côtés des étudiants : « *Yahia Masr !* Vive l'Égypte ! »

Blessé au front, visage sanguinolent, Nasser est témoin du revirement. À la question qu'il se posait : « Qui peut les réveiller, ces misérables qui n'ont pas la moindre conscience de leur état ? », cette insurrection vient peut-être de fournir une réponse.

Le lendemain, les affrontements reprennent de plus belle, mais cette fois, l'affaire tourne mal. Des étudiants sont tués, d'autres blessés. « On n'est jamais fier de tuer des jeunes patriotes de dix-sept ou dix-huit ans, commente le haut-commissaire britannique, et l'on ne sait que faire de ceux que l'on arrête. »

Les mois se suivent, ponctués d'émeutes, de reculades des Britanniques, de revirements. Des mois durant lesquels Nasser consacre toute son énergie au combat politique. Ses professeurs, son père, tentent de lui faire entendre raison, rien n'y fait.

En avril 1936, la nouvelle tombe : le roi Fouad est mort. Son fils, Farouk, accède au trône. Le voici, à seize ans à peine, face à un monde en pleine tourmente. Depuis le mois de février, l'Espagne est en proie à la guerre civile. Les Japonais ont envahi la Chine, capturé Pékin et Shanghai. Mussolini s'apprête à faire main basse sur l'Éthiopie. Lev Davidovich Bronstein, plus connu sous le nom de Léon Trotski, se consume à Mexico. Adolf Hitler a annexé l'Autriche sous le regard indifférent du monde. En Palestine, le feu couve sous la cendre.

Un nouveau roi, songe Nasser. Un gamin, et sans pouvoir de surcroît, puisque c'est un Conseil de régence qui gouvernera le pays. À sa tête, le prince Mohamed Ali, frère du khédive Abbas Hilmi, déposé par les Anglais en 1914. Personnage de roman, ce prince sexagénaire n'a jamais été attiré par la politique. Il s'est toujours contenté de jouir de sa fortune — considérable —, des roseraies, au milieu desquelles il a fait construire un pavillon où il passe les chaudes nuits d'été, protégé par de fines moustiquaires métalliques.

Son palais, le *Manial*, dans l'île de Rodah, est une sorte de musée où s'entassent tapis, verreries, argenteries, manuscrits et miniatures sur parchemins, meubles incrustés de nacre, cuivres gravés, services de table ottomans, boiseries peintes de Damas et même un lit en argent massif. Il a mené grand train à Paris entre 1898 et 1911, et en a conservé la marque du « vieux beau », à la barbiche neigeuse, l'œil aguiché par le moindre jupon, toujours guêtré de blanc, pochette de soie pendant de sa redingote cintrée. Un personnage de Proust.

En coulisses, masqué par le Conseil de régence, veille *dear* Miles Lampson. Il lui suffira de froncer les sourcils pour que l'enfant-roi se recroqueville. Il n'y a aucune illusion à se faire : rien ne bougera.

Au terme de l'année scolaire 1936, l'élève Nasser se voit refuser l'autorisation de se présenter au bac. Motif : absences beaucoup trop répétées. Quarante-cinq jours de présence sur une année scolaire. Révolte des élèves. Cris, protestations. Capitulation du directeur.

Son bac lettres en poche, Nasser hésite. Que faire ? Où sera-t-il le plus utile ? Quelle voie pourrait le mener à servir son pays ? Une seule réponse : l'armée. Il se présente à l'Académie militaire. Après un examen médical de routine, il est déclaré apte à servir. Maintenant, c'est au tour d'un comité composé des gros bonnets de l'armée de confirmer son inscription.

— Que fait votre père ?

— Fonctionnaire à la poste.

— Quel grade ?

— Fonctionnaire, c'est tout.

— De quel coin êtes-vous ?

— Beni Morr.

— *Fallahine*, des paysans donc.

— Oui…

— Des officiers dans votre famille ?

— Aucun.

— Pourquoi souhaitez-vous entrer à l'Académie ?

— Pour servir ma patrie.

— Quelqu'un vous a-t-il recommandé ?

— Vous voulez dire, est-ce que je suis parrainé ? Non.

— Avez-vous participé aux manifestations de 1935 ?

— Oui...

Le verdict tombe. Nasser n'est pas admis. La déception est terrible. Où aller quand on a dix-neuf ans en Égypte, et que l'on n'appartient pas aux fils de bourgeois, les seuls autorisés à cette époque à entrer dans l'armée ?

La mort dans l'âme, le jeune homme se résigne à s'inscrire à la faculté de Droit. Là aussi, nouvelle déception : il est recalé. Motif ? « Membre du parti socialiste, a organisé des manifestations estudiantines, ne donne pas les garanties nécessaires de discipline et de conformisme politique. »

Il tourne en rond, fulmine. Il n'est pas question de végéter, d'accepter la fatalité. Alors, il prend son courage à deux mains et se rend au domicile du nouveau secrétaire d'État, le général Ibrahim Khaïry pacha. Il n'a pas rendez-vous ? Qu'à cela ne tienne. Il patientera le temps qu'il faudra.

Nasser est finalement introduit dans le bureau du pacha.

— Que désirez-vous ?

— Il semble que les étudiants n'ont de chance d'être admis dans l'armée que s'ils bénéficient de passe-droits. Serait-ce une règle générale, ou existe-t-il des exceptions ?

— Pourquoi cette question ? Avez-vous présenté une demande ?

— Bien sûr. Et j'ai passé avec succès l'examen médical. Je vous le dis d'emblée, si c'est la règle du népotisme qui prédomine, je n'ai plus qu'à laisser tomber.

Khaïry est troublé par l'audace dont fait preuve ce jeune homme. Quelques secondes passent, il suggère :

— Représentez-vous…

Nasser s'étonne. Mais Khaïry coupe court à la discussion.

— Représentez-vous.

Nasser obtempère. Il se retrouve pour la seconde fois devant le comité, celui-là même qui lui avait signifié son refus. Mais ce jour-là, c'est Khaïry pacha qui préside. Gamal est accepté.

En mars 1937, il entre à l'Académie militaire d'Abbassieh, quartier périphérique du Caire. Il a dix-neuf ans. Tous les rapports le confirment : « Le cadet est un bon sujet. » Six mois ne se sont pas écoulés qu'il est nommé caporal et responsable d'un groupe d'étude. C'est à ce moment qu'un homme attire son attention. Lui aussi est originaire du Saïd. Son nom ? Abdel Hakim Amer, major d'infanterie. Né en 1919, l'homme deviendra son ami le plus cher, son complice, et son futur ministre de la Guerre. Très vite, l'un et l'autre sont affublés de surnoms : Nasser est baptisé *Jimmy*. Sobriquet dérivé de la prononciation (non égyptienne) de son prénom « *Djamal* ». Non égyptienne, car en Égypte, à la différence des autres pays arabes, la lettre G se prononce « gue ». Quant à Abdel Hakim, en raison de sa passion effrénée pour les récits de voyage, il hérite du surnom de *Robinson*. Le physique de Amer est à l'opposé de celui de son nouvel ami. Il est ce qu'il sera : un homme au visage longiligne et à l'expression triste. Le cheveu noir est frisé, la moustache recouvre le dessus de sa lèvre supérieure. Sa nature se résume en quelques mots : chaleureux, mais impulsif. À quoi on pourrait ajouter : fumeur de haschisch invétéré. Plus tard tous ces traits de caractère se dilueront progressivement dans l'ivresse du pouvoir.

Le 1er juillet 1938, Nasser est reçu à l'examen de sortie de l'Académie avec une moyenne de 14 sur 20. Il reçoit aussitôt sa première affectation : Mankabad, petit village incrusté dans un paysage désertique, décor d'étangs et de canaux, à quelques kilomètres d'Assiout et de Beni Morr.

Très vite, il prend conscience de l'affligeante inconsistance de cette armée. « Que voulez-vous, ironisera un jour le maréchal Aziz el-Masri, ce sont les Anglais qui nous l'ont faite, et ils n'avaient pas intérêt à ce qu'elle soit trop dangereuse ! » En réalité, cette armée n'est qu'un mélange hétéroclite de demi-policiers et d'escadrons de cavalerie pour fils à papa amateurs de polo.

C'est là qu'il fait la connaissance de deux personnages qui joueront — à l'instar d'Abdel Hakim Amer — un rôle majeur dans sa vie. L'un s'appelle Zakaria Mohieddine. Visage lisse, presque angélique. Il est lieutenant d'infanterie. Le second n'est autre que Anouar el-Sadate, sous-lieutenant chargé des transmissions. Ce quatuor partage les mêmes idéaux, le même mépris pour le pouvoir en place et le même sentiment de rejet à l'égard de l'occupant.

Le séjour à Mankabad est marqué par l'humiliation. Le fait d'être commandé et entraîné par des officiers formés par les Britanniques est vécu comme une injure, d'autant que ceux-ci se montrent à la fois arrogants à l'égard de leurs subordonnés et serviles devant les membres de la mission militaire anglaise.

Sadate publiera dans le journal *Al-Goumhouriya* (fondé par lui en 1956) des souvenirs de cette époque : « Nous n'étions que de petits officiers. Nos supérieurs égyptiens n'avaient d'autre souci que de chercher à nous avilir, tout en prodiguant aux Anglais des marques de respect. Nous étions les témoins de scènes écœurantes qui nous brisaient le cœur, mais nous ne pouvions rien dire. »

Le pire de tous était un général nommé Mahmoud Seif qui se prenait pour le sultan Abdel Hamid. Gamal et ses compagnons l'avaient baptisé le « Sultan rouge ». C'est à cette époque que Gamal déclare à son entourage : « Les Anglais sont responsables de tous nos malheurs. » « Cela, nous le savions, commente Sadate, mais dit par Nasser, ces mots firent sur nous une étrange impression. C'était comme si tout à coup nous étions chargés d'une grande mission face à laquelle nous ne devions absolument pas nous dérober. »

En réalité, tout a commencé un soir de janvier 1938. Le 15. Au pied de la montagne Gebel el-Chérif. Sadate, Zakaria Mohieddine et Amer avaient décidé de fêter l'anniversaire de Nasser. Des *fouls* (des fèves), quelques lentilles, des châtaignes, de la canne à sucre en guise de dessert, composaient le festin. La soirée était détendue, et les *nokats*, les anecdotes, fusaient. Brusquement, après avoir réclamé le silence, Gamal déclara d'une voix empreinte de gravité : « Mes frères, saisissons cette occasion pour bâtir les fondations d'un grand projet. Que ce jour soit un jour historique. Faisons le serment de rester toujours fidèles à l'amitié qui nous unit. Grâce à cette union, nous triompherons de tous les obstacles. »

Le serment de Mankabad. C'est ici, dans ce coin du bout du monde, que le destin de l'Égypte venait de basculer.

Quelques semaines après cette soirée, Nasser demande à être muté au Soudan, où Le Caire partage les responsabilités avec Londres, non sans en revendiquer l'unique souveraineté[1]. C'est là qu'il retrouve son ami, Amer, dit Robinson. Leurs liens se renforcent, avivés par la stupidité des officiers qui les encadrent. Leur esprit frondeur vaut aux deux sous-lieutenants d'être expédiés pour une durée de trois mois à Djebel Awlia, centre industriel consacré à l'édification d'ouvrages pour la maîtrise des eaux du Nil.

Manifestement, la punition n'a pas dû porter ombrage à la carrière de Gamal, puisqu'il est nommé lieutenant le 1er mai 1940. Cette promotion ne lui apporte aucune joie. Il se morfond. Lorsqu'il prend la plume pour écrire à son confident, Hassan el-Nachaar, c'est pour exprimer son désarroi : « Te souviens-tu de nos rêves ? Des projets de réforme que nous espérions entreprendre dans un délai de dix ans ? Maintenant, je crois qu'il nous faudrait mille ans... »

Sadate, lui, est rentré au Caire et s'est jeté corps et âme dans l'action clandestine. Le personnage est plein de fougue et de passion. Il est né en 1918, un matin de Noël, à Mit Aboul

1. En 1821, le pays avait été conquis par les armées de Mehemet Ali, l'aïeul de Farouk. À partir de 1898, il passa sous contrôle de l'Empire britannique et naquit le condominium anglo-égyptien. La colonisation britannique perdura jusqu'en 1956.

Kom, petit village de la province de Ménoufiya, là où son successeur, le président Moubarak, verra le jour. Il appartient à une modeste famille de paysans. C'est un homme pieux. Et la tache lie de vin qui orne son front témoigne de son assiduité à la prière ; ce qui ne l'empêche pas, comme Amer, de s'adonner de temps à autre, aux effluves du haschisch.

À l'instar de Nasser, il est hanté par l'idée de libérer l'Égypte et rendre au pays son honneur perdu. Néanmoins, les deux hommes s'opposent quant à la manière d'y parvenir. Nasser veut s'appuyer sur l'armée et ses compagnons d'armes ; personne d'autre. Il répugne à verser le sang. Sadate, lui, est prêt à s'allier avec le diable. Qu'importe si celui-ci a le visage des Frères musulmans ou des fascistes. Attentats, actes terroristes, à ses yeux toutes les formes d'action sont légitimes dès lors qu'il s'agit de défendre une cause juste.

Nous sommes en 1941. Rommel marche vers la Libye. Première étape qui devrait conduire l'Afrikakorps vers l'Égypte. Sadate, comme nombre de personnalités égyptiennes (dont Farouk lui-même), voit en Rommel un sauveur, l'homme providentiel qui va débarrasser la terre égyptienne de l'occupant. La menace allemande est si vive que les autorités britanniques s'empressent de brûler leurs archives et que l'on prépare l'évacuation des ambassades alliées.

Pour la majorité des observateurs, l'arrivée de Rommel n'est plus qu'une question de jours.

Sadate se met en rapport avec tous ceux qui partagent ce point de vue, entre autres avec le maréchal Aziz el-Masri, germanophile notoire. Il entre aussi en relation avec l'organisation des Frères musulmans que dirige son fondateur, Hassan el-Banna[1]. Celui-ci proclame déjà : « Le *djihad* est notre voie et la mort pour Dieu notre souhait le plus élevé. » Un cri qui résonne comme une prophétie. Rendez-vous est pris avec le prédicateur qui propose l'union du mouvement des jeunes officiers et son association. Sadate hésite. Il sait tout ce qui le sépare de ces fondamentalistes et de la vision strictement religieuse qu'ils ont du pouvoir. El-Banna n'aspire qu'à éveiller les masses par l'exaltation de la foi religieuse et à instaurer un régime fondé sur les préceptes de la *charia*. Le but de Sadate et de ses compagnons est plus prosaïque. Ils veulent libérer le peuple afin que celui-ci accède à une vie meilleure. « J'ai été très franc avec vous, déclare-t-il à El-Banna. Notre organisation ne suit aucun parti et aucun organisme

1. Né au Caire, le 14 octobre 1906. Élevé dans une famille pieuse, il reçut sa première formation dans son village natal de 1914 à 1918, puis au chef-lieu Damanhour, tout en s'initiant au métier d'horloger et au travail de reliure. Après de brillantes études à l'École normale du Caire, il fonde, le 11 avril 1929, la confrérie des Frères musulmans, convaincu que le seul moyen de libérer son pays de la domination coloniale passe par un islam social.

particulier. Elle œuvre pour l'Égypte dans son ensemble. »

Il n'en demeure pas moins que, malgré ses réticences, Sadate ne se privera pas d'entretenir des rapports très suivis avec le mouvement et avec son fondateur.

Une danseuse, la capiteuse Hekmat Fahmy, met à la disposition des officiers une *dahabieh* — villa flottante — qu'elle possède sur le Nil. C'est dans ce décor que Sadate organise des réunions dont le but est de récolter des renseignements sur les activités militaires des Britanniques, pour les transmettre à l'état-major de Rommel. Au Caire, à Alexandrie, il n'est pas rare d'entendre des voix crier : « Vive Rommel ! Vive Mussolini ! » Dérision égyptienne, ou propension maladive de ce peuple pour les jeux de mots ? Le *duce* est affublé du surnom de *Moussa Nili* : le Moïse du Nil…

4

Désormais, l'heure est à la subversion. Sadate y consacre toute son énergie. On peut le voir dans les souks récupérer des centaines de bouteilles vides pour fabriquer des cocktails Molotov. Le but qu'il poursuit avec autant d'âpreté se résume en quelques mots : amener l'armée égyptienne à se soulever contre les Anglais avec l'appui des forces de l'Axe. Mais son projet fera long feu.

En octobre 1942, on finit par l'arrêter. Il est révoqué de l'armée et jeté aux fers. On commence par l'enfermer dans la prison dite des « Étrangers », réservée aux détenus politiques. Il y reste quelque temps, avant d'être transféré à Minieh, dans le centre de détention de Maqsah. Quelle n'est pas sa surprise de découvrir que le centre en question s'apparente plus à un palais qu'à un vulgaire pénitencier. Boiseries, vitraux, de magnifiques salles de bains. Le somptueux édifice appartient à une personnalité politique qui le loue aux autorités pour arrondir ses fins de mois.

Fin 1943, le voilà à nouveau transféré. On l'enferme dans une prison de Zeitoun, non loin du Caire. Cette fois, l'endroit n'a rien du charme de Maqsah. Ensuite, ce sera Qora Maïdan, où il végétera dix-huit mois dans la cellule 54, privé de tout. C'est seulement en janvier 1950, grâce à la promulgation d'un décret, que le bouillant résistant recouvre pleinement sa liberté.

Entre-temps, en janvier 1942, Nasser est rentré du Soudan avec le grade de capitaine. Il est aux premières loges pour assister à l'humiliation d'un roi. Une humiliation qui restera à jamais gravée dans les mémoires des protagonistes.

En prévision d'un affrontement avec les forces de l'Afrikakorps, le gouvernement, que préside alors Sirri pacha, collabore du mieux qu'il peut avec les Britanniques. Mais, aux yeux de l'armée et du peuple, l'Angleterre demeure la « puissance occupante », celle dont il faut se débarrasser à tout prix. Et qui, mieux que les Allemands, pourrait accomplir cette tâche ? Ce qui explique le soutien de Sadate et de nombreux officiers égyptiens aux forces de l'Axe.

Dans ses Mémoires, le maréchal britannique Maitland Wilson raconte sa stupeur de découvrir parmi les documents capturés au QG italien, au lendemain de la bataille d'El-Alamein, les plans de défense qu'il avait établis et communiqués deux ans auparavant au... général égyptien Aziz el-Masri.

Un mois après le retour de Nasser au Caire, le 1er février 1942, les troupes de l'Afrikakorps entrent dans Benghazi. La nouvelle est accueillie par des youyous et des cris d'allégresse. Aussitôt, des centaines d'étudiants de l'université d'Al-Azhar, la Sorbonne du Moyen-Orient, soutenus par le petit peuple, déferlent dans les rues du Caire. Ils réclament la démission de Sirri et son remplacement par un homme réputé pour sa sympathie pour les forces de l'Axe : Ali Maher pacha. Âgé de cinquante-sept ans, Maher pacha est avant tout un juriste de grand renom. En 1923, il avait été nommé par le père de Farouk à la tête de l'École royale de droit. Tour à tour ministre de l'Éducation puis ministre des Finances, il avait accédé à la fin de l'année 1935 à la fonction de Premier ministre. Fonction qu'il occupera jusqu'en 1937. C'est un homme intègre, connu de tous pour son indépendance.

Le roi hésite. Mais pas longtemps. Voilà peut-être l'occasion de faire un sort à l'affirmation qui s'est répandue depuis son avènement : « Farouk règne, mais ne gouverne pas. » Peut-être pressent-il aussi que le peuple vient de lui offrir un rendez-vous avec l'Histoire.

Le 3 février, le monarque dissout le gouvernement de Sirri et s'apprête à nommer l'homme que son peuple réclame : Ali Maher.

Courage ? Inconscience ? Ou volonté de prendre enfin en main son destin et celui de l'Égypte.

Lorsque le représentant britannique, Sir Miles

Lampson, apprend la nouvelle de la destitution de Sirri, il est en train de déjeuner, après s'être livré à une partie de chasse dans le Fayoum.

Il pose ses couverts. Se lève, range ses fusils et annonce sourire aux lèvres à son entourage : « Désolé de devoir vous quitter, mais j'ai un roi à détrôner. »

Dans le véhicule qui le ramène au Caire, il ressasse certains propos que lui avait tenus Sirri sur la personnalité de Farouk : « Le "gosse" n'est qu'un trouillard. Il est essentiel de lui faire peur de temps à autre. » Aux yeux du représentant britannique, si un homme doit remplacer Sirri, c'est Mustapha Nahas pacha, ennemi intime de Farouk. Âgé de soixante-six ans, avocat de profession, nommé juge en 1904, Nahas est une figure emblématique de la politique égyptienne. C'est lui qui, dès 1927, assuma la présidence du Wafd, le parti nationaliste, après le décès de son fondateur, Saad Zaghloul. Premier ministre en mars 1928, chassé par Fouad trois mois plus tard, réintégré en 1929, démissionnaire en 1930, réintégré à nouveau en 1936, il dirige la délégation égyptienne envoyée à Londres pour négocier un pseudo-traité d'alliance avec les autorités britanniques en réponse à l'invasion italienne de l'Éthiopie. Écarté par Farouk en 1937, le voilà donc sollicité par les Britanniques. Lampson estime que Nahas est le seul capable de faire accepter aux masses égyptiennes une éventuelle contribution à l'effort de guerre anglo-américain.

Arrivé dans la capitale, le haut-commissaire décroche son téléphone et appelle le roi. Passant outre les explications du souverain, il déclare : « Majesté, je vous somme de nommer Nahas pacha à la tête du gouvernement. Lui, et nul autre. Je vous accorde jusqu'à demain, 18 heures. Dans le cas contraire, je crains que vous n'ayez à subir de fâcheuses conséquences. »

Il raccroche.

Le quartier général anglais est situé au 10 de la rue Tolombat, dans le quartier résidentiel de Garden City. Le 4 février, dans la matinée, Lampson y convoque Sir Claude Auchinleck, général en chef des forces britanniques au Moyen-Orient, ainsi que Sir Walter Monckton. Ce dernier vient tout juste d'être nommé responsable de la propagande et des services de renseignements, mais surtout — d'où la raison de sa présence — il fut chargé de rédiger l'acte d'abdication d'Édouard VIII, futur duc de Windsor, dont on sait qu'il préféra Mrs. Simpson à la couronne d'Angleterre.

Sous le regard fiévreux de Lampson, Monckton élabore un document qui, sur le fond du moins, correspond à celui élaboré six ans plus tôt à l'intention d'Édouard VIII.

Auchinleck a compris ce qui se prépare.

— Sir Lampson, objecte-t-il avec une pointe d'inquiétude dans la voix. Croyez-vous qu'il est judicieux de contraindre le roi à abdiquer ? Le peuple égyptien…

— Vous n'êtes ici que depuis peu, l'interrompt sèchement Lampson. Le peuple égyptien, *je le connais*. Il ne bougera pas !

— Et par qui avez-vous l'intention de remplacer Farouk ?

— Par le prince Mohamed Ali.

Le prince n'étant autre que le « vieux beau », anglophile notoire, à la barbiche neigeuse, l'œil aguiché par le moindre jupon.

Auchinleck insiste :

— Le Foreign Office est-il au courant de vos intentions ?

— Parfaitement. J'ai eu le feu vert de notre ministre, Sir Anthony Eden.

Anthony Eden, 1er comte d'Avon, est depuis deux ans ministre des Affaires étrangères dans le cabinet de Churchill.

L'heure tourne.

Lampson consulte sa montre à plusieurs reprises. Il cache mal son impatience. À 18 h 15, un homme débarque au 10 de la rue Tolombat. C'est Mohamed Hassaneïn pacha, le tuteur qui accompagna Farouk lors de son bref séjour à Woolwich. Il tient à la main une lettre signée par une cinquantaine de personnalités. Le texte dit en substance :

« Nous considérons que l'ultimatum britannique porte gravement atteinte aux accords conclus entre l'Égypte et l'Angleterre, et à l'indépendance du pays. Pour ces raisons, et s'appuyant sur notre avis, Sa Majesté refuse de se plier à vos exigences. »

Lampson jubile. Il tient sa proie ! Il ne va faire qu'une bouchée du *kid.*

D'un geste mesuré, il rend la lettre à Hassaneïn et se contente de déclarer qu'il rendra visite au roi à 21 heures.

À 21 heures précises, un bataillon composé de 600 soldats anglais et de tanks encercle le palais Abdine.

Lampson suit dans sa Rolls-Royce. Il est accompagné par le général Stone, commandant des forces britanniques au Caire. Les deux hommes mettent pied à terre. Six militaires, arme au poing, leur emboîtent le pas. La grille est fermée. Qu'à cela ne tienne. Lampson donne l'ordre de tirer sur la serrure et déboule dans l'enceinte. Faisant fi des cris de protestation de Zulficar pacha, le grand chambellan, il s'engouffre dans le bureau de Farouk. Hassaneïn pacha se tient à ses côtés. L'Anglais cache mal son impatience. L'idée de destituer un roi l'exalte au plus haut point. Il se voit déjà gouverneur des Indes. Poste qu'il convoite depuis toujours.

Dans un geste désespéré, Zulficar tente de refouler le général Stone. Lampson le tance vertement.

— Dans ce cas, proteste Farouk, la voix vacillante, permettez que Hassaneïn demeure à mes côtés.

Lampson hausse les épaules. Il ne voit pas d'inconvénient. Et, sans plus attendre, il se lance dans une diatribe où il est question du non-respect de l'ultimatum dans les délais exigés. Quinze minutes de retard ! Question aussi de trahison à l'égard de l'Angleterre et des accords passés, de connivences avec l'ennemi allemand.

Le roi tente de s'expliquer, mais Lampson ne lui en laisse pas le temps. Il conclut : « Vous comprendrez que devant tant de délits, Votre Majesté n'a d'autre choix que d'abdiquer ! »

Liant le geste à la parole, il pose sur le bureau de Farouk l'acte rédigé le matin même par Sir Walter Monckton.

« Nous, roi Farouk d'Égypte, pleinement concerné par les intérêts de notre pays, renonçons et abandonnons au profit de nos héritiers le trône du royaume de l'Égypte ainsi que tous les droits, privilèges, puissance, souveraineté sur ledit royaume et ses sujets, et nous exemptons lesdits sujets de toute allégeance à notre personne. »

— Signez ! ordonne Lampson.

Farouk continue de fixer le texte. Il a été gribouillé sur une simple feuille de papier où n'apparaît même pas l'en-tête de l'ambassade britannique.

Le souverain grimace un sourire :

— Vous auriez quand même pu trouver un papier plus décent...

Lampson garde le silence, bras croisés.

Farouk saisit son stylo. Il va signer.

Le représentant anglais est aux anges. Il va enfin être débarrassé du « gosse ». Un gosse de vingt-deux ans.

C'est alors que Hassaneïn pacha se précipite et murmure quelques mots à l'oreille du monarque.

Évoquant cet instant, Lampson écrira plus tard dans ses Mémoires : « Un moment de grande tension s'est écoulé. Farouk était totalement tétanisé. Finalement, il a levé ses yeux vers moi et m'a demandé sur un ton pathétique : "Ne pourriez-vous m'accorder une seconde chance ?" J'ai pensé : "Merde ! Il ne va pas signer !" »

— Alors ! s'impatiente l'Anglais.

Farouk prend une courte respiration et repose son stylo.

— D'accord. Il sera fait selon votre volonté.

Il est plus que probable que ces propos venaient de lui être soufflés par le fidèle Hassaneïn.

Farouk crut bon d'ajouter, écrit encore Lampson, « que pour son honneur et celui de la nation égyptienne, il convoquerait Nahas sur-le-champ ».

Lampson n'a plus d'autre choix que d'accepter. Tant pis pour la destitution.

Farouk respire. Il vient de sauver son trône. Mais à quel prix !

À aucun moment, le représentant britannique ne s'est douté que trois gardes du corps albanais étaient tapis derrière les rideaux, armes à la main, prêts à tirer sur lui et sur le général Stone dans le cas où la vie de leur souverain eût été menacée.

Voilà comment, en ce 4 février 1942, Farouk manqua son rendez-vous avec l'Histoire et avec le peuple égyptien.

Eût-il refusé de se plier au diktat du représentant britannique, il est probable que l'image qu'il a léguée à la postérité eût été bien différente. Comment Lampson eût-il réagi si Farouk lui avait tenu tête ? Aurait-il pris le risque de le faire abattre ? De l'emmener *manu militari* ? Dans ce cas, nul doute qu'il eût fait du « gosse » un héros national, l'idole d'un peuple.

Une autre version de cette scène a été relatée dans un ouvrage écrit par un cousin du roi, Adel Sabet. Selon lui, le roi fut forcé de reconnaître que toute résistance était exclue devant un tel étalage de force brutale. « Vous voulez donc Nahas ? Il est à vous ! » se serait exclamé le souverain. Et Farouk de confier : « Je savais bien qu'au fond Lampson ne recherchait qu'un prétexte à ma destitution. Aurais-je tenté la moindre résistance que je faisais aussitôt son jeu. »

Quelles que soient les versions, la conclusion reste la même : Farouk a cédé. Lamentablement. À sa décharge, on ne peut que relever sa jeunesse, son inaptitude, son caractère d'adolescent en perpétuel devenir. Rien ne l'avait préparé à gérer ce genre de situation. À sa place, un véritable homme d'État eût refusé de courber l'échine. Seulement voilà, Farouk était tout sauf un véritable homme d'État. Dommage que ce joueur invétéré oublia ce jour-là que dans un jeu de cartes, un roi est toujours plus fort qu'un valet…

Les conséquences de cette journée seront d'une portée incalculable.

Un général — encore inconnu, mais dont nous entendrons beaucoup parler —, Mohamed Naguib, écrit aussitôt au souverain : « Puisque l'armée n'a pas eu la possibilité de défendre Votre Majesté, j'ai honte de porter mon uniforme. Je demande donc l'autorisation de démissionner. »

Démission aussitôt refusée.

Quant à la réaction de Nasser, il se contenta de commenter : « Je suis honteux de constater que notre armée n'a pas réagi à cet affront. Si elle avait osé, les Anglais se seraient retirés comme des pédés *(khawalates)*. Mais je suis satisfait de voir que nos officiers, qui ne songeaient jusque-là qu'à prendre du bon temps, parlent désormais de revanche. Grâce à ce choc, ils vont peut-être recouvrer leur âme. Ils ont reçu une leçon, cruelle bien sûr, mais une leçon tout de même. »

Le 9 septembre, Gamal est promu instructeur à l'Académie militaire où il a fait ses premières armes. C'est à cette époque que Robinson, Abdel Hakim Amer, lui présente la sœur de l'un de ses amis, commerçant en tapis au Caire. C'est une jeune fille d'origine iranienne. Elle s'appelle Tahia Kazem. Nasser en tombe amoureux. Il l'épouse. Elle lui donnera cinq enfants.

23 heures. Mai 1948.

Le convoi vient d'entrer en gare d'El-Arich. Les hommes descendent sur le quai. Un quai désert. Personne. Gamal et ses compagnons partent à la recherche d'un quartier général. Ils n'y trouvent qu'un simple officier d'état-major en quête de nourriture. Gamal l'invite à partager leurs provisions. Se souvenant de cette nuit, il écrira : « Nos rires nerveux résonnaient, laissant un étrange écho en moi. »

5

Des hommes engoncés dans leur smoking se pressent autour des tapis verts du club privé le plus huppé de la capitale : le *Scarabée*. Au premier étage, un restaurant et sa piste de danse. Au second, la salle de jeux. Un orchestre italien joue des slows languissants.

Il y a là des pachas, des beys, des officiers anglais, de richissimes propriétaires terriens, des Grecs, des Turcs, des Albanais, des Italiens, des Libanais, des orfèvres arméniens, des commerçants juifs, coptes, grecs-catholiques, orthodoxes, ils sont *l'autre Égypte*.

Ici, le tarbouch côtoie le képi, le cigare churchillien rivalise avec le fume-cigarette Dunhill. L'air est saturé de Chanel et de Shalimar. Les femmes n'ont jamais été aussi belles, et jamais l'insouciance plus marquée. Les *souffra-guis*, les serveurs, pour la plupart nubiens, se déplacent majestueusement, enveloppés dans leur caftan blanc, la taille ceinte d'une large ceinture pourpre. Les maîtres d'hôtel, veste blanche, pantalon noir, nœud papillon, scrutent les tables, attentifs au plus petit battement de paupières.

Maurice est là. C'est mon père. Seul maître à bord. Comme chaque soir, il accueille son monde. Le geste est élégant. Le sourire lumineux. Le *Scarabée*, c'est lui. Sa création. Mon père... Je n'ai guère plus d'un an en ce mois de mai 1948, mais je pense que je l'idolâtre déjà.

Par décret royal, le *Scarabée* a obtenu la licence tant convoitée en terre musulmane : celle qui autorise le jeu et la vente d'alcool. Par décret royal, puisque telle fut l'exigence du roi. Oh ! Ce n'est certainement pas le charme ravageur de Maurice qui a amené Sa Majesté à lui accorder ce privilège. Non. Farouk a vingt-huit ans et c'est un joueur invétéré.

Comment ? Dans quelles circonstances le roi et le citoyen anonyme ont-ils fait connaissance ? Tout simplement autour d'un tapis vert, quelque part entre Deauville et Monte-Carlo, car le sujet et son monarque brûlent de la même passion.

À Monte-Carlo, le directeur de l'époque s'appelait — paraît-il — M. Leblanc. Ce qui tout naturellement donna naissance à cette boutade que mon père lançait parfois : « Que l'on joue le noir ou le rouge, dites-vous que c'est toujours Leblanc qui gagne. »

En l'occurrence, dans l'enceinte du *Scarabée*, Leblanc c'est lui, mais à une nuance près : la loi interdisant à tout propriétaire de casino de miser dans son établissement, Maurice a imaginé un stratagème pour contourner l'obstacle. La vision d'un tapis vert exerce sur lui la fascination du Graal pour un chevalier de la Table Ronde. Comment résister ? Il glisse discrètement une poignée de jetons dans la main d'un ami, honnête de préférence, et le prie de jouer à sa place. Étrange démarche qui prouve bien l'emprise du jeu sur le joueur. Dans ce cas précis, à quoi pouvait servir de perdre ou de gagner puisque les pertes retournaient au perdant, tandis que les gains étaient inexistants. En réalité, mon père et le roi furent les dignes enfants d'Alexis Ivanovitch. À l'instar du héros de Dostoïevski, tous deux jouaient sans doute pour s'étonner, pour risquer de toucher le fond et connaître, qui sait ? la compassion divine. Tous les joueurs, les vrais, vous le diront. Gagner n'évoque rien, n'émeut pas, ne provoque aucune explosion de joie. Tandis que la perte... Ah ! La perte c'est autre chose.

Neuf à la banque !...

Des sommes impressionnantes circulent le long des tables. De quoi donner le vertige au *fellah* anonyme qui, nu-pieds, se demande si demain ses enfants mangeront à leur faim. On dépense ici de quoi faire vivre un village pendant un demi-siècle.

Tout à coup, les jetons se figent. Une rumeur court, vite confirmée : Umberto II, roi d'Italie, vient de faire son apparition. Voilà deux ans qu'il vit en exil, son pays ayant opté pour la République. Il a divorcé depuis peu et traîne son physique de jeune premier entre le Portugal, la Suisse et le reste du monde. Que fait-il au Caire en ce mois de mai 1948 ? Peut-être rentre-t-il d'Alexandrie où il est allé se recueillir sur la tombe de son père, Victor-Emmanuel III, mort un an auparavant.

Le jeu reprend.

Sept à la banque ! Le baccara, version italienne d'un jeu de cartes d'origine française appelé Chemin de fer, enflamme les tables.

On se fige à nouveau.

Un autre monarque vient de franchir la porte du club. Il s'agit de Zog Ier, roi d'Albanie. À la différence d'Umberto, sa présence ne surprend personne. Chassé en 1939 par les troupes de Mussolini, il a été contraint lui aussi d'abdiquer et de remettre sa couronne au roi Victor-Emmanuel III. À partir de cet instant, son existence n'a été qu'une suite d'errances. Terrorisé à l'idée de tomber entre les mains des forces de l'Axe, il a cherché tour à tour refuge en Grèce, en Turquie, en Roumanie, en Pologne, en Estonie, en Suède, en Norvège et enfin en France. En mai 1940, la France est occupée, et le souverain est obligé de refaire ses valises pour Londres. Fin 1944, l'Albanie libérée tombe sous la coupe des communistes. Plus de retour possible à Tirana. Finalement, l'infortuné Zog jettera son dévolu sur la terre des pharaons dans l'espoir secret de bénéficier de l'appui des souverains arabes. Espoir qui se révélera vain.

Mon père s'affole. Que dit le protocole ? Qui doit-on installer au plus près de la piste de danse ? Qui servir en premier ? Deux majestés un même soir ? C'est plus que son cœur — qui se révélera fragile — ne peut supporter.

À des centaines de kilomètres de là, Nasser erre dans El-Arich à la recherche d'un quartier général fantôme.

Les deux monarques en exil échangent un sourire.

Des couples enlacés, mais sans excès, évoluent sur la piste. Le crooner susurre une chanson à succès d'un certain Lambros Worlou, un Grec d'Alexandrie parti faire carrière en France devenu célèbre sous le nom de... Georges Guétary. Un jour, d'autres lui emboîteront le pas : Yolanda Gigliotti, baptisée Dalida. Le pâtre grec qui s'appelle encore Giuseppe Mustacchi, Claude François, Demis Venturis, dit Demis Roussos, Guy Béhar, devenu Béart, Richard Anthony — qui a tout juste dix ans en 1948 —, Alexandre Lagoya, né de parents grec et italien, guitariste virtuose, Andrée Chédid, la poétesse au grand cœur. Et... Rudolf Hess, de sinistre mémoire.

Stefanos, le croupier, a posé sa main sur le sabot. Qu'attend-il pour distribuer les cartes ?

Quelqu'un se penche à son oreille. Que se passe-t-il donc ? Il annonce à voix basse qu'une troisième tête couronnée vient de faire son apparition. C'est Pierre II, roi de Yougoslavie, exilé lui aussi de son pays depuis trois ans.

Tétanisé, Maurice manque de défaillir. À peine a-t-il le temps de reprendre ses esprits que des voix s'élèvent :

— *El malek ! El malek ! Mawlana !*

Le roi ! Sa Majesté !

Maurice se prend la tête entre les mains. Et de quatre !

Il se précipite vers Farouk. À ses côtés se tient le fidèle Antonio Pulli. Depuis que le roi est rentré d'Angleterre, l'ami italien de son enfance qui réparait ses jouets a été élevé au rang de *bey*. Il est devenu son inséparable homme de confiance. Un seul coup d'œil lui a suffi. Pulli chuchote au roi quelques mots. Farouk approuve de la tête et va prendre place à la grande table ronde qui lui est réservée à l'année.

Pulli fait un signe rassurant à mon père et se rend auprès de Zog, le monarque le plus âgé. Il le salue. Zog sourit, se lève et rejoint Farouk. C'est au tour d'Umberto, puis de Pierre II d'être conviés. Il n'est pas loin de minuit. Les quatre souverains et leur suite sont maintenant réunis autour de la même table.

Bien des années après, mon père me confiera, ses yeux gris-bleu perdus dans la brume : « Petit, souviens-toi. Quatre rois. Jamais plus on n'assistera à une scène pareille. Non préméditée, non imaginée, dans un lieu public, ici ou ailleurs dans le monde. C'était une époque folle, irrationnelle. Désormais, les rois ne se rassembleront plus qu'aux enterrements de leurs pairs. »

À cette prophétie, il faut ajouter le commentaire défaitiste que Farouk déprimé laissa tomber un soir : « Bientôt, il n'existera plus que quatre rois sur terre : celui de trèfle, de pique, de cœur et de carreau. »

Maurice ! Champagne ! En bon musulman, le roi s'interdit de boire, mais il se doit d'honorer ses hôtes. Pour lui, ce sera une orangeade, sa boisson favorite. Il est capable d'en ingurgiter des litres.

Le *Cristal Roederer*, la célèbre cuvée créée en 1876 pour le tsar Alexandre II, coule à flots.

Le roi rappelle mon père et lui chuchote :

— Dis-moi. *Elle* a déjà chanté ?

— Non, Majesté.

— Alors qu'elle chante…

Quelques minutes plus tard, la salle est plongée dans le noir. Un projecteur s'allume. Une voix annonce : « Vos Majestés, Mesdames, Messieurs, voici pour vous, arrivée en droite ligne de Paris, Annie Berrier ! » Tonnerre d'applaudissements.

Une silhouette féminine — vingt ans à peine —, moulée dans une robe de soie, se glisse sur la piste de danse. Elle accomplit une gracieuse révérence devant le quatuor monarchique, saisit un micro et susurre : « *Je me sens bien... bien... bien.* »

Farouk aussi se sent bien. Il s'apprête à divorcer de sa première épouse, Farida. Leur union aura duré tout juste dix ans. Pourtant, lorsque le couple s'était marié le 20 janvier 1938, on aurait juré que c'était pour l'éternité.

Farida, de son vrai nom Safinaz Zulficar, alias « Fafette », est née à Alexandrie, d'un haut magistrat et d'une dame d'honneur de la reine Nazli. Courtoise, belle, éducation marquée par les bonnes sœurs de Notre-Dame de Sion, il émane d'elle ce raffinement du geste et de la pensée qui fait le charme de certaines femmes d'Orient. La cérémonie nuptiale fut digne d'un conte de fées.

Le roi avait dix-huit ans ; Safinaz, quinze. Comment une fille de cet âge n'eût-elle pas été éblouie par la perspective d'un mariage avec ce prince providentiel, qui acceptait de faire d'elle la plus jeune et l'une des plus riches reines du monde ?

En gage de fiançailles, Farouk présenta à Mme Zulficar un chèque de 50 000 dollars, ainsi qu'une bague de diamants qui valait sensiblement la même somme. Dans la foulée, le souverain baptisa sa promise du nom de Farida, qui, en arabe, signifie « l'unique ». Le surnom ne fut pas choisi au hasard. Le père de

Farouk, sentant sa fin proche, avait exprimé le vœu de voir son successeur maintenir une tradition fondée sur une curieuse superstition : les prénoms de ses enfants, filles ou garçons, devaient commencer par un F. Fouad pensait sans doute que cette lettre serait bénéfique au royaume. Lorsque, en 1976, le fils de Farouk, Ahmed Fouad, se mariera à son tour, il respectera la tradition. Son épouse, Dominique-France Loeb Picard, deviendra Fadila.

Ce 20 janvier 1938 fut décrété fête nationale. On réduisit le prix des transports publics de soixante-dix pour cent afin de permettre au plus grand nombre de se rendre dans la capitale. Les rues et les avenues du Caire scintillaient de mille feux, tandis que sur le Nil, des centaines de felouques se lançaient sur les flots, la proue mouchetée de bougies. L'allégresse du petit peuple était d'autant plus extraordinaire que Farida, n'étant pas de sang royal, symbolisait la bergère qui épouse son seigneur.

Vers 11 heures du matin, une voiture du parc royal s'immobilisa devant l'immeuble d'Héliopolis où résidait la promise. Accompagnée par son père, la jeune fille s'y installa et le véhicule prit la direction du palais de Koubbeh. Une heure plus tard, la voiture franchissait les grilles du palais.

Le roi, en grand uniforme de l'armée, la poitrine décorée de cordons et de médailles, attendait dans le grand salon d'apparat du palais.

Selon le rituel musulman, la future reine fut conduite dans une pièce voisine et c'est uniquement son père, Youssef, qui alla à la rencontre du souverain.

Zulficar s'inclina :

— Votre Majesté consent-elle à accepter ma fille Farida pour épouse ?

— J'y consens, répondit Sa Majesté.

Le contrat fut alors présenté successivement à la signature du roi, du père de la mariée et de deux témoins. C'est à ce moment-là seulement que la jeune femme fit son apparition. Elle était éblouissante, vêtue d'une robe de cour prolongée par une traîne de tulle longue de cinq mètres. À son cou, étincelait un lourd collier de rubis et de perles. Le visage était entouré d'un voile de dentelle, cadeau de l'impératrice Eugénie à l'une des filles d'Ismaïl, en 1869, lors de l'inauguration du canal de Suez.

La cérémonie s'acheva. Les deux souverains prirent place dans une voiture décapotable d'un rouge flamboyant et traversèrent la ville. La foule était en délire. Ils étaient beaux, ils étaient jeunes. Ils étaient le roi et la reine. Une véritable prairie de coquelicots formée par les tarbouches écarlates s'étalait sous le ciel bleu métal. On entendait, ici et là, cette expression typiquement égyptienne et dont le sens profond échappe à toutes les interprétations : « Ils sont beaux comme la lune. » Le cortège royal glissa sous les arcs de triomphe fleuris érigés le long du parcours. Ce jour-là, le temps d'une fête, l'Égypte avait tout oublié de sa misère, des brimades anglaises, de sa désespérance millénaire.

Les festivités se prolongèrent durant trois jours et trois nuits rythmés par une série de spectacles dignes des mille et une nuits. Sur des estrades improvisées, en plein cœur du Caire, on vit apparaître tour à tour la grande Badia, la Mistinguett égyptienne, Om Kalsoum, la chanteuse-déesse, et une jeune danseuse, Tahia Carioca, encore à ses débuts.

Au palais, le roi présida successivement trois banquets organisés en l'honneur du gouvernement, du corps diplomatique et des hauts fonctionnaires. Des télégrammes adressés du monde entier s'amoncelèrent sur son bureau. On pouvait y lire entre autres les vœux d'un certain Adolf Hitler.

Hélas, le conte de fées finit mal. Un roi sans héritier mâle n'est pas un roi vraiment accompli, tout particulièrement en Orient. Farida ne donne naissance qu'à des filles : Ferial, Fawzia et Fadia. Le divorce est donc inévitable. Il sera scellé le 19 novembre 1948 par un texte laconique : « Dieu a voulu dans sa sagesse que le lien sacré qui unissait deux nobles époux soit dénoué. Et il a fait naître dans le cœur de Sa Majesté le roi Farouk et dans celui de Sa Majesté la reine, malgré tout le regret qu'ils en ressentent, le désir de se séparer par le divorce. »

Le roi, courtoisie oblige, se défendra toujours d'avoir répudié son épouse parce qu'elle n'avait pu lui donner d'héritier, assurant qu'il avait « voulu lui faire plaisir car elle ne s'entendait plus avec lui ».

Elle déclarera, en 1977, battant le rappel de ses souvenirs : « À un moment, j'ai voulu renier mon passé. C'était une erreur. Nos vies sont la somme de tous les moments vécus. Bons et mauvais. Les renier serait nous renier nous-mêmes. On voudrait, je le sais, me faire dire que je suis plus heureuse aujourd'hui, m'entendre condamner la royauté. La royauté est un devoir, un "job" comme un autre. »

Les joyaux ne furent jamais pour elle qu'une parure. La couronne, bien que magnifique, lui déclenchait d'affreuses migraines. Les robes, pesantes et serties de pierres précieuses, la blessaient aux épaules. Farida fut certainement femme avant d'être reine, non sans difficulté. « Les reines n'ont le droit que d'être reines, dira-t-elle. Les rois et les reines ont d'abord des devoirs, avant d'avoir des droits. » À ses yeux, ce n'était pas la couronne qui importait. Elle aimait un homme et n'aspirait qu'à être sa femme. Lorsque Farouk, alors jeune et terriblement séduisant, lui demanda sa main, elle fut affolée à l'idée de vivre derrière « les barreaux d'un palais ». Il la rassura. Elle céda. Hélas, très vite, le monarque devint la proie des courtisans. Farida devint le témoin impuissant de la métamorphose et se sentit de plus en plus seule. Dans les premiers temps, elle ferma les yeux sur les fredaines du roi. Mais, le jour où il devint réellement amoureux d'une autre, elle refusa de l'accepter. Non par jalousie, mais parce qu'elle pressentait que ces femmes étaient des intrigantes, et elle en souffrait. La vie des mille et une nuits n'avait jamais vraiment compté pour elle. C'est un homme qu'elle aimait, non un roi. Et cet homme, elle l'avait perdu…

Ce soir, en tout cas, le monarque a jeté son dévolu sur la jeune chanteuse française. Elle ne sera ni sa première conquête ni sa dernière. Avant Annie Berrier (qui le quittera pour vivre une passion torride avec l'acteur Jean-Pierre Aumont), le souverain don juan s'est consumé dans une aventure passionnelle, et — aussi inconcevable que cela puisse paraître — strictement platonique. La femme passait pour être la plus belle créature d'Égypte. Elle s'appelait Irene Guinle, de famille juive d'origine vénitienne, établie à Alexandrie depuis plus de deux siècles. L'attirance du monarque pour les femmes juives ne s'est jamais démentie. On peut supposer qu'elle puisait sa source dans les conseils que lui avait prodigués son père qui avait coutume d'affirmer : « Une femme juive ne peut être qu'exceptionnelle. »

Par la suite, il y eut, entre autres, Liliane Cohen, chanteuse vedette de l'auberge des Pyramides — autre lieu de distraction privilégié du roi —, plus connue alors sous le nom d'artiste de Camelia. Elle mourut à l'âge de vingt et un ans, au cours d'un accident d'avion, après que l'appareil et ses vingt-cinq passagers se furent écrasés dans le désert égyptien. Irene Najjar, qui le quitta pour épouser un officier anglais et à qui il promit de se venger « en déclarant la guerre aux Juifs ».

Au cours de l'été 1942, il tenta de capturer Liliane Adès, jeune fille issue d'une grande famille, juive elle aussi, propriétaire de l'un des grands magasins les plus réputés de la capitale. Elle n'avait que seize ans. La tentative fit long feu sur les dernières notes d'un slow. Liliane disparut. Le roi ne la revit jamais plus.

Hélène Mosseri, quant à elle, jouait le rôle de « marieuse » (terme pudique) auprès de Sa Majesté. En tout cas, grâce à l'affection qu'il portait à ces femmes, Le Caire d'alors n'avait rien à envier à la Cordoue des califes. On n'y faisait aucune distinction, ni de religion ni de race.

Plus tard, il y eut Barbara Skelton, la « femme fatale », employée à l'époque au Foreign Office. En revanche, cette fois, point de liaison platonique. Ce ne fut pas Waterloo, comme disait un célèbre chanteur, mais à aucun moment ce ne fut Arcole. À en croire Barbara, le roi était un piètre amant, éjaculateur précoce pourvu de surcroît d'un membre insignifiant.

Voilà sept ans qu'Irene Guinle a quitté le souverain. Barbara Skelton a fait ses valises. Et ce soir, dans cette salle du *Scarabée*, Farouk n'a d'yeux que pour Annie Berrier. À aucun moment, il ne semble se souvenir que son pays est en guerre.

Gamal et ses compagnons viennent de pénétrer dans Gaza…

6

Gaza.

La ville portuaire est encombrée de blessés rapatriés de Deir Senid, une colonie juive contre laquelle on a lancé l'infanterie égyptienne en plein jour et sans l'appui des blindés. Certes, la position de Deir Senid a fini par être emportée, mais à quel prix ! « La nuit du 20 mai fut l'une des plus tristes de mon existence, dira Nasser. Je l'ai passée à l'hôpital où tous les lits étaient occupés par des soldats blessés. Nos soldats n'avaient pas été envoyés à la bataille, mais expédiés à la boucherie. »

Mais il y a bien pire. Dès les premières escarmouches, les soldats s'aperçoivent que les munitions qu'on leur a fournies ne correspondent pas au calibre de leur armement. Des canons explosent sans raison à la tête des artilleurs qui se retrouvent déchiquetés par leur propre batterie. Pas de ravitaillement. Un service de santé déplorable. Départ pour Esdoud (Ashod) avec le VIe bataillon. Nouveau désarroi.

Nasser croise un soldat qui, à la suite d'ordres et de contrordres, démonte sa tente pour la deuxième fois depuis le début de la journée. L'homme se lamente à voix basse : « Quelle honte ! Quelle honte ! »

Le 11 juin, le Conseil de sécurité arrache une trêve d'un mois aux belligérants. Le comte Bernadotte arrive en Palestine accompagné d'une centaine d'observateurs américains, belges, français et suédois. Dans les jours qui suivent, il expédie un rapport prémonitoire au siège des Nations unies : « En qualité de médiateur, je suis convaincu que nos efforts ne pourront être poursuivis avec succès que si une solution est trouvée aux aspects les plus urgents du problème que pose la grande calamité humaine affectant 330 000 réfugiés palestiniens dénués de tout. La situation de ces réfugiés est désespérée. 30 % sont des enfants de moins de cinq ans qui vivent presque entièrement sans nourriture, sauf quelques faibles approvisionnements en farine. »

Le 17 septembre, à Jérusalem, Bernadotte, accusé d'antisémitisme, est assassiné par un membre du groupe Stern.

La trêve décidée par l'ONU se révèle fatale aux armées arabes. Jérusalem est totalement encerclée par l'armée transjordanienne. Les réservoirs et les pompes de Latroun qui l'alimentent sont hors d'état. La chute de la ville est affaire de jours. L'arrêt des combats va permettre aux Israéliens de se ravitailler, de se réapprovisionner en armes, alors que dans le même temps, les armées arabes se contentent de reprendre leur souffle. La trêve touche à sa fin.

Au fond, personne ne se fait d'illusions, et sûrement pas Nasser. Quoi qu'il advienne, la guerre sera perdue. Côté israélien, se trouvent des hommes, des femmes, des enfants venus en Palestine parce que partout ailleurs dans le monde et depuis des siècles, on a fait peu cas de leur vie et de leur dignité. Aucune force, aussi nombreuse fût-elle, n'aurait pu contrer leur volonté de protéger leurs colonies naissantes ou d'occuper des villages arabes. À leurs yeux, ce n'est pas une terre palestinienne qu'ils défendent, mais une terre juive. Ils ne livrent pas une guerre d'occupation, mais d'indépendance.

Côté égyptien, il n'y a que des soldats égarés, perdus loin de leur village natal, qui confondent guerre et jour de manœuvre. Alors que Nasser campe à Ashod, il s'enquiert auprès d'un soldat : « Dis-moi, sais-tu ce que nous faisons ici ? » Et l'autre de répondre : « Des manœuvres, *effendem* ». Nasser croit avoir mal entendu : « Des manœuvres ? Quelles manœuvres ? » — « Les manœuvres de Nafishah. » Nafishah est une ville située entre Port-Saïd et Suez. L'officier Gamal reste sans voix, bouleversé par tant d'inconscience. Il est probable que tout autre eût été la combativité des soldats égyptiens s'ils s'étaient trouvés obligés de défendre leur propre terre.

Le 12 juillet, Gamal est blessé d'une balle dans la poitrine : « Je tâchais d'arrêter l'hémorragie avec mon mouchoir, tandis qu'un sentiment étrange envahissait mon âme. Je n'éprouvais aucune peur, aucune affliction. J'étais seulement rempli de regrets… » Transporté à l'hôpital voisin de Magdal (Ashkelon), il est aussitôt opéré. Autour de lui, ce ne sont que « vêtements tachés de sang, gémissements que les blessés s'efforcent de réprimer. Je pensais à la guerre, et la détestais… Je me suis dit que si jamais je parvenais à un poste de responsabilité, je réfléchirais mille fois avant d'envoyer nos soldats livrer bataille ». Il dut oublier cette réflexion en envoyant l'armée égyptienne à sa perte, en juin 1967.

Une seconde trêve est imposée par l'ONU. Elle se prolonge jusqu'au début du mois d'octobre 1948. Le 4 commence la bataille du Néguev. Après une permission de convalescence passée en août au Caire, Gamal revient sur le front. Son bataillon est chargé de défendre le secteur de Beit Gibrin et Erak el-Manchia, important nœud de communication entre la zone Bethléem-Hebron et la bande côtière de Gaza ; les deux principaux points d'appui de l'armée égyptienne.

Le 20, la route d'Hebron est coupée. Très vite, les VIe et V^e bataillons se retrouvent isolés de leurs bases et quasiment encerclés dans la ville d'El-Falouga. Une seule voie reste encore accessible. Mais elle imposerait de battre en retraite. En face, c'est le général Ygal Allon qui commande les troupes israéliennes.

Lors de la trêve de juin, Nasser a été chargé de prendre contact avec un représentant de l'ennemi afin de préparer une rencontre au sommet entre Allon et le colonel Sayed Taha, surnommé « le tigre de Falouga », l'un des rares militaires de talent responsable des opérations. L'officier désigné par Allon s'appelle Yeruham Cohen. Il a le grade de capitaine. Nasser et lui se rencontreront à plusieurs reprises et tous deux feront le récit de leurs échanges. Dans un passage de la *Philosophie de la révolution*, Gamal salue son adversaire, soulignant qu'il ne voyait avant tout en lui que l'un de ces combattants sionistes qui arrachèrent leur indépendance à l'Angleterre avant de priver les Arabes de leur terre. Gamal précise aussi : « En 1948, nous nous sommes empêtrés dans une guerre qui n'était pas la nôtre, du fait de la politique anglaise dans la région, et à cause des dirigeants arabes qui collaboraient avec l'ennemi, trahissant ainsi leurs peuples. »

De son côté, Yeruham confiera au journal *Haaretz*, le 30 janvier 1957 : « Je trouvais à Nasser un charme personnel, de la franchise, un patriotisme obstiné. Il s'intéressait aux problèmes sociaux de son pays. Il était manifeste qu'il comprenait et justifiait notre lutte contre les Britanniques. Il connaissait bien les combats de la Haganah et, à partir de notre lutte, s'efforçait de comprendre les possibilités qu'offrait la mise en action des masses dans un même élan de résistance. Sans aucun doute, il nous enviait. »

Nasser ne le sait pas encore, mais c'est à partir de ce coin perdu, que son nom va commencer à se répandre parmi le petit peuple.

Le 21 octobre, le colonel Sayed Taha reçoit l'ordre de préparer ses hommes à la retraite par la voie secondaire restée libre. Nasser approuve. En se repliant, les bataillons égyptiens pourraient établir leur jonction avec le reste des forces qui occupent encore Hebron. C'est alors qu'arrive le contrordre. Confusion. Colère.

Le 23, revirement : « Battez en retraite ! » Hélas, c'est désormais impossible. Les Israéliens ont mis à profit les atermoiements du haut-commandement égyptien pour barrer la dernière issue. L'encerclement est total.

Dans la nuit, des avions israéliens font pleuvoir des tracts sur lesquels on peut lire : « Officiers et soldats, savez-vous que vous êtes encerclés ? Savez-vous que vos deux bataillons ne peuvent même pas communiquer entre eux ? Savez-vous ce que signifie l'encerclement ? C'est l'anéantissement et la mort. Vos commandants ne pourront pas tenir leurs promesses mensongères concernant la prochaine arrivée de secours en hommes, en armes, en munitions et en vivres. Non. Rien ne vous parviendra. [...] Vous devez choisir : si vous voulez vivre, capitulez et vous retournerez sains et saufs chez vous. Ceux qui ont prétendu que nous massacrons les prisonniers vous ont menti. [...] Sachez que nous respecterons les droits et la vie des délégués que vous nous enverrez porteurs d'un drapeau blanc en vue d'engager les négociations. Soyez persuadés que vos privilèges militaires seront eux aussi respectés. »

Le colonel Sayed Taha refuse de se rendre. Le siège de Falouga se prolonge jusqu'aux premiers jours de janvier. Durant ces terribles semaines, Nasser fait preuve d'un esprit d'initiative qui ne manque pas d'impressionner ceux qui en sont témoins. Alors que les avant-gardes israéliennes tentent de s'infiltrer dans la poche d'Erak-el-Manchiet, il téléphone à son ami Zakaria Mohieddine, promu chef d'état-major du régiment voisin, et l'adjure de bombarder son propre secteur au risque d'en être victime. L'opération est un succès. Le bataillon réussit une contre-attaque et parvient à rétablir le contact avec l'autre faction des forces assiégées.

Le 7 janvier 1949, c'est l'armistice. Les résistants de Falouga peuvent enfin quitter leurs positions. Ils seront salués par les Israéliens avec les honneurs militaires. Piètre consolation.

Lorsque Nasser, promu commandant, rentre au Caire, il est sans illusions. Tout est à reconstruire. En 1944, cinq ans plus tôt, le roi s'est finalement débarrassé de Nahas pacha, le ministre imposé par Lampson, et l'a remplacé par Ahmed Maher, le frère de Ali Maher. Premier ministre brillant, éloquent, ardent nationaliste. Il se crut assez fort pour jouer la carte des Alliés, dans l'espoir d'obtenir de Churchill le départ des Anglais. Hélas, le jour même où il déclara la guerre aux forces de l'Axe, le 15 février 1945, il fut assassiné en plein parlement.

Nasser contemple à présent ce pays en lambeaux et pourtant riche. Au cours de ces années de guerre, et tout particulièrement entre 1940 et 1943, les dépôts bancaires sont passés de 45 à 120 millions de livres. Le nombre de millionnaires, de 50 à 400. L'absence de toute importation en provenance d'Europe a suscité l'extraordinaire impulsion de l'industrie locale. La société Misr pour la filature et le tissage qui payait 11 % de dividende à ses actionnaires avant la guerre, en versera le double quatre ans plus tard. Les sucreries réalisèrent, rien que pour l'année 1943, des profits de plus de un million de livres. Soit très approximativement deux millions d'euros. Somme faramineuse à l'époque.

Mais malheureusement cette explosion des richesses ne bénéficie qu'à une minorité de la population. Le peuple a tout juste de quoi survivre. De plus, il est aux prises avec une inflation galopante, dont l'indice a franchi le cap de 400 %. À cela s'ajoutent les licenciements massifs de ceux que l'on appelle les « ouvriers de guerre ». À la fin des hostilités, ce sont plus de 300 000 personnes jugées inutiles, qui sont jetées à la rue. Jamais misère et prospérité ne furent si proches.

Quant à l'armée, rapatriée dans ses casernes, elle n'est guère mieux nantie. Rancœur et amertume sévissent dans ses rangs. Les soldats n'ont pas oublié qu'ils ont dû livrer bataille avec des armes défectueuses. Ils imputent la défaite au seul Farouk. En vérité, si le souverain porte une responsabilité, elle ne peut être que partielle. En 1948, il a vingt-huit ans, mais il reste ce qu'il a toujours été : un gamin sans expérience. En réalité, c'est surtout son entourage qui mériterait l'opprobre. Bien avant la guerre, les témoignages de Nasser, de Sadate et de bien d'autres avaient clairement souligné dans quel état lamentable se trouvait l'armée égyptienne. Souvenons-nous des propos du maréchal Aziz el-Masri : « Que voulez-vous, cette armée, ce sont les Anglais qui nous l'ont faite, et ils n'avaient pas intérêt à ce qu'elle soit trop dangereuse ! » Quant à l'accusation de trafic d'armes défectueuses, il faudrait chercher le coupable, une fois encore, dans le cercle des intimes de Farouk. Un personnage, Edmond Gahlan, sévissait à cette époque auprès du roi.

Officiellement, il s'affichait comme importateur de stylos américains. En coulisses, c'était un trafiquant d'armes. Étrange coïncidence, ce fut précisément au cours de la guerre de Palestine qu'il se constitua une fortune considérable. J'ai eu l'opportunité de faire sa connaissance dans les années 70 grâce à Antonio Pulli. L'homme avait quitté l'Égypte depuis longtemps, il vivait à Monte-Carlo, où il menait grand train...

Officiellement, on estime alors l'armée égyptienne à 200 000 hommes, alors qu'en réalité on est bien loin du compte. Le nombre de conscrits ne doit pas dépasser 35 000. Sur les 180 000 appelés tous les ans, 35 000 sont exemptés sous divers prétextes, 60 000 déclarés inaptes, à quoi s'ajoutent environ 50 000 désertions.

Aucune voix ne s'est élevée pour mettre en garde le roi, alors que tous savaient l'impéritie des soldats que l'on envoyait à l'abattoir. En fait, ce qui s'est passé en 1948 n'a été que la répétition générale de ce qui se produira en 1967, lorsque en six jours Israël occupera le Sinaï, le Golan, la Cisjordanie, Gaza et Jérusalem-Est. À la différence que cette fois, le dupe sera Nasser lui-même. Lui aussi fut induit en erreur par ses officiers et tout particulièrement par celui en qui il avait mis toute sa confiance : son ami, son frère, Abdel Hakim Amer.

Mais revenons à cette année 1949. L'Égypte n'est plus qu'un orage latent prêt à éclater.

Le redoutable Sir Miles Lampson ne règne

plus. Il a été muté trois ans plus tôt, au grand soulagement du « gosse », et remplacé par Sir Ronald Campbell. Pendant dix ans, Lampson aura fait trembler la monarchie, imposé sa loi, humilié l'Égypte. Et lui qui rêvait de devenir vice-roi des Indes, s'est retrouvé à soixante-six ans, simple fonctionnaire... à Singapour, en charge des affaires du Sud-Est asiatique.

Pourtant, il a longtemps cru à son rêve. En 1942, Churchill ne lui écrivait-il pas : « Verriez-vous un inconvénient à ce que j'inscrive votre nom sur la liste des candidats au titre de vice-roi des Indes ? Quel est votre sentiment sur le sujet ? Par rapport à votre âge, à votre condition physique ? Je vous prie de noter qu'il ne s'agit pas là d'une proposition, mais d'une interrogation. »

Lampson s'est hâté de répondre : « Je suis immensément flatté que vous considériez mon nom parmi les candidats. Concernant mon sentiment, sachez qu'il n'y aurait rien que je souhaiterais plus au monde. Pour ce qui est de mon âge et de ma condition physique, je peux me flatter d'être en parfaite santé (je touche du bois), et parfaitement apte à assumer pareille fonction. J'ai parfaitement compris qu'aucune proposition implicite ne se cache derrière vos interrogations. »

Y aurait-il une justice immanente ?

Hassaneïn pacha, ex-tuteur du souverain, devenu entre-temps l'amant de la reine Nazli, a lui aussi quitté la scène dans un froissement de tôles, entre Le Caire et Alexandrie. Quelques années auparavant, sur cette même route, Farouk a failli connaître la même fin tragique. Antonio Pulli occupait la place du mort. Au moment de doubler un camion militaire britannique, la Cadillac fit une embardée et alla s'écraser contre un arbre. Le chauffeur du camion, un soldat anglais, s'arrêta et se précipita vers le véhicule accidenté. Pulli avait perdu connaissance. Le souverain, blessé, réussit à bredouiller : « Prévenez les secours. Je suis Sa Majesté Farouk. » « Et moi, je suis l'empereur d'Afghanistan », avait répliqué le militaire convaincu que Farouk délirait. Pourtant, la carrosserie rouge de la voiture royale aurait dû l'alerter. En effet, par décret, seul le roi était autorisé à posséder un véhicule de cette couleur. À l'injure, devait succéder l'humiliation. Lorsque les secours arrivèrent, on installa le roi sur un brancard qui céda sous son poids. Sa Majesté se retrouva les quatre fers en l'air. Précisons que le souverain, alors âgé de vingt-quatre ans, pesait déjà près de quatre-vingt-dix kilos. Il en pèserait quarante-cinq de plus dans les années à venir.

Les mois s'écoulent. Le 23 mars 1949 se produit un événement qui passe pratiquement inaperçu. Un colonel syrien s'est emparé du pouvoir à Damas…

Les pachas, les beys, les notables continuent de vaquer à leurs distractions favorites. Le *fellah* est trop occupé à nourrir ses cinq ou sept enfants pour s'intéresser au reste du monde.

Seul, Gamal Abdel Nasser prend bonne note.

7

Il flotte des odeurs dans ma mémoire. Des images aussi. Précises comme le retour des crues qui déversent sur les berges le limon providentiel ; imprécises comme le balancement de la mer au pied du fort de Quaitbey à Alexandrie, où il y a plus de sept siècles se dressait l'une des sept merveilles du monde. Le phare. Montagne entre ciel et mer. Soleil tissé par les hommes pour guider les navires.

À quelque 200 kilomètres de là, la poussière vole dans les pièces désertées de la villa hindoue construite pour le bon plaisir d'un industriel belge tout aussi visionnaire qu'excentrique : le baron Édouard Empain.

« Je veux bâtir ici une ville. Elle s'appellera Héliopolis, la ville du Soleil. » C'est en 1905 que l'industriel exprima le désir de créer une cité différente de tout ce qui se construisait alors au Caire et dans les environs. Ce qu'il fit. Là, à une quinzaine de kilomètres au nord-est du centre du Caire, ce fruit d'un rêve jaillit du désert. Aujourd'hui, parcs et jardins, villas, palais et immeubles à arcades de style mauresque ont été engloutis par des tours hideuses et des centres commerciaux aux couleurs criardes.

La rue du Baron mène toujours vers la basilique, mais l'Héliopolis Palace n'héberge plus les vieilles Anglaises, encore que, certains soirs nostalgiques, certains jurent y avoir vu le fantôme d'Agatha Christie.

Le Caire suffoque. La fontaine ne murmure plus dans le patio du 14 rue Emad el-dine. Des mains impies l'ont détruite pour la remplacer par une « maison de prière ». J'entends toujours la voix de mon grand-père. Joseph. Joseph *bey*, titre accordé par le roi pour des raisons que j'ignore. Colosse aux mains de boxeur. Six œufs sur le plat au réveil et un gargantuesque plat de fèves accompagné d'oignons verts. Du fromage frit en guise d'entrée. Le crâne couvert du tarbouch, il traverse le patio, l'allure grandiose, effrayante. Le *bawab* quitte son banc séculaire pour le saluer, tête basse comme on salue les pachas. Le *bawab*, c'est le concierge, le portier. Une institution à lui tout seul. Jeunes ou vieux, ces hommes possèdent la prodigieuse mémoire des physionomistes de casino. Une fois entrevu, un visage est définitivement gravé. La plupart sont originaires de Haute-Égypte, des Saïdiens, issus de la même terre que Nasser. On les désigne aussi sous le nom de « Barbarins » ou *Barabras*, parce que nombre d'entre eux ont des racines nubiennes, au nord du Soudan, région longtemps considérée comme le pays des barbares, des « sauvages ». Pourtant, ces Nubiens, comme les Coptes et à la différence des Égyptiens arabisés, ont conservé une ressemblance surprenante avec les anciens Égyptiens, sortis tout droit d'un bas-relief.

Mon grand-père remonte la rue. On s'écarte respectueusement. Cinq cents mètres plus tard, il s'assoit à la terrasse de son café préféré. Les discussions vont bon train, des éclats de rire fusent, les cris des serveurs forment un bruit de fond confus. Noyée dans le glouglou des *narguilés*, une radio diffuse une chanson de la divine Om Kalsoum.

Stavros, le garçon grec, se précipite. Il tient dans ses mains un jeu de trictrac, appelé en Occident jacquet ou *backgammon*. Stavros pose le jeu sur la table, ouvre le tableau à double compartiment et attend la commande : « Un *mazbout* », ordonne Joseph. *Mazbout* est un café turc normalement sucré. *Al riha*, à peine sucré. *Soccar ziada*, très sucré. Tout un rituel. Aujourd'hui, les Grecs outrés vous diront un « café grec ».

À quelques pas, un marchand ambulant traîne sa charrette remplie de guenilles en s'époumonant : « *Roba vecchia ! Roba vecchia !* » Étrangeté que cet Égyptien qui vend sa camelote en italien.

Une calèche glisse vers le rond-point Soliman pacha où se dresse la statue d'un fier guerrier, de son vrai nom Joseph Anthelme Sève. Destin fou que celui de cet homme. Né à Lyon, en 1788, canonnier de la marine et hussard de l'Empire, devenu, sous Mehemet Ali, le généralissime de l'armée. Il s'était marié avec Sidi Maria Myriam Hanem appelée « la Grecque » enlevée à un commerçant du Péloponnèse. Il eut trois enfants : deux filles, Nazli, l'aînée, et Asma, et un garçon, Mahdi. Nazli épousa Abdel Rahim Sabry pacha, et donna naissance à une fille, baptisée elle aussi Nazli. C'est cette dernière qui épousera le roi… Fouad et sera par conséquent la mère de… Farouk. C'est par ce détour pour le moins extraordinaire que du sang français se mêla à celui de la vieille dynastie turque.

La calèche s'arrête devant Groppi. Deux jeunes femmes en descendent et franchissent l'entrée en céramique de style art déco. Groppi, c'est *le* salon de thé par excellence, *le* pâtissier de l'élite, *le* fournisseur de chocolat de Sa Majesté et de tous les pachas, de tous les diplomates en poste dans la capitale, bref de tout le *who's who* moyen-oriental.

Giacomo Groppi, Suisse de Lugano, débarqua en Égypte vers la fin du XIXe siècle. Il commença sa carrière comme modeste employé de la maison Gianola, un salon de thé très prisé.

Dix ans plus tard, il devenait propriétaire de la succursale Gianola à Alexandrie, rue de France. C'est le point de départ d'une fulgurante ascension. Il créa son premier établissement. Introduisit pour la première fois en Égypte la crème chantilly, née selon la légende, au XVIIe siècle, d'un incident de cuisine. On raconte que, lors d'un repas au château de Chantilly, la crème fraîche vint à manquer. Un marmiton affolé eut alors l'idée de la fouetter pour en augmenter le volume ce qui lui permit de servir tous les invités.

Innovation, autrement plus révolutionnaire, Giacomo fut le premier chocolatier en Égypte à employer un personnel féminin. En 1906, à la tête d'une fortune, il décida de se retirer des affaires et vendit son entreprise à un Français, Auguste Baudrot.

Sa retraite fut de courte durée. Un an plus tard, ruiné par la dépression économique de 1907, il revint à ses premières amours. Ce fut à nouveau la gloire. Aux alentours de 1924, son fils Achille prit la relève et fonda le salon de thé du rond-point Soliman pacha. Inauguré en grande pompe, le jeudi 12 mars 1925, l'établissement verra défiler tous ceux qui firent l'histoire de l'Égypte. Quelques mois plus tard, le fils, tout aussi inventif que le père, lança les premiers *ice-creams*, selon une idée importée des États-Unis, et baptisa ces créations de surnoms demeurés célèbres dans la mémoire des vieux

Cairotes : *Sfogliatella, Morocco, Mau Mau, Maruska, Comtesse Marie, Surprise napolitaine.*

Dans le même temps, Giacomo fit construire une ferme qui s'étendait sur plus de 50 hectares, à Al-Geziret al-Dahab, à quelques kilomètres de la capitale. On y trouvait une laiterie, des poulaillers, des plantations d'arbres exotiques, mais aussi un laboratoire équipé des dernières technologies qui permettait de contrôler la qualité des produits. Ces installations, ouvertes au public tous les lundis entre 10 et 12 heures, accueillaient presque autant de visiteurs que le musée du Caire.

Le rêve s'achèvera dans les années 60... sous le règne de Nasser. Si aujourd'hui encore l'endroit demeure, il dérive sur un océan de poussière, radeau en décomposition parcouru de méduses voilées.

Un homme vient de rejoindre mon grand-père. Barbe blanche, costume trois pièces coupé dans un tissu Dormeuil. Le combat va commencer. Les dés sont lancés. Très vite, les jetons claquent. S'ils ne claquent pas, où est le charme ?

6-1... Chehe yak ! 5-1... Bing yak ! 6-6... Dauche !

Bizarrerie encore que ces Égyptiens qui jouent en comptant les points en... persan.

Un groupe d'Écossais en kilt passe en riant aux éclats. À voir leurs expressions salaces, ils doivent se rendre vers la rue Clot bey. Le centre des maisons de passe.

Grand-père, à quelle heure tu rentres ? Je vais bientôt aller dormir. Tu avais promis de me lire la suite des aventures de don Quichotte et de son copain Sancho. Cette lecture du soir était un rendez-vous quotidien avec le bonheur. Je me glissais dans le lit de Joseph, et il lisait. Déformation du souvenir, jeu de miroir du temps, lorsque je repense à ces instants c'est le poème de Baudelaire qui s'y calque et j'entends : *Du temps que la Nature en sa verve puissante concevait chaque jour des enfants monstrueux, j'eusse aimé vivre auprès d'une jeune géante, comme aux pieds d'une reine un chat voluptueux…*

Métaphore inexpliquée et imprévisible…

8

Mars 1949.

Nasser est caserné dans la ville d'Ismalieh, sur le canal de Suez.

Le 25 mai, il est au Caire, en permission. Aux environs de 13 heures, un officier débarque à son domicile et l'informe que le Premier ministre, Ibrahim Abdel Hadi, veut le voir séance tenante. Nasser est surpris : que peut bien lui vouloir une personnalité de cette envergure ? À l'étonnement succède l'appréhension. Appréhension décuplée lorsqu'une fois introduit dans le bureau du ministre, il découvre la présence du chef des services secrets, le général Ahmed Talaat.

À peine Nasser s'est-il installé qu'Ibrahim Abdel Hadi pointe son index et l'accuse d'avoir créé une organisation secrète qui s'apprêterait à semer le trouble dans le pays. Gamal reste de marbre. Il réplique que l'accusation est absurde. Il a passé les derniers mois au front, en Palestine. Comment aurait-il trouvé le temps de mettre au point quoi que ce soit ?

Le Premier ministre persiste :

— J'ai sous les yeux plusieurs rapports qui affirment le contraire. J'exige de connaître les noms des officiers qui entretiennent des liens avec les Frères musulmans !

Nasser se détend un peu. C'est donc la confrérie islamiste et leur chef, Hassan El-Banna, qui est visée.

Abdel Hadi reprend :

— Connaissez-vous un dénommé Mahmoud Labib ?

— Naturellement, nous nous sommes rencontrés pour organiser la défense des Arabes de Palestine.

— Qui vous a présenté à lui ?

— Le capitaine Anwar el-Seyahi.

Un sourire satisfait anime les lèvres du président du Conseil. Il croit tenir sa proie.

— Parfait ! Où habite El-Seyahi ?

Gamal adopte une moue affligée.

— Auprès d'Allah. Il a perdu la vie lors de la guerre.

Abdel Hadi explose :

— Vous voulez jouer au plus malin ? Sachez que je peux vous faire jeter aux fers sur-le-champ !

L'interrogatoire reprend. Pendant près de deux heures, Abdel Hadi essaye d'arracher des informations à son interlocuteur. En vain. Finalement, exaspéré, il ordonne que l'on perquisitionne le domicile de Nasser. Rien. On ne trouve pas le moindre indice susceptible de le compromettre.

Nasser est libre. Mais il sort de cet incident avec une conviction raffermie : il est plus que temps d'organiser et de structurer son mouvement. Il sera baptisé : *Zobat el-Ahrar*, les « Officiers libres ».

De retour chez lui, il laisse passer l'orage et ce n'est que vers la fin de l'été 1949 qu'il convoque ses camarades dans sa maison de Manchiet el-Bakri.

Au cours de la réunion, un « comité exécutif » est élaboré. Il sera composé de neuf membres, parmi lesquels Abdel Hakim Amer, dit Robinson, Anouar el-Sadate, qui a été réintégré au sein de l'armée depuis sa sortie de prison, mais aussi un nouveau personnage : le général Mohamed Naguib, ce militaire qui, au lendemain de l'humiliation infligée au roi par Miles Lampson, avait écrit : « Puisque l'armée n'a pas eu la possibilité de défendre Votre Majesté, j'ai honte de porter mon uniforme. Je demande donc l'autorisation de démissionner. »

Né en 1901 au Soudan, Naguib est l'aîné du groupe. Dès 1942, la lettre adressée à Farouk avait attiré sur lui l'attention de Nasser et celle de ses compagnons. Blessé par trois fois, lors des combats de Palestine (son officier d'état-major de l'époque n'était autre qu'Abdel Hakim Amer), il représente le parfait héros.

C'est du temps qu'il se trouvait à l'hôpital, se remettant de ses blessures, que Naguib avait été abordé pour la première fois par Amer. Robinson lui avait exposé dans les grandes lignes l'ambitieux dessein poursuivi par les Officiers libres. Quelque temps plus tard, alors qu'il enseignait à l'école d'état-major, on était venu le solliciter à nouveau. Amer, toujours. Mais cette fois Nasser l'accompagnait. Les deux hommes avaient été plus loin dans la confidence, décrivant par le détail leurs aspirations. Et Naguib s'était laissé convaincre.

Le projet mis au point par le mouvement comporte six articles : 1. Liquider l'occupation britannique ; 2. éliminer le féodalisme ; 3. mettre fin à la domination du capital sur le pouvoir ; 4. instaurer l'équité sociale ; 5. constituer une armée intègre et puissante ; 6. établir une vie démocratique saine.

Parallèlement serait lancée une campagne de propagande par le biais de tracts et d'articles. Il est prévu aussi de s'appuyer sur les journaux dits d'opposition : le quotidien wafdiste *El-Misri* et l'hebdomadaire *Rose el-Youssef*. C'est ainsi que Ahmed Aboul Fath, le rédacteur en chef du *El-Misri*, osera dénoncer l'état de délabrement de l'armée et du régime monarchique et poussera la provocation jusqu'à diffuser un article dénonçant — vrai ou faux — l'assassinat d'un officier dont le roi convoitait la femme. Plus périlleux encore, il ira jusqu'à révéler le nom de l'assassin présumé : le général Hussein Sirri, sbire de Farouk et bête noire des conjurés.

En fait, Naguib ne sera jamais rien de plus qu'un porte-voix, un pion. Si Nasser et ses compagnons ont fait appel à lui, c'est parce qu'ils ont besoin d'une personnalité crédible, connue de tous et respectée. Quelqu'un qui aura l'oreille du peuple. Le vieux général ne sera en vérité qu'une marionnette. Et bientôt, un pantin désarticulé.

Les semaines passent. Les réunions se tiennent régulièrement, tantôt chez Nasser, tantôt au domicile des diverses personnalités militaires. Afin de détourner les soupçons des services secrets, toutes sortes de prétextes servent de paravent à ces assemblées : séances de spiritisme, anniversaires, tournois de tric-trac... Et, bien qu'au sein de l'armée, la nouvelle de l'existence d'un mouvement révolutionnaire commence à se répandre, ses ramifications restent insaisissables. La structure élaborée par Nasser est, et restera, parfaitement cloisonnée, décomposée en cellules autonomes dont chacune ignore l'identité des autres.

Le roi, lui, continue de survivre au royaume de l'inconscience et s'apprête à convoler pour la seconde fois.

Nous sommes en février 1950. Il vient de faire la connaissance de celle qui deviendra la nouvelle reine d'Égypte. D'aucuns assurent que la rencontre ne fut en rien due au hasard, mais programmée par le joaillier royal, un certain Ahmed Naguib (non apparenté au général) dont la boutique se trouvait (clin d'œil du sort) rue de la reine Farida. Elle s'appelle Narriman Sadek. Cheveux châtains parsemés de quelques mèches blondes, peau de Circassienne, bouche sensuelle ; lorsque Farouk la voit pour la première fois, elle a seize ans. Son père, Hussein Fahmy Sadek, est fonctionnaire au ministère des Télécommunications.

Narriman est déjà fiancée à un certain Zaki Hachem, économiste, diplômé de Harvard. Le gendre parfait. Et pourtant, s'il faut en croire les confidences de la jeune adolescente, à peine eut-elle aperçu Farouk que le brave Hachem fut relégué dans la malle aux souvenirs.

« Je me suis retrouvée en train de bavarder avec le roi comme si je l'avais connu depuis toujours, confiera-t-elle au magazine britannique *Ladies' home*. Il avait une qualité d'écoute hors du commun, et vous donnait l'impression d'être prodigieusement intéressant. Il m'a encouragée à m'exprimer, me faisant sentir que tous les propos que je tenais étaient d'une grande intelligence. »

Toujours d'après ses confidences, elle avoue avoir été subjuguée par le physique du monarque, ses bras, ses poignets couverts de poils *(sic)*, ses cheveux noirs de jais. Aux yeux de Narriman, le mari devait occuper la position de maître et seigneur, par conséquent, il était indispensable que son allure fût en harmonie avec ce rôle.

Au terme de leur conversation, Farouk se fait inviter au domicile de la jeune fille. Rendez-vous est pris pour le lendemain. On imagine l'émoi chez les Sadek. On se précipite chez Groppi, on y achète des kilos de pâtisseries, on décore l'appartement de fleurs, la mère de Narriman offre à sa fille une robe pour l'occasion et l'autorise même à maquiller légèrement ses lèvres. L'arrivée du monarque est prévue pour 15 heures. Il n'apparaîtra qu'à 22 heures. À peine installé, il décide de tester les qualités de « femme de maison » de sa future et l'expédie à la cuisine lui faire un café.

Une trentaine de minutes plus tard, il se retire. Et c'est le silence. Un silence de plusieurs semaines, pendant lesquelles la pauvre enfant souffre mille morts. Comment expliquer cette volte-face, sinon qu'elle a déplu au roi ? Elle se désespère. Elle se languit, elle passe ses journées à contempler amoureusement le cendrier dans lequel elle a conservé les cendres du cigare de Farouk.

Finalement, au grand soulagement de la famille Sadek, Sa Majesté refait surface. Il a réfléchi, son choix est fait : Narriman sera sa reine. Le père de la jeune fille est immédiatement promu au rang de bey et il est décidé que Narriman sera envoyée à Rome afin d'y poursuivre ses études et acquérir la culture européenne qui lui fait défaut.

Une fois dans la Ville éternelle, la jeune fille est logée à l'ambassade d'Égypte, dans la villa Savoy. Officiellement, elle est la nièce de Aziz Badr, l'ambassadeur. Une comtesse, Lily Martellini, « l'une des femmes les plus cultivées d'Europe », est chargée de lui apprendre l'étiquette et les bonnes manières. Un professeur de gymnastique, d'origine russe, est mis à sa disposition avec pour mission de lui enseigner l'autodiscipline et la culture physique. Une diva à la retraite lui soufflera les secrets de l'opéra. Farouk exige aussi que la future reine maîtrise au moins quatre langues : l'italien, pour mieux appréhender la musique ; l'allemand, pour la connaissance de la philosophie, l'anglais pour l'évasion et le français pour lui parler d'amour.

Sa promise casée, Farouk décide qu'un peu d'Europe lui fera le plus grand bien. Destination Deauville. Deauville et son casino bien entendu.

Au milieu du mois de juillet 1950, il embarque à bord de la *Fierté des mers*, escorté par un destroyer de la marine égyptienne. Après une escale à Marseille, il prend la direction de la Normandie. Antonio Pulli l'accompagne, mais aussi son « conseiller de presse » fraîchement nommé, Karim Tabet. Tabet, à qui un journaliste évoquera en juillet 1952 la perspective d'un sursaut populaire, et qui répondra en riant :

« Mon cher, dites-vous bien que les révolutions, c'est nous qui les faisons lorsque nous les jugeons utiles ! Et pour guère plus de 100 000 livres. »

Au grand dam de ma mère, mon père lui aussi fait partie de l'équipée. Des Cadillac, des motards forment le cortège qui dévale les routes de France.

À l'hôtel du Golf, Rita Hayworth traverse le lobby au bras de son époux, l'Aga Khan ; Sacha Guitry, opéré d'un ulcère quelques mois auparavant, se détend sur la terrasse. Le roi les voit à peine. Il se précipite vers les tables de jeux, non sans avoir prévenu le cuisinier du palace de ses plats préférés : sole, escalope normande, champignons à la crème, framboises à la chantilly.

Manifestement, la dérive de l'Égypte ne lui porte pas malchance. Il gagne presque tous les soirs. Mais très vite, les charmes normands l'ennuient et il reprend la route direction le casino de Biarritz. Puis, ce sera San Sebastian et Cannes. Cannes et le Carlton, où la chance l'abandonne. En quelques nuits, il laisse sur les tapis une petite fortune. On évoque le chiffre de 200 000 dollars ; mais qu'est-ce que 200 000 dollars pour un homme dont les biens sont évalués à environ 140 millions ?

Fini la Côte d'Azur. On décide de plier bagages. Sur le chemin du retour, sous l'œil amusé de mon père, Antonio Pulli tend à Sa Majesté une petite note manuscrite. Farouk y lit le décompte des sommes versées par son secrétaire et ami au cours de leurs différentes escales.

— Qu'est-ce que c'est ? s'irrite le roi. Mes notes d'hôtel ?

— Non, Majesté. Vos faux frais.

Farouk fronce les sourcils.

— Je ne comprends rien !

Pulli se racle la gorge.

— J'ai pris sur moi de payer les « souvenirs » que Sa Majesté a souhaité…

Il hésite sur le terme :

—… emporter lors de son séjour en Europe.

— *Magnoun !* s'exclame le monarque. Tu es fou !

Et il balance la note par la fenêtre.

Bien des années plus tard, mon père m'expliquera que le roi, kleptomane impénitent, ne pouvait s'empêcher de faire main basse sur le moindre objet qui attirait son regard. Où qu'il fût. À l'hôtel, dans un restaurant et même chez des particuliers. Ces larcins allaient du banal cendrier à une coupe de cristal, en passant par des couverts, des assiettes, des briquets, des peignoirs de bain ou des lampes de chevet. Cet homme, qui aurait pu s'acheter tout ce qu'il désirait, exultait littéralement à l'idée de chaparder.

Au sortir d'un endroit, c'est avec une jubilation tout enfantine qu'il brandissait ses trophées, convaincu d'avoir joué une bonne farce à ses hôtes. C'est là que Pulli intervenait. Avec une minutie de scribe, il notait sur un calepin les objets du larcin, puis se confondait en excuses auprès des propriétaires qu'il dédommageait. C'est l'intégrité du personnage qui lui imposait de tenir à jour les comptes de ces « faux frais ». Le roi, lui, n'exigeait rien. De cette intégrité, je fus le témoin direct. En effet, pendant de nombreuses années, l'ex-petit électricien italien fut associé à mon père dans diverses affaires de restauration et, plus d'une fois, il eut l'occasion de prouver sa probité. Elle était presque maladive.

Le 15 mars 1951, Farouk est de retour dans son pays natal. Narriman est fin prête à devenir sa reine. La date des épousailles est fixée au 6 mai. Le père de la jeune fille étant mort d'une crise cardiaque — l'émotion sans doute, à moins que ce fût la peur —, c'est l'oncle de Narriman, Mohamed Ali Sadek, qui appose sa signature sur le contrat de mariage. La robe nuptiale est signée Germaine Lecomte, grand nom de la Haute Couture des années 50. Son atelier occupe alors trois étages d'un immeuble de la rue Royale, et sa réputation a traversé l'Atlantique. Dérogeant à la tradition, Narriman n'est pas affublée d'un prénom en F. Superstition ou non, force est de constater que cette dérogation ne portera pas bonheur à la couronne.

Quelques jours après la cérémonie, la nouvelle reine et son roi embarquent pour Capri à bord de la *Fierté des mers*. Des observateurs évalueront les dépenses journalières du couple royal à environ 800 000 francs de l'époque. D'où ce commentaire prémonitoire d'un hôtelier italien : « Des clients à ce tarif, ça ne peut pas durer. »

Fin septembre 1951, dans l'espoir de recouvrer sa légitimité perdue, le roi, soutenu par le président du Conseil, Nahas pacha, décide dans un brusque sursaut nationaliste de dénoncer le tristement célèbre traité signé en 1936 entre l'Égypte et l'Angleterre, qui fait du contingent anglais stationné dans la zone du canal de Suez un occupant « légal ». Signé à Montreux le 26 août, ce traité a toujours été vécu par les Égyptiens comme une ignominie. Les articles inscrits dans le document stipulent que l'Angleterre se réserve le droit de conserver sur les rives du canal un contingent militaire de 10 000 hommes et de 400 pilotes de la Royal Air Force, « tant que les Égyptiens ne seront pas en mesure de défendre la zone ».

Le 6 octobre 1951, Nahas pacha monte à la tribune du Parlement et expose les différentes étapes qui ont conduit à la signature du traité. L'exposé terminé, Nahas se tait un instant, comme pour mieux exprimer la solennité du moment, et déclare : « En 1936, pour l'Égypte, j'ai signé le traité. Aujourd'hui, pour l'Égypte, je l'abroge ! » Et balayant le protocole il conclut avec force : « Et maintenant, tout cela est terminé ! Les Anglais doivent f... le camp sans délai ! »

La salle du Parlement croule sous les applaudissements. Le pays salue le geste. Il n'aura pas de suite. Après plusieurs mois d'un dialogue de sourds où chaque partie défend ses thèses sans jamais réussir à convaincre l'adversaire, la tension monte. La rue réclame à cor et à cri l'évacuation des troupes, d'autant que l'Angleterre n'a pas respecté les clauses du traité qui limite sa présence militaire à 10 000 hommes : en 1951, ils sont 60 000.

Aux protestations égyptiennes, les négociateurs anglais opposent le flegme qui les caractérise. Pas question de céder d'un pouce. À ce bras de fer s'ajoute un scandale financier lié à la bourse du coton. En s'accaparant la majeure partie de la récolte, un groupe de spéculateurs a réalisé des plus-values astronomiques.

Dans les écoles, les universités, les mosquées, maîtres et professeurs, imams, prêchent la lutte. Des coups de main sont menés par de jeunes passionnés et se soldent jour après jour par des incidents sanglants.

Le gouvernement lance un appel aux Égyptiens qui travaillent dans les camps britanniques pour leur demander d'abandonner leur poste. Face à cet embrasement, l'Angleterre se drape dans un superbe dédain.

C'est le moment que choisissent les Officiers libres pour défier le monarque. En effet, c'est l'heure d'élire comme chaque année le président du Club des officiers. Gamal et ses amis font clairement savoir qu'ils soutiennent la candidature du général Naguib. Le roi, lui, défend les couleurs du général Sirri Amer, personnage honni de tous. Naguib est élu à une écrasante majorité : 276 voix contre 58. Furieux, Farouk tempête, annule l'élection et désigne d'office le général Sirri Amer. Aux yeux des Officiers libres, ce n'est ni plus ni moins qu'une déclaration de guerre. Elle connaît un dénouement tragique lorsque, quatre mois plus tard, Sirri est victime d'une tentative d'assassinat fomentée par Nasser. Évoquant les détails de cet attentat dans sa *Philosophie de la révolution*, Gamal écrit : « La détonation de nos armes, immédiatement suivie des cris déchirants d'une femme, la frayeur d'un enfant, me poursuivirent jusque dans mon lit et me tinrent éveillé toute la nuit. Une sorte de remords m'étreignit le cœur. Je balbutiai : “Pourvu qu'il (Sirri) ne meure pas.” À l'aube, j'en étais arrivé à souhaiter la vie à celui que j'avais voulu tuer. En parcourant fébrilement le journal du matin, quelle ne fut pas ma joie de voir que l'homme n'avait pas succombé. »

En réaction aux menaces qui montent de la rue, l'Angleterre a décidé d'accentuer sa pression. Avec une rapidité surprenante, elle fait passer ses effectifs militaires de 60 000 à 80 000 hommes.

Que faire ? C'est le pot de terre contre le pot de fer. Les incidents se multiplient. Un matin, ce sont des autos blindées britanniques qui ouvrent le feu sur un groupe qui évolue près d'un camp militaire. Quinze personnes sont tuées, vingt-neuf blessées. Une bavure. Le groupe n'est en fait qu'un cortège funéraire se rendant au cimetière. Un autre jour, ce sont des policiers égyptiens qui roulent à bord d'un camion non loin de soldats britanniques. Le moteur fait des embardées. Les Britanniques, se croyant attaqués, tirent à bout portant sur les policiers.

Farouk, à l'ombre de ses palais, ne voit rien, ou fait mine de ne rien voir. Son cœur, son esprit, sont désormais centrés sur l'enfant qui est né le 16 janvier 1952, un mois avant terme : Ahmed Fouad. « Félicitations Nanny, s'écrie-t-il en appelant Narriman par son surnom. Bien joué ! » Enfin, voilà l'héritier mâle tant espéré ! Un héritier de trois kilos un quart qui s'est autorisé, à peine venu au monde, à faire un pipi royal à la face des médecins.

Pendant quelques jours, cette naissance offre au peuple l'occasion d'oublier ses malheurs. Une foule en liesse se rassemble sous les fenêtres du palais Abdine et acclame le « prince du Haut-Nil ». À travers le nouveau-né, c'est une dynastie vieille de cent cinquante ans qui se perpétue. Des fanions s'agitent au sommet des lances. Un flot de fleurs inonde les rues du Caire. L'air est plein de chants qui se répercutent le long des rives du Nil. Une ère nouvelle ! L'espérance ! Farouk est totalement sous le charme de son fils, entièrement à sa dévotion. Il ira jusqu'à coucher sur un matelas posé au pied du lit de Narriman pour savourer chaque instant près du petit Fouad. Ce bonheur, hélas, est de bien courte durée.

Le 23 janvier 1952, le général George Erskine, surnommé *Strong George*, commandant en chef des troupes britanniques, déclare dans un entretien : « La presse égyptienne a annoncé que de jeunes volontaires s'apprêteraient à quitter Le Caire, apparemment avec l'approbation du gouvernement, afin d'attaquer les troupes qui sont sous mon commandement dans la zone du canal. Si ces rapports sont avérés, si des attaques venaient à se produire, je serais obligé d'écraser ces rebelles avec les moyens dont je dispose et que je n'ai pas utilisés jusque-là. J'espère que toutes les personnes responsables de ce pays, et particulièrement les parents de ces garçons mal éduqués *[these misguided boys]*, sauront freiner leurs ardeurs criminelles. Cette jeunesse ferait mieux de se préparer à devenir des citoyens utiles à l'Égypte. »

De toute évidence, sa mise en garde a l'effet contraire de celui qu'il escomptait. Dès le lendemain, un commando se lance à l'assaut du camp britannique de Tell el-Kébir où est entassé le plus formidable dépôt de matériel et de munitions du Moyen-Orient.

Le 25 janvier à l'aube, les blindés d'Erskine font mouvement vers la ville d'Ismaïlia et encerclent les deux casernes où sont cantonnées les forces de police locale, les *Boulouks Nizam*. Erskine a jugé que le vrai responsable de cette provocation est cette police qui n'a rien fait pour s'opposer au commando.

Affolé, le capitaine Rifaat, commandant en chef des *Boulouks*, décroche son téléphone et appelle Fouad Sarag el-Dine, le ministre de l'Intérieur. La poignée de gendarmes sous ses ordres est non seulement sous-équipée, mais aucunement entraînée à livrer bataille contre des soldats de la trempe des Britanniques. Doit-il capituler ou tenir ?

La réponse de Sarag el-Dine est catégorique : « Tenir ! Il faut tenir coûte que coûte. » Une reddition ferait perdre la face au gouvernement, discréditerait celui-ci aux yeux du peuple et mettrait pratiquement fin à ce que les Égyptiens ont surnommé « la guerre du canal ».

Erskine interpelle le capitaine Rifaat :

— Rendez-vous ! Vous serez bien traités.

Rifaat, qui six mois plus tôt était encore en stage à la brigade criminelle de Scotland Yard, s'avance à l'entrée de la caserne.

— J'ai été en partie élevé en Angleterre. Je considère les Anglais comme des gentlemen. Mais vous, Anglais qui nous combattez ici, n'êtes pas des gentlemen. Vous avez massé des chars contre des Égyptiens presque sans défense.

— Je comprends votre situation délicate, réplique *Strong George*, mais notre décision est prise. Vous avez un quart d'heure pour réfléchir.

Rifaat rejette l'ultimatum. Erskine donne l'ordre de tirer. Les chars *Centurion* éventrent le bâtiment à coups d'obus de vingt livres. Armé de leurs fusils d'opérette, les gendarmes se défendent comme ils peuvent. C'est un carnage.

Au bout de deux heures de combat, Erskine renouvelle sa sommation.

Le capitaine Rifaat jaillit du bâtiment les mains et les vêtements couverts de sang.

— Voyez ce sang sur mes mains ! C'est celui de vos victimes. Vous n'êtes pas des soldats, vous êtes des assassins !

Strong George rétorque, impavide :

— Vous aurez des ambulances. Nous vous rendrons les honneurs. Vous êtes braves et nous respectons la bravoure !

Rifaat hausse les épaules et lance, avant de retourner dans la fournaise :

— Tout à l'heure, vous viendrez chercher nos cadavres !

Le combat reprend.

À midi, les mortiers anglais déclenchent un feu roulant.

Un quart d'heure plus tard, Rifaat n'a d'autre choix que de hisser le drapeau blanc. Bilan : 46

tués et 76 blessés côté égyptien ; 3 morts et 13 blessés côté anglais.

« Folie pure ! » lâche le commandant Erskine.

La nouvelle de ce massacre soulève au Caire fureur et indignation. Le Conseil des ministres, réuni en séance de nuit, décide de rompre les relations diplomatiques avec l'Angleterre et de faire appel au Conseil de sécurité. On fait arrêter, à titre d'otages, 80 personnalités de la colonie britannique du Caire. Les syndicats ouvriers décident de boycotter les entreprises anglaises. Le soir même, les fonctionnaires de l'aéroport du Caire établissent un piquet de grève devant les comptoirs de la compagnie aérienne BOAC.

De leur côté, les Frères musulmans proclament la guerre sainte. Nous sommes à l'aube d'une journée qui restera à jamais gravée dans la mémoire des Égyptiens.

Le lendemain, 26 janvier, un samedi, des milliers de manifestants sont rejoints par une colonne d'étudiants de l'université d'Al-Azhar. Ils réclament des armes et crient leur haine de l'occupant. La police, présente pourtant, ne bronche pas. L'engrenage infernal s'est mis en marche.

La radio lance un appel vibrant à l'armée : « Soldats, vous représentez l'Égypte militante, celle qui ne baisse pas la tête ! »

Un cortège s'ébranle en direction du palais Abdine où, depuis le début des événements, Farouk se tient silencieux. Le cortège est détourné vers l'opéra du Caire. Devant le cabaret Badia, haut lieu de la danse du ventre, un officier, installé à une table, sirote un café, apparemment indifférent au tumulte qui l'entoure. Il est aussitôt pris à partie par des membres des Chemises vertes, le mouvement d'extrême droite, et par des représentants des Frères musulmans : « Honte à toi ! Tu es là, en train de boire tranquillement alors que tes frères se font massacrer sur le canal ? » Le policier répond par un haussement d'épaules. C'en est trop. Les manifestants prennent d'assaut le café, empilent les chaises et les tables, les inondent d'essence. Dans les minutes qui suivent, des flammes montent vers le ciel.

Une demi-heure plus tard, le cinéma Métro, puis le Rivoli, flambent à leur tour. Vers midi, c'est au tour du Turf Club, où des membres influents de la colonie britannique sont réunis. Ils tentent de fuir. Huit d'entre eux sont rejetés dans le brasier. À 13 heures, Groppi, le fameux salon de thé, est ravagé. En début d'après-midi, l'hôtel Shepheard's, symbole de la présence anglaise, est la proie des flammes. La Barclays Bank, les grands magasins Cicurel et Adès, Ben Zion et Chemla sont réduits en cendre.

Le Caire tout entier est maintenant la proie des flammes.

— À bas Farouk et ses généraux !

Où est l'armée ? Que fait le roi ? Sa Majesté préside un banquet organisé en l'honneur de la naissance de son fils, auquel il a convié, coïncidence troublante, la totalité des officiers de l'armée et de la police, soit environ 600 personnes.

La Rome orientale brûle de toutes parts. À l'abri de son palais, l'empereur est aux abonnés absents. Absence volontaire ? Préméditée ? ou attitude à mettre au crédit de l'inconscience ? Le rôle que joua le roi dans cette journée tragique reste une énigme.

9

Il fait nuit. Maman vient de se précipiter dans ma chambre. Je n'ai que cinq ans. Pourtant, je me souviens de tout. J'ai encore aux narines l'odeur âcre que dégage le local du concessionnaire de pneus Michelin accolé à notre immeuble. Je vois toujours le Bibendum joufflu qui s'affaisse, vire au noir charbon, et lentement se dilue sous l'effet de la chaleur.

— Réveille-toi ! Vite ! Nous partons…

Je balbutie, mal réveillé :

— Où ? Pourquoi ?

— Ne pose pas de questions. Vite ! Vite !

À travers la fenêtre, j'entrevois des lueurs rougeoyantes.

Mon père me soulève.

— Pas le temps !

On m'emporte.

Des cris montent de la rue et du patio où coule toujours la fontaine, indifférente au tumulte. Le *bawab* affolé court dans tous les sens.

Mon père s'est installé au volant de la voiture. Une Opel blanche. Il démarre en trombe, direction Héliopolis. C'est là-bas qu'habitent la sœur de ma mère et son époux, médecin. Nous remontons la rue Emad el-dine. Bruits de vitrines brisées. Scènes de pillage.

Des cris. J'entends encore ces cris. Blotti contre ma mère, j'entrevois à travers les glaces du véhicule des éclairs pourpres. Je ne comprends rien à ces fracas, mais pressens qu'il se passe quelque chose de grave. À hauteur de la grand-place qui jouxte la gare de Bab el-Hadid, la *Porte de Fer*, des silhouettes menaçantes barrent l'avenue principale. Mon père est contraint de piler. Des visages fantomatiques se pressent autour de nous. Un coup sourd. Quelqu'un vient de frapper du poing sur la carrosserie. Un vacarme de fin du monde. Terrifié, je me serre un peu plus contre ma mère. Que nous veulent ces gens ? Pourquoi ?

J'entends mon père échanger des mots avec les manifestants. Il me montre du doigt. Sans doute essaye-t-il de les raisonner. Le meneur me dévisage. Il a les joues barbouillées de suie. Le front transpirant. Je n'oublierai jamais son expression. Il traite mon père de *khawaga*. Expression à double sens. Elle signifie littéralement « monsieur », mais porte aussi un sens péjoratif. Un *khawaga* c'est un homme qui n'appartient pas au peuple, c'est surtout un bourgeois étranger. Étranger ? Mon père ?

Mon Dieu ! Qui sommes-nous ? Des Égyptiens ? Des Français ? Des Italiens ? Des Grecs ? Non. Finalement c'est bien plus compliqué. Nous sommes une race hybride. Des chrétiens-levantins-juifs-grecs-italiens-français-arabes-turcs. Nés sur cette terre depuis des générations, nous appartenions à l'Égypte. Nous en étions partie intégrante.

Combien de temps le manifestant a-t-il réfléchi avant de faire signe à ses camarades de nous laisser passer ? Mille heures pour moi. En réalité, quelques secondes. Nous repartons. À mesure que nous nous éloignons du centre de la ville, les va-et-vient s'atténuent. Et lorsque nous entrons dans Héliopolis, c'est le calme, enfin. Ici nous serons en sécurité.

Plus tard, beaucoup plus tard, j'apprendrai que cette journée fut baptisée du nom de « Black Saturday », le samedi noir.

D'un point de vue politique et moral, la position internationale de l'Égypte est profondément altérée au moment où elle a le plus besoin de l'estime des autres nations. Les dégâts sont considérables. On évoque le chiffre d'une cinquantaine de millions de livres sterling. Dès le lendemain, une question est sur toutes les lèvres : « Qui est responsable ? »

Dans un article publié le 10 février 1952 dans le journal wafdiste *El-Misri*, le ministre de l'Intérieur de l'époque, Fouad Sarag el-Dine, répond à ceux qui l'accusent d'avoir laissé délibérément incendier Le Caire. Il y décrit heure par heure la chronologie des événements.

À 12 h 30, informé des premiers incidents par le directeur de la Sûreté, il donne l'ordre de tirer sur les incendiaires, mais son interlocuteur lui répond que c'est impossible, les policiers prenant fait et cause pour les manifestants. Sarag el-Dine téléphone alors à Haydar pacha, commandant en chef de l'armée, et lui demande l'intervention des troupes. Haydar refuse. Il juge l'ordre inopportun, estimant que le peuple s'érigerait contre l'armée. Il ajoute que les recrues sont beaucoup trop jeunes, inexpérimentées, et qu'elles risquent de se joindre aux émeutiers. « De toute façon, conclut le commandant, seul le roi a le pouvoir d'ordonner une intervention militaire, je vais la lui proposer et vous tiendrai au courant. »

Haydar ne devait jamais rappeler.

En désespoir de cause, Sarag el-Dine se précipite au palais. Il est 14 h 30. Le roi laisse entendre qu'il donne son accord à la mobilisation de la troupe. À 15 h 30, pas le moindre soldat en vue. À 16 h 15, toujours rien. Ce n'est qu'aux alentours de 17 h 30 que les premiers détachements se déploient par petits groupes dans le quartier d'Abbassieh. Ils se déploient, mais sans intervenir.

Comment expliquer un tel laxisme ? Sarag el-Dine, lui, est convaincu : l'affaire a été soigneusement préméditée. Reste à savoir à qui profite le crime.

Au lendemain de ce 26 janvier 1952, l'Égypte se retrouve divisée en deux camps. Les perdants et les gagnants. D'emblée, on observe que les premiers discrédités sont les wafdistes et à travers eux l'ensemble du gouvernement, jugé incompétent. Le jour même, dès 16 heures, le Premier ministre Nahas pacha, averti par son collègue de l'Intérieur qu'il s'agit d'un coup monté, tente de remettre sa démission au roi, qui la lui refuse. Et pour cause, le souverain a tout intérêt à faire subir à l'équipe gouvernementale les conséquences de ces émeutes et à lui faire endosser la responsabilité des mesures impopulaires qui doivent être prises : la loi martiale et le couvre-feu. La révocation de Nahas n'aura lieu que le 27, après que le monarque aura placé un nouveau ministre à la tête de l'État en la personne de Ali Maher. Motif : « Efforts insuffisants du Cabinet pour enrayer les troubles. »

Le roi ne peut que se réjouir de cette nouvelle situation, la mise en quarantaine d'un parti nationaliste qui menaçait son trône et s'apprêtait à obtenir l'évacuation de ses protecteurs anglais. Le fait même que ce jour-là Farouk retint au palais les responsables des forces d'intervention laisse planer sur lui de fortes présomptions. À moins que ce fût — rien d'étonnant à cela — une nouvelle preuve de son inconscience congénitale. Comment ne pas envisager l'hypothèse d'une collusion entre le roi et les services secrets britanniques ? Les avantages que les Anglais tirent de ces bouleversements sont loin d'être négligeables : plus de rupture avec Londres, plus d'appel au Conseil de sécurité, quant à l'expulsion des troupes de la zone du canal, elle est reléguée aux oubliettes.

Une question est aujourd'hui encore sur toutes les lèvres : « Qui fut responsable de l'incendie du Caire ? »

De prime abord, on songe aux Frères musulmans. En prenant pour cibles prioritaires les lieux dits de « perdition », tels que les bars ou les cabarets, n'ont-ils pas signé clairement leur participation ? Coïncidence ou non, la semaine précédente, un hebdomadaire proche de l'organisation islamiste, *Chabab Mohamed*, publiait un article dénonçant avec virulence la présence des cinémas dans la capitale, dispensateurs d'« images lubriques ».

Au même moment, un autre article fait les éloges d'un groupuscule qui vient de mettre le feu à une salle de projection de la ville de Tantah. Et l'article s'achève sur cette proclamation : « Nous voilà débarrassés de cette turpitude ! »

On pense ensuite aux communistes. À cette époque, une rumeur court à propos du rôle qu'aurait pu jouer un diplomate polonais passant pour un « expert des mouvements révolutionnaires ». Cependant, on voit mal comment une délégation surveillée jour et nuit par les autorités aurait fourni des bombes et du matériel incendiaire à un parti local sans être interceptée. Notons toutefois, dans une interview accordée à l'*Observer*, en mars 1956, que Nasser accuse ouvertement les communistes d'avoir « provoqué des troubles et incendié Le Caire ».

Il y aussi les Chemises vertes imprégnées de l'esprit du national-socialisme. La réputation du groupe est si exécrable que son fondateur a jugé utile de camoufler sa politique extrémiste sous le vocable de *Masr el-Fatat*, « Jeune Égypte », alors que son journal, *Al-Ichtirakaya*, prêche ouvertement les mêmes doctrines que celles du IIIe Reich, faisant tout naturellement des Juifs la cible privilégiée. Leur devise : « Un peuple, un parti, un dirigeant » est directement inspirée du slogan nazi : *Ein Reich, ein Volk, ein Führer*.

Ce Hitler de pacotille s'est notamment déchaîné contre le cinéma Rivoli propriété de la firme anglaise Rank. Or, ce cinéma est précisément la première cible des incendiaires après la mise à sac du cabaret Badia. Dès qu'il est question de trouver les responsables de l'incendie, le nom de l'agitateur nazi est sur toutes les lèvres. Détail curieux, il ne sera arrêté que trois mois plus tard, et son procès devant un tribunal militaire, interrompu par le coup d'État du 23 juillet.

Enfin, comment oublier le petit peuple ? S'il ne fut pas l'instigateur de l'embrasement de la capitale, il en fut l'un des participants les plus zélés. Exaspéré, épuisé, frustré, il est certain qu'il profita des circonstances pour assouvir une rancœur trop longtemps contenue.

Quelques années plus tard, Mohamed Hassanein Heykal (rédacteur en chef du journal *Al-Ahram*, éminence grise de Nasser et son porte-parole semi-officiel) devait donner de cette journée une interprétation qui confirme cette vision : « Il se peut que certains aient mis le feu à la capitale, intentionnellement et de mauvaise foi. C'est là une question secondaire. En effet, après la première étincelle, de larges masses se précipitèrent pour exprimer leur mal-être, en intensifiant l'incendie, en volant et en pillant. L'incendie du Caire n'est guère, comme il nous apparaît aujourd'hui, un simple incident policier, mais bien plutôt l'explosion de ceux qui ne possédaient rien contre ceux qui monopolisaient le droit à la vie. Dès lors, rien d'étonnant si la colère des masses se déversa contre les cinémas, les grands hôtels, les magasins élégants du centre-ville, toutes choses naturelles, puisque les masses disaient leur colère d'en être privées. »

Précisons que Heykal, successivement conseiller de Nasser puis de Sadate, reste l'un des témoins les plus importants et les plus controversés de cette époque de l'histoire de l'Égypte contemporaine. Né le 23 septembre 1923, il a étudié le commerce à l'Université américaine du Caire et commença en 1942 sa carrière de journaliste dans une publication anglaise : *The Egyptian Gazette*. Il quitta la rédaction en 1944 pour le journal *Akher Sa'a*, « La dernière heure », tribune du parti nationaliste. Deux ans plus tard, on le trouve dans *Akhbar El-Yom*, « Les nouvelles d'aujourd'hui », où il reste jusqu'en 1957. Dès l'arrivée au pouvoir de Nasser, il n'hésite pas à prendre parti pour la révolution et son leader.

Pendant les deux jours qui suivirent, la censure interdit aux journaux de commenter le drame. Dès qu'elle est levée, un écrivain, Mohamed el-Tabeï, écrit : « Les responsables ont le devoir de déclarer publiquement que le samedi 26 janvier fut une journée de honte et de déshonneur, une journée qui sera toujours marquée d'une pierre noire dans la vie de l'Égypte, une page noire dans l'histoire de la renaissance égyptienne et de la lutte du pays. »

Cette journée, en effet, a vu se former, à côté du gouvernement légal, un gouvernement de la rue, composé d'éléments dévorés par la haine, le mécontentement, l'envie et l'anarchie.

En réalité une conjonction de personnages et d'organisations a dû guetter la nuit du 26 janvier 1952, dans l'espoir qu'un pyromane se décide à mettre le feu à la poudrière. Alors, le roi ? L'occupant britannique ? Les Frères musulmans ou ceux de la liberté ? Communistes ou Chemises vertes ? Tous avaient intérêt à ce que l'Égypte s'enflamme. Tous y ont trouvé leur bénéfice.

27 janvier 1952, 16 heures. Un appartement quelque part dans Le Caire.

Voilà un moment déjà que Gamal Abdel Nasser s'est invité chez son ami, Aboul Fath, le rédacteur en chef du journal *El-Misri*. Il n'est pas venu seul, le commandant Saroit Okacha, beau-frère du journaliste, est présent lui aussi.

La visite de Nasser est une surprise pour Aboul Fath. Il le côtoie depuis cinq ans et jamais les deux hommes ne se sont vus ailleurs que dans les bureaux de la rédaction.

— Nous avons élaboré un plan pour nous emparer du Caire, annonce Nasser. Il est au point.

Fath est interloqué. Si, par son beau-frère, il est au courant de l'existence du mouvement des Officiers libres, s'il sait que celui-ci s'est considérablement renforcé au cours des derniers mois grâce à l'adhésion de jeunes militaires issus de différents corps d'armée, en revanche, jamais il n'avait imaginé que le mouvement envisageait de détrôner Farouk et de renverser le régime.

Nasser poursuit :

— Comme vous le savez, depuis hier soir, Le Caire est soumis au couvre-feu de 19 heures à l'aube et l'armée est chargée de son application. C'est l'occasion idéale. Nous pouvons non seulement occuper tous les points stratégiques du Caire, mais arrêter également le président du Conseil, les ministres et Farouk lui-même.

Abdel Nasser prend une brève inspiration avant de conclure :

— Si nous sommes venus vous voir, c'est pour recueillir votre avis quant aux conséquences politiques d'une telle action. Je vous le dis d'emblée : s'il n'est pas favorable, nous renoncerons à notre projet et le remettrons à plus tard.

Aboul Fath réfléchit quelques instants et déclare :

— Gamal, au risque de vous décevoir, je crains que si un coup d'État se produisait maintenant, l'on ne perde le contrôle de la situation et que les troupes britanniques ne profitent de l'occasion pour réoccuper la capitale. L'armée essayera de les en empêcher, mais compte tenu des rapports de force, elle n'a aucune chance d'y parvenir. Quelles seront alors les conséquences ? Échec du coup d'État, massacre de nos troupes, retour des Anglais au Caire. Dès lors, nos efforts ne seront plus uniquement consacrés à déloger l'occupant de la zone du canal, mais aussi de la capitale. C'est pourquoi j'estime que le moment n'est pas propice.

Nasser hoche la tête et se tourne vers Saroit Okacha.

— Qu'en penses-tu ?

— Je pense qu'il a raison.

Un temps de silence, puis :

— Très bien, annonce Nasser avec un calme surprenant. Dans ce cas, nous remettrons notre projet à plus tard.

Il se lève. Son visage buriné est impénétrable.

Il fait signe à son compagnon de le suivre.

Fath les raccompagne jusqu'au seuil de l'appartement.

À l'extérieur, une odeur de cendre flotte toujours dans le ciel bleu métal.

Mars 1952. J'ai mal. Mal à ma terre.

Le vieux joueur d'orgue de barbarie glisse sous notre balcon. Il égrène des notes pleurardes. Hier, c'était un air de valse. Un marchand des quatre-saisons lui emboîte le pas, tirant sa charrette à bras.

Quel jour sommes-nous déjà ? Mon Dieu ! Demain c'est Cham el-Nassim ! Cham el-Nassim, « Respirer la brise ». La fête du Printemps. Fête millénaire qui remonte aux temps des pharaons. C'est aussi le lundi de la Pâque copte...

Les Coptes. Rares sont ceux qui savent qu'avant l'arrivée de l'islam, le christianisme était la religion prédominante dans le pays, l'un des premiers à avoir embrassé cette nouvelle foi. C'est non sans honneur et fierté que les Coptes revendiquent — à juste titre — d'être les descendants directs des pharaons. « Copte » n'est d'ailleurs pas autre chose que l'abréviation du mot grec *« Aegyptoi »*, lui-même dérivé du nom du temple de Memphis, dédié au dieu Ptah, *Het-Ka-Ptah* « château de l'âme de Ptah ». C'est ainsi qu'en 642, les conquérants arabes de l'Égypte désignèrent l'ensemble des habitants de la vallée du Nil, pratiquement tous chrétiens. Aujourd'hui minorité religieuse (environ huit millions) ayant à sa tête un pape indépendant de Rome (Chenouda III), c'est dans l'indifférence absolue que cette communauté se meurt.

Privés peu à peu, sauf en liturgie, de leur langue maternelle, du fait de l'arabisation du pays, les Coptes furent, à l'instar des Juifs dans la péninsule Ibérique, soumis à un impôt spécial, la *djizya*, et n'eurent plus le droit de porter les armes ou de monter à cheval. Comble de l'absurde, il leur fut interdit d'enseigner l'arabe, « langue sacrée de l'islam ». Au milieu du XIXe siècle, ils connurent un temps de répit sous le règne de Mehemet Ali qui leur ouvrit la porte des casernes, supprima l'humiliante *djizya* et enrôla nombre d'entre eux dans son gouvernement. Répit bientôt consommé. Aujourd'hui, dans l'indifférence du monde, ils ne sont plus qu'un bastion assiégé, cibles d'agressions, d'assassinats et de mesures vexatoires.

Je me lève aux aurores. De toute façon, il eût été impossible de dormir plus longtemps. De la rue monte le bruit assourdissant des pétards lancés par les gosses. Ce ne sont pas des pétards habituels, mais de vulgaires boules de papier d'une quinzaine de millimètres de diamètre, gonflées de poudre noire, enveloppées dans un papier brun et maintenues par un fil de fer entrecroisé. Point de mèche. Nous les avons pompeusement baptisées les « bombes ». Il suffit de les lancer sur une surface dure pour qu'elles explosent, laissant sur le sol une trace étoilée. Ces « bombes » ont la vigueur du tiers-monde, et le pouvoir destructeur des papillons.

Avec les tantes, les oncles, les cousins, les cousines, nous roulons sur la route qui mène à la campagne. Cette campagne ne s'apparente en rien à celle du Kent ou du Sussex.

Il ne pleuvra pas sur le cottage de Mrs Smith, au cœur du Gloucestershire. Vous ne verrez pas des femmes au teint diaphane, à l'allure raide et aux lèvres pincées, protégées par leur Burberry. Point d'épagneuls ou de yorkshires clabaudeurs. Encore moins d'hommes en pantalon de velours côtelé et veste de tweed. Non. Ici tournent en rond des *gamoussas*, ces bufflesses boueuses et pleines de mouches. Elles tournent pour actionner la noria, machine rudimentaire à godets pourvoyeuse d'eau. Ici, les femmes ont la peau mate et le visage partiellement voilé. Vêtues de noir, l'œil dessiné au khôl, elles s'avancent dans le miracle de l'aube. La gargoulette en terre cuite posée en équilibre sur leur tête leur confère une démarche de reine. Les hommes ont la peau tannée. Drapés dans leur *gallabieh*, ils sentent le cuivre et la boue. Les enfants ne jouent pas au hochet, mais avec des legos de conserves et des feuilles palmées. Les cottages sont des maisons de pisé.

Sur un dernier hoquet, la vieille Opel pile au bord de la route. On déplie la nappe à même les herbes et l'on y dépose le pain rond encore tiède, les oignons verts, les œufs durs colorés, symboles de renouveau, les fèves écrasées avec de l'huile et surtout, surtout, le poisson salé et mariné dans de la saumure.

Nous nous asseyons en cercle. La bise est légère, l'air a la transparence du cristal.

Rien à dire. Le bonheur est là. Têtu comme les pyramides. Inexpliqué comme le Sphinx.

10

Juin 1952. Cinq mois se sont écoulés depuis l'embrasement du Caire.

Ali Maher a donné sa démission et, malgré l'insistance du roi, refusé de former un nouveau gouvernement. C'est un ancien dissident du Wafd qui l'a remplacé à la tête de la présidence du Conseil : Naguib Hilali pacha. L'équipe qu'il a constituée ne tient que par un fil.

Dans une sorte d'instinct de survie, Farouk s'est constitué un « dernier carré » composé de personnages hétéroclites et sans envergure. On y trouve, entre autres, un ancien journaliste, Karim Tabet, affublé du titre de « conseiller de presse ». En réalité, l'homme est considéré comme « l'intermédiaire », celui par qui s'achètent interventions politiques, grades et décorations. La plupart du temps, la volonté royale ne s'exprime plus par la voie officielle, mais à travers un petit groupe de serviteurs qui forment ce que l'on appelle « le cabinet de cuisine ». Il y a aussi le valet du roi, Mohamed Hassan, son maître d'hôtel, Abdel Aziz, son chauffeur-mécanicien, bombardé « directeur des garages royaux », Edmond Gahlan, l'homme de paille déjà cité lors de l'affaire des trafics d'armes en 1948, distribuant d'énormes pots-de-vin à toute une clique de profiteurs, Elias Andraos, devenu comme par enchantement l'homme de confiance de Farouk en acceptant de perdre au jeu des sommes considérables. Il sert le roi tout autant qu'il le distrait. Il y a aussi le médecin personnel du monarque, le docteur Youssef Rachad (à qui Sadate extorque de précieux renseignements), et bien sûr, Antonio Pulli. Ce dernier voit, il sait, il pressent que ce palais ne ressemble plus à un palais mais au radeau de la Méduse. Il m'a confié avoir maintes fois tenté de tirer la sonnette d'alarme, sans succès. Aux mises en garde répétées de son ami d'enfance, le souverain se contente de répliquer : « Tu dis n'importe quoi ! L'armée est à mes côtés ! Le peuple m'adore ! »

Dans la deuxième quinzaine de juin, mon père essaye lui aussi de prévenir le monarque. Dans ce club privé, les gens parlent, l'alcool délie les langues, et il suffit de tendre l'oreille. Il ne s'agit plus de rumeurs. L'expression « coup d'État » circule entre les tables de jeu. Le roi ne veut rien savoir.

L'équipe mise en place par Hilali se révèle très vite impuissante à gérer l'anarchie qui règne dans le pays. Hilali donne sa démission dans la nuit du 22 juin. Avec lui, c'est le troisième gouvernement qui tombe en six mois.

Revoilà l'Égypte livrée à elle-même.

Le roi décide alors de nommer une personnalité indépendante à la tête de la présidence du Conseil : Hussein Sirri pacha. Dans la foulée, le souverain exige du nouveau président la dissolution immédiate du Club des officiers et l'arrestation des militaires (dont il ignore toujours l'identité) qui comploteraient contre sa personne. Décision qui laisse à penser que Farouk a enfin compris que sa survie n'est plus qu'une question de jours.

Hussein Sirri convoque aussitôt le commandant de l'armée, le général Haydar pacha, et l'interroge. Haydar nie avoir connaissance d'un quelconque complot. D'ailleurs, affirme-t-il, il a chargé l'un de ses subalternes, le major Salem, d'espionner les hommes suspectés. La conclusion de son rapport est claire : il ne s'agit pas de révolutionnaires, mais de nationalistes.

Hussein Sirri hoche la tête, dubitatif. Il confirme l'ordre de dissoudre le Club des officiers et recommande à Haydar de poursuivre son enquête. De toute façon, complot ou non, la bombe doit être désamorcée. Le président du Conseil est convaincu que le seul moyen de calmer les esprits et de s'allier les officiers est de nommer le général Naguib ministre de la Guerre.

Le 19 juillet 1952, il exprime à Farouk son souhait, et le met en garde : la situation est grave. L'armée est profondément irritée par la dissolution du Club des officiers. L'organisation clandestine des Officiers libres, dont les membres restent inconnus, mais avec laquelle le général Naguib entretient des contacts (Hilali en est convaincu), complote contre le régime. Il faut ou bien offrir le ministère de la Guerre à Naguib et le laisser réorganiser l'armée, ou bien l'arrêter avec ses amis, pour prévenir une mutinerie.

Le monarque répond d'une note laconique, transmise par son valet : « Pas question de Naguib. Nomme le général Sirri Amer ministre de la Guerre. » Sirri Amer ? L'ennemi juré des Officiers libres ? Ce serait une provocation ! Le moyen le plus sûr d'accélérer la chute !

Hussein Sirri démissionne. Il est immédiatement remplacé par… son prédécesseur, Hilali pacha. Nous assistons là à un véritable jeu de chaises musicales. Faut-il que le roi se sente acculé pour faire appel à un homme qu'il a lui-même limogé quelques semaines auparavant, et dont il sait qu'il ne reviendra que pour appliquer son programme et s'opposer à la nomination du diable : Sirri Amer.

Rien d'étonnant donc que Hilali, à peine pressenti, plaide à nouveau pour la nomination du général Naguib. Et le roi de persister dans son entêtement. « Il n'en est pas question ! Jamais ! Ce sera Sirri et personne d'autre ! »

Le 20 juillet, la nouvelle de la nomination probable de Sirri parvient aux oreilles de Ahmed Aboul Fath. Il décroche aussitôt son téléphone et appelle son beau-frère, Saroit Okacha.

— Prends garde ! C'est la crise entre le roi et le président du Conseil ! Le roi s'apprête à nommer le général Hussein Sirri Amer ministre de la Guerre, estimant que c'est le seul moyen qu'il a de contrôler la situation. Tu m'as bien compris, Saroit ? *Le roi veut Sirri Amer.*

Saroit raccroche. La nouvelle est extrêmement grave. S'il existe un homme, un seul, qui soit en mesure de briser le mouvement des Officiers libres, c'est bien Sirri Amer. Sans perdre un instant, Okacha prévient Nasser.

C'est le branle-bas. Dans l'heure qui suit, les membres dirigeants des Officiers libres se retrouvent dans la villa du général Naguib située dans le quartier de Koubbeh, non loin du cabaret Helmieh palace. La proximité de ce lieu public permet aux conjurés de mêler leurs voitures à celles des clients sans attirer l'attention de la police.

Au terme de leur réunion, la décision est prise : le coup d'État prévu pour la fin août sera avancé. La situation s'y prête. Le gouvernement est inexistant. La plupart des hommes politiques et des diplomates étrangers sont en vacances en Europe ou en villégiature à Alexandrie. La voie est libre. Il faut prendre le roi de vitesse. On viendra chercher Naguib quand tout sera terminé.

20 juillet 1952, minuit. Les principaux acteurs — dix en tout — sont réunis au domicile de Saroit Okacha.

Avant toute chose, décision est prise d'alerter les membres qui sont absents du Caire, entre autres Anouar el-Sadate, cantonné à la base aérienne d'El-Arich, en plein cœur du Sinaï. Puis, Nasser expose son plan : des détachements des différents corps d'armée se rassembleront à minuit, au PC de la cavalerie. Une fois ces troupes réunies, les chars prendront possession des points névralgiques de la capitale, tandis que d'autres contingents s'empareront du quartier général de l'armée dans le quartier de Abbassieh. Afin d'éviter toute fuite, recommandation est faite aux participants de ne rien divulguer à leurs collègues, de ne réunir ceux-ci à la caserne qu'à 22 heures et de ne leur communiquer les instructions qu'une heure avant le début des opérations.

21 juillet, 11 h 30. Palais de Montazah, Alexandrie. Farouk est allongé sur la plage de sa résidence d'été. Son regard va de la mer étale aux

brumes de chaleur qui tremblent sur la ville. Alexandrie…

Je m'avance le long de la corniche brouillée par la poussière et l'écume. Où donc est passée la ville ? Je pousse la porte du Brazilian Coffee, au 20 rue Salah Salem. Étrange. Le temps se serait-il figé ? Même mosaïque de feuilles de caféier insculpée le long des murs, même comptoir, même miroir, mêmes ventilateurs.

Non. Le temps ne s'est pas figé. C'est un leurre. Tous ces êtres me sont étrangers et leurs accents ne sont plus polyphones. Je ressors, les larmes aux yeux. À quelques pas de là, des marchands ambulants bradent des briquets chinois qui sonnent les premières notes de la *Lettre à Élise*. D'autres me harcèlent pour me vendre des bics et des montres *made in* contrefaçon.

« La pauvreté exclut, et la richesse isole. » D'où me revient cette phrase ? Les pachas s'en sont allés, mais la fortune n'a fait que changer de mains. Sous l'œil effaré des enfants, de flamboyantes Mercedes remontent la corniche. Le peuple a affublé ces coursiers de luxe de curieux sobriquets adaptés à chaque modèle. Le plus prestigieux s'appelle « La poudre ». Surnom éloquent qui sous-entend bien évidemment la drogue. Aux yeux des malheureux, aucun être humain ne pourrait s'offrir une voiture de ce prix, à moins de tremper dans quelque affaire louche.

Arméniens, Juifs, Libanais, Maltais, Français, Grecs, Italiens, Anglais, Égyptiens. Tout ce sang mêlé aujourd'hui réduit à un seul et unique rhésus.

Tout agonise dans les poussières et le spectre du phare qui se dressa un jour d'il y a longtemps sur l'île de Pharos. Aujourd'hui, ville noire, photo jaunie. Jardins fanés des soupirs. La rouille a rongé les immeubles haussmanniens d'antan. Le tramway roule toujours, mais ses wagons semblent désarticulés. Les fiacres ont déserté la place Mehemet Ali. À Ramleh, la plage du Sporting s'émiette sur la grève. Le Carlton hôtel, à Stanley bay, s'affaisse sur ses fondations. La place dite des Consuls a implosé. On ne jouera jamais plus sur la scène du théâtre Zizinia.

3 avenue du Palais, se devinent des ombres qui errent derrière les murs fatigués du pensionnat de la Mère de Dieu. Ici, la langue française était reine. Même si l'on y ajoutait des expressions singulières, inspirées par la volonté inconsciente de transcrire des mots arabes en français. On pouvait ainsi entendre des phrases aussi curieuses que : « *D'où par où ?* » sous-entendu : Comment diable connais-tu cette personne ? ou bien : « *c'est un fiche-nez* », pour qualifier quelqu'un qui se mêle de tout. Le *bacaporte* n'était autre que la bouche d'égout, dérivé de l'italien : *bocca aperta*. Pour évoquer une vieillerie, on disait *antika*.

Ces inventions stylistiques ne se retrouvaient d'ailleurs pas que dans la bourgeoisie. Les princes eux-mêmes y contribuaient. Évoquant un fournisseur malhonnête, le khédive Ismaïl s'écria un jour : « C'est une crépule ! » « Vous avez raison, Sire, approuva un courtisan non dénué d'humour, "crapule" n'est pas assez fort pour un homme de cette espèce ! »

Pour des raisons mystérieuses, dont l'explication nécessiterait les services d'un sémiologue, des mots en avaient remplacé d'autres. C'est ainsi que dans un café pour réclamer une « paille » on disait au serveur un chalumeau ; siphon, plutôt que « chasse d'eau » ; cabinet plutôt que WC. L'expression « c'est un vrai bonbon » qualifiait quelqu'un d'adorable. « Deux heures et demie *et* cinq », était préféré à 14 h 35. On s'inquiétait « sur » quelqu'un et non pas « à son sujet ». On buvait une « gazeuse », plutôt qu'une limonade. On achetait une « tourte », et non un gâteau d'anniversaire. Les commerçants eux aussi faisaient de leur mieux pour s'exprimer en français. C'est ainsi qu'à la vitrine d'un teinturier on pouvait lire des annonces aussi mémorables que celle-ci :

« À mes amis, monsieur, madame et lady, je suis le servant Ahmed Hassanein El-Faransawi, sélèbre osta [approximativement contremaître] des grands hôtels du Cairo. Je fait toutes sortes de qualités de lavements pour dames et missieux, du repassage et encore tunturirie des couleurs.

Lavements des bantalon flanella blue, très bien one shilling cinq biastres. »

Désarticulation des mots, implosion, mais du français tout de même. Bien sûr, quoi de plus naturel et de plus légitime que de restituer la priorité de sa langue à un pays ? Le chagrin ressenti ne vient pas de ce changement, mais de l'éradication de la langue de Molière. Si M. Poquelin côtoyait Homère ou Dante, c'était tout de même Poquelin qui occupait la place d'honneur.

Aujourd'hui, le pavillon de l'Union Jack claque au-dessus des missions culturelles auprès de celui de l'oncle Sam. CNN a mangé Sganarelle. Et la BBC, Britannicus. À l'image d'Alexandrie, la langue française s'est désintégrée et n'est plus bredouillée que par quelques Mohicans rescapés des temps anciens.

Quelque part, arrachées aux murmures de la brise méditerranéenne, s'élevaient les onomatopées des marchands de *locomadis*, ces délicieuses friandises grecques : *kiiiriac konkanti pistachi !* D'autres vantaient les glaces italiennes « élastiques » et des limonades *spathis*. À leurs cris se mêlait le timbre des cymbales, articulées comme des castagnettes par un vendeur de jus de réglisse qui traînait le pas, une bonbonne de verre pendue à sa poitrine par une lanière de cuir.

C'est fini... le silence.

Une petite charrette bringuebale. Elle plie sous le poids des cannes à sucre liées en fagots. Mes pas me guident devant le 4 rue Charm el-

Sheikh, ex-rue Lepsieus. On a posé une plaque à l'entrée de l'immeuble : *To spiti to Cavafi. Cavafi's house. 2nd floor.*

Cavafi. Celui que l'on appelait « Le poète de la ville ». Né en 1863. Mort en 1933. Sans avoir jamais vendu un poème, se contentant de les distribuer aux terrasses des cafés.

J'entre...

La Chambre était pauvre et vulgaire,
Cachée au-dessus de la taverne louche
Par la fenêtre on apercevait la ruelle étroite et sordide.
D'en bas montait la voix de quelques ouvriers
Qui jouaient aux cartes et faisaient la fête.
Et là, sur l'humble lit plébéien,
J'ai possédé le corps de l'amour,
J'ai possédé les lèvres
Voluptueuses et rouges de l'ivresse
Empourprées d'une telle ivresse
Que même en ce moment
Où j'écris après tant d'années,
Dans ma maison solitaire,
J'en suis de nouveau tout enivré[1].

Des portraits au fusain ornent les murs. Un petit bureau, en macramé de bois. Des chaises. Un paravent-moucharabieh. Deux chandeliers,

1. *Une nuit.*

deux lampes à pétrole. Un lit en fer forgé. Une affiche sur laquelle on peut lire : *l'Institut Français d'Athènes et l'Union des Grecs d'Égypte vous présentent : Hommage à Stratis Tsirka.* Né à Alexandrie. Mort en 1980. Un roman essentiel : *Cités à la dérive* et un essai sur son ami Cavafi.

Cavafi... parti. Tsirka... parti. Demain, demain je reviendrai.

Je remonte la corniche. Le ciel métallique plombe mes pas et mes souvenirs. Là-bas, le port. Amarré, se détache un navire tout blanc qui attend. C'est le *SS Esperia* de la Lloyd Triestino. C'est à son bord que j'embarquerai — comme tant d'autres — un matin blafard de novembre 1965.

Farouk est toujours allongé sur la plage de sa résidence d'été.

Il a capitulé devant toutes les exigences de Hilali, son nouveau Premier ministre. Cependant, ultime sursaut de fierté, il pense lui imposer au ministère de la Guerre son beau-frère, le colonel Ismaïl Sherine, marié à la princesse Fawzia. L'homme ne manque pas de prestige au sein de l'armée. Ce serait là, pense le souverain, un compromis idéal. Il sait pourtant que Hilali s'opposera à ce choix, car le ministre a porté son dévolu sur quelqu'un d'autre, Mortada Maraghi, l'actuel ministre de l'Intérieur, favorable à la réorganisation de l'armée et proche du général Naguib.

Farouk jette un coup d'œil à sa montre. Il n'est pas loin de midi. Demain, Hilali viendra lui présenter les membres de la nouvelle équipe gouvernementale. Ce qui lui laisse encore un temps de réflexion.

Il s'étire, ferme les yeux, et savoure le silence. Le lieu est magique.

Construit sur une plate-forme dominant la mer entourée de jardins admirables, ce palais érigé pendant le règne du dernier khédive, Abbas Hilmi, est le fruit d'un magnifique mélange architectural turco-florentin. Les pins italiens projettent leurs ombres au pied de la façade et le soleil s'engouffre sans complexe à travers la multitude des fenêtres surmontées d'arcades.

Grandeur d'une époque dont les heures sont comptées.

11

Alexandrie, 22 juillet 1952, 16 h 30.

Les membres du cabinet Hilali pénètrent dans le palais Ras el-Tine pour prêter serment à Sa Majesté. Ras el-Tine, l'autre résidence d'été de Farouk érigée par son illustre aïeul, Mehemet Ali.

À peine la nouvelle équipe est-elle alignée qu'apparaît la silhouette du colonel Sherine. Hilali exprime sa surprise.

— Majesté ? Pour quelle raison le colonel est-il là ?

— C'est votre nouveau ministre de la Guerre, réplique Farouk.

Hilali est atterré. Il ne peut que se résigner.

La cérémonie de prestation terminée, le roi congédie ses hôtes. C'est peut-être ce jour-là qu'il gribouilla une note à l'attention de l'une de ses maîtresses et qu'il signa : *F.F.* « Foutu Farouk »…

Il jette un coup d'œil vers sa montre. Elle indique 17 h 15.

Le Caire, même heure. Ils sont assis autour d'une table dans la maison de Nasser à Manchiet el-Bakri. Huit militaires. Ils sont en train de mettre la dernière main au plan qui va leur permettre de mener à bien leur coup d'État. L'ambiance est à peine tendue. On devine même une certaine jubilation sur les visages. Voire de l'empressement.

« Ce soir, à minuit », précise Nasser.

Le groupe se sépare, il n'est pas loin de 18 heures.

Au même moment, Anouar el-Sadate, rentré d'Al-Arish, arrive à la gare du Caire. Il scrute la foule. Nasser qui aurait dû être là pour l'accueillir n'est pas sur le quai. La dernière information reçue précisait que le coup d'État aurait lieu entre le 22 juillet et le 5 août. Sadate se dit qu'il est en avance. Il patiente encore quelques instants, puis il hèle un taxi et gagne son domicile. N'y trouvant aucun message, il décide d'emmener sa femme, Jehane, au cinéma.

À 19 heures, le capitaine Saad Tawfiq déboule l'air affolé chez Nasser :

— Gamal ! Nous avons un problème. Hussein Farid, le chef d'état-major, a convoqué pour 22 heures une réunion extraordinaire au quartier général. Quelqu'un a vendu la mèche. Une rafle serait imminente.

— Qu'à cela ne tienne, réplique Gamal. Nous agirons plus tôt.

A 19 h 10, Nasser monte dans sa petite Morris et va prévenir un à un ses compagnons que l'opération est avancée d'une heure.

Il arrive chez Sadate. Le domestique lui ouvre. Sadate n'est pas là. Il griffonne un mot : « Rendez-vous chez Abdel Hakim Amer à 23 heures. »

De retour vers 22 h 30, Sadate trouve le message, se change, prend son pistolet et se rue chez Amer. L'officier n'est pas chez lui. Il se précipite à la caserne d'El-Abbassieh espérant l'y trouver. Hélas, il ignore le mot de passe *Nasr*, « victoire », qui permet de pénétrer dans le bâtiment. Il a beau tenter de convaincre les sentinelles en faction, celles-ci restent inflexibles. Jurant, pestant, il ne lui reste plus qu'à faire les cent pas devant les guérites.

« Je devenais fou, écrira-t-il dans ses Mémoires. Était-il possible que la révolution eût lieu sous mes yeux sans que j'y prenne part ? J'avais lutté toute ma vie pour ce moment précis, je m'étais battu, j'avais souffert, j'avais sacrifié mon existence entière en vue de cette heure de gloire : que signifierait ce combat, quel serait le sens de l'homme que j'étais au plus profond de moi-même, si j'en étais réduit au rôle de spectateur au moment même où ma raison d'être prenait forme ? »

22 h 45. Le téléphone sonne au domicile du journaliste Mohamed Heykal. C'est Farid Zaa-

louk, l'un des proches collaborateurs de Hilali pacha.

— Es-tu au courant de ce qui se passe ?

— Non, répond Heykal. De quoi s'agit-il ?

— Les officiers sont dans la rue et l'armée est en état de rébellion.

Le journaliste n'est qu'à moitié étonné.

— J'ai noté en effet des déplacements de blindés dans ma rue. Mais de là à imaginer...

Zaalouk ne le laisse pas poursuivre :

— As-tu récemment rencontré le général Naguib ? As-tu de ses nouvelles ?

— Aucune.

À peine Heykal a-t-il raccroché que le téléphone sonne à nouveau. Cette fois, il s'agit du capitaine Saad Tawfiq. En quelques mots et sans donner d'explications, il prie le journaliste de se rendre à 3 heures du matin au quartier général à Abbassieh.

Cette fois c'est sûr, se dit Heykal. Quelque chose de grave est en train de se produire. Si, comme vient de l'affirmer Farid Zaalouk, les officiers sont dans la rue, le général Naguib doit certainement savoir quelque chose. Le journaliste saute dans sa voiture et se dirige vers la maison de Naguib.

Lorsqu'il arrive, il découvre le général en pleine conversation. D'un signe de la main, celui-ci l'invite à s'asseoir, tout en prêtant une oreille attentive à son interlocuteur.

— Je vous assure que je ne suis au courant de rien, dit Naguib.

Il ajoute :

— J'ai devant moi Mohamed Heykal qui vient d'arriver. Voulez-vous que je vous le passe ?

Il tend le combiné au journaliste en lui chuchotant : « C'est Mortada Maraghi. Il appelle d'Alexandrie. »

Sans introduction, le ministre de l'Intérieur demande :

— Que se passe-t-il chez vous au Caire ?

— Je n'en sais rien, monsieur le ministre. Tout à l'heure, Zaalouk pacha m'a posé la même question. Je me suis dit que le général Naguib était peut-être au courant de quelque chose. D'où ma présence ici.

— Comprenez-moi bien. Il s'agit de gamins fous, d'officiers de l'armée qui ont quitté leurs casernes et se sont impliqués dans un acte de rébellion qui les conduira en enfer ! Cette ineptie doit prendre fin avant le lever du jour.

Et le ministre d'ajouter :

— J'ai chargé le général Naguib de faire le nécessaire et de rencontrer ces fous pour les convaincre de mettre fin à ce mouvement, tout en les assurant qu'aucun d'entre eux ne sera puni.

Minuit et demi. Finalement, Amer regagne la caserne devant laquelle se morfond Sadate. Ce dernier se précipite vers lui et le submerge de questions. Amer explique qu'à 22 heures, sous sa conduite, un groupe armé a réussi à entrer dans le bureau du chef d'état-major des armées. Après une courte empoignade, l'homme a été désarmé. Le quartier général est désormais sous le contrôle des insurgés.

À 1 h 30, des automitrailleuses commandées par le major Khaled Mohieddine encerclent la zone militaire d'Abbassieh et de Manchiet el-Bakri, tandis que les chars du lieutenant-colonel Hussein El-Chaffe'i occupent les points stratégiques de la capitale, notamment le bâtiment de la radio.

Au même instant, les membres des Officiers libres réunis autour de Nasser font le bilan des heures écoulées : si douze généraux ont été arrêtés, le plus important d'entre eux, la bête noire, Hussein Sirri, est parvenu à s'enfuir. Il sera tout de même appréhendé le lendemain, alors qu'il tente de passer en Libye.

Voilà près de deux heures que Naguib s'efforce de joindre les officiers supérieurs qu'il connaît. Pas un seul ne répond, et pour cause. Naguib appelle alors le secrétaire du chef d'état-major, Osman el-Mahdi, mais c'est Abdel Hakim Amer qui lui répond :

— Nous envoyons une voiture blindée vous chercher, annonce Robinson. Venez nous retrouver au siège de l'état-major de l'armée.

Là-bas, Nasser vient de décider d'informer en priorité l'ambassade des États-Unis. C'est Ali Sabri qui est chargé d'appeler David Evans, l'attaché naval américain. En quelques mots, le lieutenant-colonel d'aviation le met au courant des événements et conclut : « Si les puissances étrangères se gardent de s'immiscer dans nos affaires, l'ordre sera maintenu et il n'y aura pas d'effusion de sang. » Le second coup de fil est pour le chargé d'Affaires britannique, M. Hamilton.

L'ordre chronologique dans lequel se déroulent ces deux appels n'est pas anodin : ce sont les Américains qui sont privilégiés. Ils le seront à plusieurs reprises, jusqu'au jour où Nasser se détournera lassé de tant de rejets.

4 h 30. Heykal déboule au siège de l'état-major.

Il est conduit dans le bureau du secrétariat où on lui demande de patienter. De l'endroit où il se trouve, on peut apercevoir une porte close devant laquelle deux soldats montent la garde.

Au bout de quelques minutes le capitaine Saad Tawfiq apparaît et annonce au journaliste :

— Tous les membres de la direction sont à l'intérieur avec Mohamed Naguib, ils préparent le reste de l'opération.

Plus d'une heure s'écoule. À 6 heures, Saad Tawfiq est convoqué dans le bureau où se déroule la réunion. Il en ressort moins d'une minute après, avec la copie du premier communiqué qui devrait bientôt être diffusé sur les ondes. À ce moment précis, la sonnerie du téléphone résonne dans la pièce. Tawfiq répond, et sur-le-champ tend le combiné à Heykal. Ce dernier reconnaît la voix de Hilali pacha. Le timbre est vacillant, empreint d'une intense émotion :

— Mohamed, dit le Premier ministre, je veux que tu ailles voir Naguib et que tu lui dises que je suis parvenu à un accord satisfaisant avec le roi. Par décret royal, Naguib sera nommé commandant général de l'armée. Il aura tout loisir pour opérer les changements requis par les officiers. Ainsi, le problème sera réglé dans un cadre constitutionnel, sans bruit et avant que le peuple ne se réveille.

Heykal acquiesce. Il est aussitôt emmené par le capitaine Tawfiq dans la salle où s'est réuni le comité exécutif des Officiers libres. Après un bref échange de salutations, le journaliste transmet le message du Premier ministre.

Naguib hoche la tête et interpelle Nasser :

— Qu'en pensez-vous, Gamal bey ?

Au ton de sa voix, dira plus tard Heykal, à son expression, il semblait évident que le vieux général était enclin à accepter la proposition de Hilali.

Nasser, lui, n'a pas l'ombre d'une hésitation.

— Appelez le ministre, dites-lui d'allumer sa radio à 7 heures précises et il aura sa réponse.

Naguib s'exécute. Il se tourne ensuite vers Mohamed Heykal et lui tend le combiné :

— Le Premier ministre veut vous parler à nouveau.

Quelque peu surpris, le journaliste prend l'écouteur :

— Demande-leur s'ils veulent que le gouvernement démissionne.

Heykal pose la question à Naguib, mais c'est — une fois encore — Nasser qui répond :

— Parfaitement. Il a raison. Il vaudrait mieux que le gouvernement démissionne.

Hilali donne son accord et met un terme à la conversation.

Le silence retombe dans la pièce.

— Si le Premier ministre démissionne, fait observer quelqu'un, par qui le remplacera-t-on ?

Aucune réponse.

C'est alors que deux nouveaux personnages débarquent dans la salle. L'un n'est autre que Aboul Fath, le rédacteur d'*El-Misri*, l'autre est Ihssan Abdel Koddous, de *Rose El-Youssef*. En quelques mots, Nasser résume pour eux la situation et le problème que pose le remplacement de Hilali : quel homme de confiance pourrait lui succéder ? Après quelques minutes de réflexion où une série de noms sont évoqués et aussi vite oubliés, Abdel Koddous suggère :

— Pourquoi pas Ali Maher ?

— Ali Maher ?

La proposition est loin d'être absurde. L'homme est âgé, certes. Il a soixante-dix ans. Mais tous savent — et Nasser en particulier — que celui qui fut par deux fois Premier ministre, chef du cabinet du roi, est peut-être le seul qui garde un peu d'ascendant sur Farouk ; le seul aussi à pouvoir le convaincre d'abdiquer « à l'amiable ». Mais ce ne sont pas les seules raisons de ce choix. En 1942, après que Sir Miles Lampson eut imposé au roi (avec la brutalité qu'on sait) Nahas pacha comme Premier ministre, son premier geste fut de mettre Ali Maher aux arrêts. Un internement de plus de deux ans durant lequel les Officiers libres ont même tenté de le faire évader. Persécuté par les Anglais, Maher apparaît ce jour-là aux jeunes nationalistes comme l'un des rares hommes politiques égyptiens doués de la force morale nécessaire pour mener à bien une politique nationale.

— Parfait, approuve Gamal. Va pour Maher !

Et il ajoute à l'attention de Koddous :

— Puisque tu connais bien le pacha, pourrais-tu nous arranger une entrevue aussi vite que possible ?

Ihssan acquiesce. Il appelle Maher et rendez-vous est pris dans la journée.

C'est Sadate qui sera chargé de négocier au nom du comité. Mais avant, il a une mission à accomplir : celle d'informer le peuple égyptien.

Il se rend à la radio et déclame le communiqué rédigé par le général Naguib.

« L'Égypte vient de traverser la période la plus sombre de son histoire, avilie par la corruption, désagrégée par l'instabilité. Ces facteurs ont affecté l'armée elle-même, et constitué l'une des causes de notre défaite en Palestine. Commandée par des ignorants, des incapables et des traîtres, l'armée n'était plus en mesure de défendre l'Égypte. C'est pourquoi nous nous sommes épurés : l'armée est désormais entre les mains d'hommes intègres et patriotes en qui vous pouvez avoir toute confiance. Les anciens responsables que nous avons jugé utile d'arrêter seront libérés dès que les circonstances le permettront. Je saisis cette occasion pour mettre le peuple en garde contre ses ennemis et lui demander de ne tolérer aucun acte de violence ou de destruction, car de tels actes nuiraient à l'Égypte. Ils seraient considérés comme des actes de trahison et punis avec la plus extrême rigueur. L'armée assurera le respect de la loi, en coopération avec la police. Je tiens à rassurer tout particulièrement nos frères étrangers et à leur affirmer que l'armée se considère entièrement responsable de la sécurité de leur personne, de leurs biens et de leurs intérêts. Puisse Dieu tout-puissant nous venir en aide ! »

Une fois le discours prononcé, Sadate et le journaliste de *Rose El-Youssef* se dirigent comme convenu vers le domicile de Ali Maher pacha.

Dans ses Mémoires, Sadate raconte que Ali Maher les fit monter au second étage de sa maison et les invita à s'asseoir sur la terrasse. Quand Sadate lui annonça que le Comité des Officiers libres souhaitait le charger de constituer un nouveau gouvernement, Maher eut l'air visiblement embarrassé. En principe, c'était le roi qui aurait dû lui adresser cette demande, et de surcroît il n'était pas sûr que le putsch réussirait. Sadate lui assura que ses compagnons et lui avaient la situation bien en mains. Maher s'inquiéta ensuite du sort réservé au monarque. « Il appartient à Farouk de faire ce qu'il jugera opportun, répondit Sadate, et nous agirons en conséquence. »

Toujours selon Sadate, le téléphone sonna. Maher alla répondre et revint en annonçant : « C'est le roi. Il approuve ma nomination. » Et Sadate de le féliciter. L'information est curieuse. Comment le souverain aurait-il pu être au courant de la requête des Officiers libres, alors que jusque-là, elle était inconnue du palais ? Une autre version, plus plausible, laisse entendre que Maher exprima la volonté d'en référer au roi *avant* de prendre sa décision et que le roi ne put qu'approuver.

Dès le lendemain, les manchettes des journaux affichent en caractères gras la nouvelle du coup d'État, et la nomination de Ali Maher à la présidence du Conseil. Une photo de Naguib et une autre de Sadate apparaissaient entre les colonnes. Rien sur Nasser, non plus que sur les autres membres de la conjuration.

Le Caire est en effervescence. Dans les chancelleries, c'est le désarroi le plus total. Personne ne s'attendait à un tel coup d'éclat. Les ambassadeurs étrangers sont dépassés. Les Anglais, consternés. Eux qui pensaient connaître les moindres frémissements de l'Égypte, les voilà pris de court, placés devant le fait accompli. Les représentants de Sa Très Gracieuse Majesté sont forcés de reconnaître qu'ils n'ont rien vu venir, et enragent. En revanche, les Américains, eux, ne cachent pas leur satisfaction. Ils sont même euphoriques : voilà longtemps déjà qu'ils espéraient la destitution de Farouk et l'avènement d'un régime réformiste qui leur accorderait sa faveur en lieu et place des Britanniques.

Quant à la presse internationale, elle est tout aussi déconcertée que les chancelleries. À l'Est, on croit voir un « coup » fomenté par la CIA (créée un an plus tôt). Radio Bucarest parle d'un mouvement téléguidé par Washington. Les experts se livrent au jeu des hypothèses et des affirmations. Le *Times* assure que « ces événements n'ont rien à voir avec le conflit anglo-égyptien et sont une affaire purement intérieure ». *Le Monde*, daté de juillet 1952, soutient que « si l'autorité du roi a été bravée, sa position personnelle n'est pas mise en cause ».

Réunis à nouveau dans la grande salle du quartier général, à Abbassieh, les conjurés font le point. Pour l'heure, tout se passe comme prévu. Au-delà même de leurs espérances. Toutes les demandes formulées par le comité révolutionnaire ont été approuvées sans condition par le souverain, entre autres celle qui imposait Mohamed Naguib à la tête des forces armées à la place de Haydar pacha.

De la rue montent les premiers vivats. Des groupes parcourent la ville en scandant : « Révolution ! Révolution ! Vive l'armée ! Vive Naguib notre sauveur ! »

Le lieutenant-colonel Nasser sourit.

— Et maintenant ? demande quelqu'un.

Nasser réplique :

— Pour l'heure, nous avons réussi sur presque toute la ligne.

— Presque ?

— Farouk. Tant qu'il demeurera sur le sol égyptien, nous ne serons pas maîtres de la situation. Un contre-putsch est toujours possible, de même qu'une intervention anglaise.

— Il faut le condamner à mort ! s'exclame le major Gamal Salem, l'un des officiers les plus virulents. La peine capitale est le seul châtiment à la mesure de ses crimes.

Anouar el-Sadate s'oppose aussitôt :

— Impossible ! Nous ne pouvons le tuer sans jugement. Le procès traînera en longueur. Et en attendant, il nous sera impossible de tourner la page et de commencer un nouveau chapitre de l'histoire de l'Égypte.

Nasser approuve et se penche vers le général Aziz el-Masri.

— Quelle est ton opinion ?

El-Masri ricane.

— Moi, la tête d'un ennemi ne m'intéresse que lorsqu'elle est tombée.

Nasser réfléchit. Jusqu'à cet instant, cette révolution n'a fait que deux morts : les deux sentinelles postées à l'entrée du QG. Il n'est pas d'exemple dans l'histoire d'une révolution aussi « propre ». Pourquoi la souiller, et à quoi servirait la mort de Farouk ?

Nasser allume une *Craven A*, sa marque de cigarettes préférée, puis se tourne vers Sadate :

— Écoutez-moi, Anouar. Débarrassons-nous de ce type le plus tôt possible. Présentez-lui un ultimatum et qu'il s'en aille !

Il ajoute à l'attention du général Naguib :

— Il serait bon, mon général, que vous souteniez Anouar dans sa démarche.

Pendant que les officiers débattent du sort réservé au souverain, ce dernier, finalement conscient du danger, convoque Antonio Pulli dans ses appartements et le charge d'entrer en contact avec l'ambassadeur des États-Unis, Jefferson Caffery. La mission de Pulli est simple : demander au diplomate si un destroyer américain est suffisamment proche des côtes égyptiennes pour, le cas échéant, entrer dans la rade d'Alexandrie et prendre le roi à son bord. Sinon, obtenir du gouvernement américain l'assurance de sa protection. Caffery répond à Pulli qu'aucun navire militaire n'est en mesure d'intervenir dans des délais assez brefs, mais qu'en revanche le roi peut être rassuré, Caffery lui garantit la vie sauve. Dans l'heure qui suit, l'ambassadeur en personne se rend au palais et demeure auprès de Farouk, tandis que celui-ci prépare ses valises.

Le rôle joué par les Américains dans cette affaire prouve — si besoin était ! — le cynisme du monde politique. Dans les jours qui suivent, ils doublent le nombre de leurs diplomates y mêlant un bataillon d'agents de la CIA, et expriment ouvertement leurs bonnes intentions à l'égard des nouveaux dirigeants égyptiens. Le Nouveau Monde se déclare prêt à aider l'une des plus vieilles civilisations à sortir du cocon nationaliste. *The hell with the British !* Jefferson Caffery prêchera à qui veut l'entendre que ces *boys* peuvent sauver l'Égypte de la tentation communiste qui ne manquera pas de surgir en réaction aux abus des pachas et du roi.

26 juillet 1952. À 8 heures du matin, une colonne de blindés cerne le palais Ras el-Tine. À 9 heures, le général Naguib et Sadate entrent dans le bureau d'Ali Maher et lui remettent l'ultimatum rédigé à l'attention du roi par le comité des Officiers.

Le vieux pacha saisit le document et lit :

« Considérant l'anarchie complète dans laquelle le pays a été plongé ces derniers jours et qui s'est étendue à tous les domaines du fait de votre mauvaise gestion, de vos violations de la Constitution ainsi que de votre mépris de la volonté du peuple, au point qu'aucun citoyen ne sent plus sa vie, ses biens et sa dignité en sécurité. Considérant que votre persistance dans cette voie a gravement compromis la réputation de l'Égypte parmi les nations ; que les traîtres et les prévaricateurs continuent de trouver sous votre égide protection et sécurité et de réaliser des fortunes scandaleuses tout en gaspillant les deniers publics, alors que le peuple est en proie à la faim et à la misère. Considérant que ces faits ont été mis en évidence par la guerre de Palestine, par le trafic d'armes et de munitions défectueuses auquel elle a donné lieu, les jugements qui ont été prononcés par les tribunaux et qui ont dévoilé vos interventions dans les procès des coupables, interventions qui ont dénaturé les faits, ébranlé la confiance en la justice, encouragé les traîtres à suivre la même voie, enrichissant les uns et corrompant les autres. En conséquence, l'armée, qui représente la force du peuple, m'a donné mandat de requérir Votre Majesté d'abdiquer en faveur de votre fils le prince héritier Ahmed Fouad, aujourd'hui même, samedi 26 juillet 1952, et de quitter le pays ce même jour avant 6 heures du soir. L'armée tiendra Votre Majesté responsable des conséquences de votre refus éventuel de vous conformer à la volonté du peuple. Signé : Le commandant en chef des forces armées, Mohamed Naguib, général d'état-major. »

Sa lecture achevée, le vieux ministre murmure, la mine défaite : « Il ne m'a jamais écouté, il l'a bien mérité. »

Farouk est là, assis derrière son bureau. Il semble très calme. Mais ce n'est qu'une apparence. Il toussote et ses traits sont tirés. À ses côtés se tient le vice-président du Conseil d'État, Soliman Hafez.

Maher tend l'ultimatum au souverain. Farouk y jette un bref coup d'œil et interroge Hafez :

— Ce document a-t-il une quelconque légitimité ?

Hafez bredouille :

— Heu... Si nous nous référons au préambule de la Constitution, la réponse est oui, Majesté.

Le monarque se replonge dans sa lecture, puis :

— Je vous prie d'ajouter à la mention « volonté du peuple » une référence à « Notre volonté ».

— Majesté, fait observer Hafez, ce texte est formulé dans la forme d'un rescrit royal.

— Cela signifie donc que la volonté royale est sous-entendue ?

Hafez confirme.

Farouk médite quelques instants. Quelles idées tourmentent son esprit ? Quelle image se fait-il de son avenir ?

— Très bien, dit-il enfin. Je vais signer. Mais je souhaite que me soient assurés la sauvegarde de mes biens, mon départ à bord du yacht royal le *Mahroussa*, et qu'Antonio Pulli fasse partie de ma suite.

Maher sourcille.

— Pulli ?

— Parfaitement.

— Je ne peux vous répondre, Majesté. Je dois en référer au général Naguib.

Maher pointe son index sur le téléphone.

— Puis-je, Majesté ?

Le souverain fait oui d'un mouvement de la tête.

La réponse de Naguib est claire : oui, pour le *Mahroussa*, non pour ce qui concerne la sauvegarde des biens royaux. Quant à Pulli, il est hors de question qu'il quitte l'Égypte.

En réalité, ainsi que Pulli me l'expliquera, le comité des Officiers était convaincu que le roi avait transféré la quasi-totalité de sa fortune à l'étranger. Ce qui était en partie faux. Si des sommes ont effectivement été placées hors d'Égypte, elles sont très loin de représenter les montants faramineux sur lesquels on a longtemps glosé. Pour preuve, lorsque le roi se retrouvera en exil, il survivra essentiellement grâce à la générosité du souverain d'Arabie Saoudite, Ibn Séoud. Néanmoins, dans les jours qui précédèrent le coup d'État, à l'instigation de son entourage et de Pulli lui-même, Farouk accepta de faire transférer plusieurs caisses chargées de lingots, à bord d'un bâtiment de la marine. Après une escale prévue dans le port italien de La Spezia, non loin de Gênes, ce trésor de guerre devait être acheminé par voie ferrée jusqu'à Genève. L'homme chargé de cette mission secrète n'est autre qu'Edmond Gahlan, celui-là même qui, sous couvert d'importation de stylos, se constitua un important patrimoine grâce au trafic d'armes.

Le navire appareilla effectivement à l'aube du 20 juillet, trois jours avant le coup d'État. Ce n'est qu'une fois à La Spezia que le capitaine et l'équipage apprirent par la presse les événements qui venaient de se produire en Égypte. Que s'est-il passé ensuite ? Qu'est-il advenu du précieux chargement ? A-t-il effectivement été acheminé vers une banque suisse ? Nul ne sait. Nul ne le saura jamais.

Des années plus tard, au centre culturel égyptien, alors que je donnais une conférence sur Mehemet Ali, l'illustre fondateur de la dynastie, je fis la connaissance de la reine Fadila, l'épouse du roi Ahmed Fouad, fils de Farouk. Je l'interrogeai au sujet de ces mystérieuses caisses. À sa connaissance, jamais le prince héritier n'a eu vent de l'affaire. De toute évidence, les lingots ne sont jamais parvenus à destination. La seule certitude, c'est qu'au couchant de sa vie, Farouk ne possédait quasiment plus rien.

Quoi qu'il en soit, ce matin de juillet 1952, la demande du roi concernant la présence de Pulli à ses côtés manque de tourner au drame.

Apprenant le refus des Officiers libres, Farouk réitère son exigence avec un entêtement d'enfant : « Si Pulli ne me suit pas, je refuse de partir ! » assène-t-il à Maher.

C'est l'impasse. Elle ne dure pas. Pulli, informé de la situation, prend sur lui d'intervenir. Ce fut, selon ses propres dires, le pire moment de toute son existence. Il décide de se rendre auprès du souverain et lui annonce : « Majesté, je reste. Je ne vous suivrai pas. »

Et il ajoute avec la plus grande fermeté : « Je n'y tiens pas. »

La foudre tombant aux pieds de Farouk n'eût pas eu plus d'effet. Voilà que son ami d'enfance, son plus fidèle compagnon, le complice de tous les jours le lâche à son tour. Atterré, il croit avoir mal entendu et prie Pulli de répéter. Ce dernier obtempère, refoulant les larmes qui lui montent aux yeux.

Brisé, Farouk lui fait signe de quitter la pièce. Il a perdu son trône et probablement le seul être en qui il avait mis toute sa confiance.

Plus tard, beaucoup plus tard, les deux hommes se retrouvèrent à Rome. Condamné à demeurer en territoire égyptien, Pulli a réussi à arracher aux autorités un visa de sortie pour se rendre en Italie au chevet de son épouse mourante. Cette faveur ne lui a été accordée qu'à deux conditions : la promesse formelle de ne pas chercher à revoir Farouk, et un serment sur l'honneur qu'il reviendra en Égypte après les funérailles. Il respecta à la lettre la seconde clause ; mais pas la première.

Quels propos le roi et l'ex-petit électricien échangèrent-ils ? Personne ne le sait. À mes questionnements, Pulli répondit par le silence. Se sont-ils réconciliés ? Farouk a-t-il compris que son ami n'avait fait que se sacrifier en acceptant de se livrer aux conjurés ? La réponse leur appartient.

10 h 30. Le souverain déchu s'apprête à signer son acte d'abdication.

Il doit s'y prendre à deux fois. Il lève la tête vers le vice-président du Conseil et bredouille :

— J'espère que vous excuserez, en raison des circonstances, ma façon de signer. Il faut que je recommence.

À l'extérieur du palais Ras el-Tine, une foule immense attend.

À 18 heures, alors que le soleil jette ses derniers feux sur la mer, le roi apparaît en grand uniforme blanc d'amiral de la flotte. Il vient de faire ses adieux à sa famille. La reine Narriman marche à ses côtés. Elle porte dans ses bras Fouad, le nouveau-né âgé de six mois, désormais successeur au trône d'Égypte. Accompagnées par leur nurse anglaise, Anne Chermside, suivent les trois princesses, Fadia (neuf ans), Fawzia (douze ans) et Ferial (quatorze ans). Quelque peu en retrait, on peut apercevoir M. Jefferson Caffery, l'ambassadeur des États-Unis.

Les malles qu'ils ont été autorisés à emporter contiennent essentiellement des objets précieux, les vêtements des princesses et de la nurse. Farouk, aussi surprenant que cela puisse paraître, n'emmène que deux costumes et six chemises. Sept robes pour Narriman. À bord, la nourriture sera des plus frugales. Les ordres des conjurés ont été respectés à la lettre : il n'est pas question que ce départ ressemble à une escapade de plaisancier. De surcroît, une fois le souverain débarqué en Italie, le capitaine du *Mahroussa* devra impérativement ramener le yacht à son point de départ.

Le drapeau royal descend lentement de la hampe qui surplombe le palais. Croissant blanc, trois étoiles, blanches elles aussi, sur fond vert.

De la rade monte une salve de vingt et un coups de canon. Au moment où Farouk s'engage sur la passerelle, une Jeep s'immobilise devant la coupée. Le général Naguib en descend, suivi de trois officiers. Il marche vers le roi et lance comme à regret :

— Sire... Je tenais à le rappeler en cet instant à Votre Majesté : après l'affront que vous a fait subir l'ambassadeur britannique, Miles Lampson, j'ai offert ma démission pour protester de ma fidélité à la couronne...

Derrière ses lunettes noires, Farouk vacille. L'émotion sans doute. Pour tout commentaire, il chuchote :

— Prenez soin de l'armée...

— Elle est maintenant entre de bonnes mains, Sire.

Un instant de silence. Les deux hommes se dévisagent.

Farouk lance avec une certaine dureté :

— Sachez que ce que vous m'avez fait, je m'apprêtais à vous le faire.

Le spectre décharné de Mehemet Ali, fondateur de la dynastie, observe la gorge serrée ce yacht qui s'éloigne. Le Turco-Albanais se souvient avoir débarqué un matin de mars 1801, à quelques kilomètres d'ici, sur une plage d'Aboukir. En quarante ans, il était parvenu à tirer l'Égypte des ténèbres dans lesquelles l'avait enfermée l'occupant turc. Jour après jour, à force de génie et de patience, il avait bâti un empire napoléonien, et porté l'Égypte à bras-le-corps obsédé par l'idée de grandeur et de progrès.

Le spectre se voûte, il tourne le dos à la mer et va réintégrer sa tombe. Quel gâchis…

DEUXIÈME PARTIE

12

Vichy, un palace, 26 juillet 1952. À quelques milliers de kilomètres du Caire, Khalil Sursock jette un dernier coup d'œil sur son nœud papillon, puis, satisfait, se tourne vers son épouse, Gladys.

— Es-tu prête, ma chérie ?

Gladys acquiesce. Blonde, mince, elle est sublime dans cette robe longue achetée quelques jours plus tôt chez Dior, à Paris.

Elle jette un coup d'œil sur sa montre, et demande :

— Le concierge t'a bien dit que la baby-sitter serait là ?

Khalil confirme.

— Il n'est pas encore 20 heures. Elle ne va pas tarder.

Il se dirige vers le poste de radio posé sur une commode, tourne le bouton. Une musique légère filtre à travers le haut-parleur.

Dans un coin de la suite, Robert, huit ans, et Jean-Pierre, cinq ans, jouent accroupis sur le tapis. Ce sont mes amis d'enfance. Les frères que je n'ai pas eus.

— Promis ? leur lance Gladys. Vous serez sages ?

Robert fait oui, distraitement. Par la fenêtre entrebâillée, on aperçoit la silhouette sombre de la montagne bourbonnaise. Il fait doux en cette saison. On est loin des chaleurs étouffantes du Caire.

20 heures. La musique s'est tue, cédant la place à la voix monocorde d'un speaker de la RDF.

— Nous venons d'apprendre que le roi Farouk, destitué par un coup d'État militaire, a embarqué pour une destination inconnue, vers 18 heures à bord du yacht royal le *Mahroussa*. Selon certaines rumeurs, le navire serait en route pour l'Italie. Le roi déchu était accompagné de son épouse, la reine Narriman, de ses trois filles, ainsi que du prince héritier, Ahmed Fouad. Un conseil de régence…

Khalil, affolé, se rue vers le poste et augmente le volume.

— Taisez-vous, les enfants ! Silence !

Gladys a rejoint son époux. Tous deux, abasourdis, écoutent sans mot dire jusqu'au bout le bulletin d'information.

Voilà une dizaine de jours que le couple a quitté Le Caire pour prendre les eaux, comme chaque été, dans la station thermale, à mille lieues de se douter des événements qui secouent la capitale égyptienne.

La famille Sursock n'est pas une famille égyptienne comme les autres : c'est une institution. Elle fait partie de ce que l'on a coutume d'appeler les « Chrétiens du Levant » ; ces orthodoxes soumis à l'Église de Byzance, qui vécurent longtemps et en paix le long des côtes syriennes, palestiniennes, turques ou libanaises. Mais, vers le milieu du XIXe siècle, aux alentours de 1860, cette sérénité s'est trouvée brisée. Inspiré par une crise nationaliste maladive, l'Empire ottoman décidait de se débarrasser de cette communauté jugée tout à coup menaçante pour l'intégrité de son territoire. Ce fut l'hallali. Avec l'accord des Turcs, des milliers de chrétiens de Syrie sont passés au fil de l'épée. Alarmé, Napoléon III envoie un corps expéditionnaire français commandé par Beaufort pour assurer leur protection. Entre avril et mai, les Maronites connaissent le même sort. Bientôt ce sera au tour des Arméniens. Réduite à la condition de citoyen de seconde zone de l'Empire ottoman, toute personne non musulmane ne pouvait se déplacer sans risquer d'être massacrée. Une seule solution s'offrait à elle : fuir. Certains embarquèrent pour l'Amérique du Sud, via Gênes ou Marseille. D'autres, dont les Sursock, et mes arrière-grands-parents, optèrent pour l'Égypte. L'Égypte où, depuis Mehemet Ali, règne un climat de tolérance et d'harmonie entre les trois communautés. L'Égypte en plein essor, nouvel Eldorado du Moyen-Orient. Dès lors, s'ils voulaient résister à l'emprise religieuse de l'Islam, ces Chrétiens n'avaient qu'une alternative : soit demeurer pro-occidentaux, soit se convertir à l'Islam. Ils inventèrent une troisième voie : le nationalisme arabe. Cette volonté farouche d'appartenir à la terre égyptienne, de se fondre en elle, s'explique aussi du fait que les Grecs orthodoxes à la différence des Maronites ou des Catholiques n'avaient aucune solution de repli territorial. Ils n'ont eu d'autre solution que de s'intégrer. Faire corps avec leur pays d'adoption, participer activement à son essor, sans jamais se départir de leur identité chrétienne. Le nombre de leurs œuvres au service de l'Égypte est incalculable. À titre d'exemple, c'est à Hélène Sursock, la grand-mère de Jean-Pierre et Robert, que l'on doit la création d'un organisme de bienfaisance, *Tahssin el Saha*, consacré à l'enfance déshéritée, mais aussi du Croissant rouge égyptien. Deux accomplissements qui perdurent encore aujourd'hui.

C'est ainsi que ces émigrés seront à la source du mouvement de la renaissance tant culturelle que politique arabe (Al-Nahda). La sollicitude de l'Occident à leur égard, et l'affaiblissement de l'Empire ottoman, leur ont permis de concevoir un ensemble qui ferait abstraction des inégalités confessionnelles.

Jour après jour, ces Chrétiens du Levant imaginent des idées novatrices dans lesquelles viendront puiser la plupart des leaders nationalistes arabes. L'un d'entre eux, et non des moindres, s'appelait Michel Aflak. Né à Damas en 1912, dans une famille de la petite bourgeoisie grecque orthodoxe, Michel Aflak fut le fils d'un nationaliste arabe convaincu, opposé à l'Empire ottoman puis à la présence française en Syrie. En 1946, il fonde le parti Al Baas qui revendiquera « la réalisation de l'unité arabe, la liberté et le socialisme ». Ce parti — dont l'un des membres proéminents fut Saddam Hussein — jouera un rôle majeur en Irak. Décédé le 23 juin 1989, à Paris au Val-de-Grâce, Aflak fut enterré à Baghdad. En 2003, pour effacer toute trace du baasisme, les États-Unis firent raser sa tombe.

Le speaker a cédé la place à une voix féminine qui annonce le titre d'une chanson : *Clopin-Clopant.* Paroles de Pierre Dudan, musique Bruno Coquatrix.

Khalil et Gladys se dévisagent en silence. Robert lit l'inquiétude sur le visage de ses parents, mais il ne la comprend pas.

— Nous devrions téléphoner au Caire, suggère Khalil. Essayer d'en savoir plus.

— Et le palais… Appeler le palais, nous assurer que tout le monde va bien.

Le « palais » que vient d'évoquer Gladys n'est en rien lié à l'un des palais royaux. Non. C'est en fait une demeure somptueuse que la famille occupe depuis plus de trente ans, érigée sur les bords du Nil, au sein de l'île de Guezireh. Cette demeure, j'y ai passé en compagnie de Robert et de Jean-Pierre quelques heures de bonheur au temps de l'adolescence. Une vingtaine de chambres, érigé sur trois étages, entouré d'un magnifique parc, l'édifice, digne des mille et une nuits, était — paradoxalement — intimement lié à la France. En effet, en prévision de l'inauguration du canal de Suez, prévue en 1869, le khédive Ismaïl, qui gouvernait alors l'Égypte, décida de construire un lieu digne d'accueillir l'invitée la plus prestigieuse : l'impératrice Eugénie. Ismaïl en était tombé éperdument amoureux après avoir fait sa connaissance en 1867, lors de l'Exposition universelle, amour qui, précisons-le, demeura platonique.

Un architecte allemand, un certain von Diebtisch, fut chargé des travaux. Un Français, Barillet-Deschamps, à qui l'on doit les plus importants espaces verts du Caire, dessina les jardins. La construction terminée, Ismaïl donna ordre que l'on meublât l'ensemble de pièces somptueuses manufacturées en France, et dont certaines n'étaient pas sans rappeler celles qui ornaient les appartements parisiens de l'impératrice.

Dans sa folie amoureuse, le khédive fit aussi construire la première route reliant Alexandrie (où débarquerait sa bien-aimée) à la capitale égyptienne. À mi-chemin, il fit bâtir un lieu de repos, que l'on baptisa plus tard « Rest House[1] »,

1. L'endroit existe encore de nos jours, mais il ressemble plus à un restoroute qu'à un havre impérial.

afin qu'Eugénie pût s'y arrêter et se désaltérer. Dans la foulée, on traça une seconde voie, reliant cette fois Le Caire au site des Pyramides. Pour l'anecdote, le khédive ordonna qu'en un point désigné du parcours, un virage fût suffisamment incurvé pour faire pencher légèrement le carrosse emmenant Ismaïl et Eugénie afin que l'épaule impériale frôlât pendant quelques secondes celle de son soupirant. Au pied même des Pyramides, on dressa un second havre de repos, le Mena House, presque un petit palais, afin qu'Eugénie pût y prendre son thé dans la fraîcheur et à l'ombre des palmiers[1]. Ce n'est sans doute pas pour rien que le khédive amoureux fut surnommé Ismaïl le magnifique.

— Oui, approuve Khalil. Essayons de joindre le palais.

Dans l'instant, même s'il est inquiet, le couple ne voit pas cette révolution comme une tragédie. Après tout, si la destitution de Farouk devait avoir pour conséquence la fin de la corruption, le départ des Anglais, et une vie meilleure pour le peuple, ce serait une bonne chose pour l'Égypte. Pas de quoi imaginer la fin du monde. Ils ignorent alors qu'ils sont très éloignés de la vérité : la fin du monde, sûrement pas. Mais la fin d'un monde, certainement.

1. Aujourd'hui, c'est un hôtel, outrageusement défiguré par des bâtisses modernes.

13

Loin de Vichy et de ses eaux, mon père est atterré. Ce coup d'État n'augure rien de bon. Pour lui, il ne fait aucun doute que les liens qu'il a toujours entretenus avec le roi le placent au premier rang des futures victimes. C'est une question de mois, voire de semaines. Pour l'instant, révolution ou pas, le *Scarabée* ne désemplit pas. Le champagne coule toujours, et des millions se jouent sur les tapis verts. Mais pour combien de temps encore ? Son premier geste est d'essayer de joindre Pulli. Hélas, le téléphone sonne dans le vide. L'Italien est aux arrêts, coupé du monde.

Nasser, lui, sourit. Il a réalisé son rêve. En ce mois de juillet 1952, il est toujours dans l'ombre. Discret marionnettiste. Il a trente-quatre ans, il est lieutenant-colonel. On ne lui connaît pas de vice particulier. Il fume ses trois paquets de *Craven A* par jour, mais dédaigne la consommation de haschisch dont son entourage ne se prive pas. Il ne s'interdit pas un verre de scotch, tout en étant un bon musulman qui dit ses prières et qui, dix-huit mois plus tard, accomplira le pèlerinage de La Mecque. Ses passions ? Les échecs et le ping-pong. C'est un époux vertueux quoique marié à une épouse — Tahia — qui n'est pas particulièrement belle, plutôt forte et gauche, mal à l'aise en public. Elle brillera surtout par sa discrétion.

Le couple a quatre enfants. Le cinquième, un garçon, naîtra en 1955, auquel le *bikbachi* donnera le nom de son meilleur ami : Abdel Hakim, dit Robinson.

Les deux aînées sont des filles, Hoda et Mona. Les cadets sont des garçons, Khaled et Abdelhamid. C'est un bon père. Il passe le plus de temps possible dans sa famille, n'a aucun goût pour le faste, et continuera d'habiter jusqu'à la fin de sa vie la villa de Manchiet el-Bakri, près de l'état-major. Devenu le *raïs*, le chef, le président, il y fera simplement ajouter de nouvelles pièces. L'ensemble gardera l'apparence d'une demeure de haut fonctionnaire.

On le voit par intermittence aux côtés de Mohamed Naguib, mais c'est ce dernier qui recueille les hourras et soulève l'enthousiasme des foules. L'air bonhomme que dégage le général le rapproche du cœur des gens. Il n'est pas rare, à l'occasion d'une visite à un proche, de le voir s'arrêter à l'entrée de l'immeuble pour échanger quelques mots avec le portier de l'immeuble. Il n'est pas rare non plus qu'un attroupement se forme et que les passants se massent à la vue de Naguib bavardant librement. Alors, loin de se dérober, il interroge l'un et l'autre sur son village natal, s'exprime avec des mots chaleureux. En quelques semaines, il est devenu le « leader bien-aimé ».

Gamal ne lui ressemble en rien. Il évolue discrètement et avec une certaine méfiance, d'un pas de grand fauve. La mâchoire est celle d'un lutteur. Son regard sombre transperce l'interlocuteur plus qu'il ne le dévisage.

Au début de septembre 1952, prétendant révéler le « dessous des cartes », *Time Magazine* informe ses lecteurs que, dans l'ombre de Naguib et de Ali Maher, les vrais « patrons » sont Anouar el-Sadate, le colonel Rachad Mehanna, le prince Abdel Moneim et Bahieddine Barakat pacha (un ancien président du Conseil). Sur Nasser, pas un mot.

L'auteur de l'article n'a pas tout à fait tort. Au lendemain du coup d'État, le Conseil de régence qui a été mis en place est formé précisément de trois personnalités citées par *Time :* le prince Abdel Moneim, Barakat et le colonel Mehanna. La présence de ce dernier aux côtés des vainqueurs s'est imposée. Afin de se concilier l'artillerie contrôlée par Mehanna, Nasser, à contrecœur, a décidé de faire de ce « fils de famille » le représentant de l'armée au sein du comité de régence. L'homme est pédant, arrogant, et surtout buté. En vérité, les jours de Mehanna sont comptés.

Au nom de Sadate, est accolée l'étiquette de nationaliste échevelé. Miraculeusement, l'homme échappera à toutes les purges et à toutes les disgrâces, immuable, tel le sphinx. Ce cheminement s'explique par la personnalité même du personnage. Tous ceux qui l'ont connu expriment le même jugement : il n'inquiétait personne. Il faisait rire. Il amusait la galerie avec ses *nokats*, inoffensif, il passait, semble-t-il, aux yeux de Nasser pour un *tartour*, ce qui pourrait se traduire par « bouffon ». D'une certaine façon, on pourrait le comparer à Tiberius Claudius, devenu empereur par hasard après la mort de Caligula. Épileptique et bègue, personne n'eût misé un sou sur son avenir. Le jour de l'assassinat de Caligula, les prétoriens l'avaient découvert, tapi derrière les rideaux dans un coin du palais et l'avaient porté au pouvoir moyennant 15 000 sesterces par prétorien. Et pourtant, contre toute attente, ce fut un grand empereur. Nommé en 1969 vice-président par Nasser pour toutes les raisons évoquées plus haut, Sadate fut aussi un grand président.

« Vive Mohamed Naguib ! » Le vieux général salue ses admirateurs, tandis que Nasser se contente de l'observer d'un œil bienveillant. Pour l'heure, il y a des tâches plus urgentes à accomplir. L'œuvre qui les attend lui et ses compagnons est immense et, n'en doutons pas, les dépasse. « J'avoue, confiera Nasser, que la figure de la révolution ne se précisa à mon esprit qu'après le 23 juillet. À maintes reprises, nous nous sommes accusés, mes amis et moi, de la sottise et de la folie que nous avions commises... »

Le 27 juillet 1952, il réunit sous sa présidence les membres qui formeront le comité des Officiers libres, rebaptisé « Conseil de la révolution ». Il rappelle les six principes qui semblent alors être leur seul bagage idéologique :

1. Liquider l'occupation britannique.
2. Éliminer le féodalisme.
3. Mettre fin à la domination du capital sur le pouvoir.
4. Instaurer l'équité sociale.
5. Constituer une armée puissante.
6. Établir une vie démocratique saine.

Puis, prenant tout le monde de court, le futur *raïs*, interroge ses compagnons sur la forme que devra prendre le futur gouvernement : démocratie ou dictature ?

Sadate, qui fait partie du Conseil, manque de s'étouffer. Il estime à ce moment que *Nasser est devenu fou :* « Qu'a donc Nasser à l'esprit ? J'étais certain que nous tous, tous ceux qui avaient apporté leur soutien massif à la révolution et à Nasser lui-même, avions perdu toute confiance dans le système démocratique qui avait été irrémédiablement compromis par les anciens partis politiques. En outre, étant tous des officiers dressés à prendre des décisions rapides et à les exécuter promptement, nous cherchions à atteindre le plus vite possible les objectifs de la révolution, c'est-à-dire à améliorer la situation du pays. »

La question est soumise à délibération. Et voilà que tout au long du débat, Nasser défend bec et ongles la voie démocratique. Selon lui, la dictature ne peut être que sanglante. Un régime né dans un bain de sang finira de même. Il déclare qu'il préfère voir ressurgir le vieux Parlement fondé sur les partis politiques, plutôt que de recourir à un régime autoritaire. Débarrasser le pays d'une dictature pour la remplacer par une autre serait, selon lui, une absurdité. Les esprits s'enflamment. Le débat prend un tour passionnel. Sadate est convaincu que les changements que l'on accomplirait démocratiquement en un an pourraient s'accomplir « dictatorialement » en un jour.

En vérité, comme le dit Sadate lui-même, ce débat n'avait rien à voir avec la démocratie ou la dictature : ce n'était ni plus ni moins qu'une épreuve de force. D'emblée, Nasser cherche à tester ses propres limites. Sera-t-il capable, seul contre tous — car tous sont de l'avis de Sadate —, d'imposer son point de vue ? Le ton de la discussion monte. On décide de voter. Le résultat est sans appel : onze voix contre une (celle de Nasser) se prononcèrent en faveur de la dictature.

« Vous avez tort ! s'écrie le *bikbachi*. La dictature est une voie dangereuse, tant pour la révolution que pour le pays. Je démissionne de toutes mes fonctions ! »

Protestations générales, tumultes, brouhaha… On décide de revoter. Le résultat est inchangé : onze contre un. Gamal hoche la tête. Promène son regard d'aigle sur ses compagnons. Puis, d'un ton calme, leur souhaite bonne chance, ramasse ses documents et se retire.

C'est la consternation. Les membres du Conseil se dévisagent comme si tout à coup ils étaient devenus orphelins. « Nous avions l'impression d'aller à la dérive », écrira Sadate. La discussion reprend.

Il n'est pas loin de 2 heures du matin.

Une heure plus tard, décision est prise d'accorder pleine et entière confiance à leur camarade. Va donc pour la dissolution du Parlement, des élections générales dans un délai de six mois, le maintien des libertés constitutionnelles et le refus d'un parti unique. Deux membres du Conseil prennent la direction de la maison de Nasser pour l'informer du revirement.

Nasser approuve, grand seigneur. Il a gagné…

Hormis le désir de mesurer ses propres limites, le futur *raïs* a d'autres raisons de maintenir en place, pour un temps seulement, le vieux système. Avant tout autre, il a compris la nouvelle situation. En défendant le maintien, provisoire, du régime des partis, il évite que le pouvoir ne soit assumé par ces officiers qui maintiennent sous leur influence les troupes dont ils ont eu la charge au moment du coup d'État. De même, a-t-il pu constater qu'il n'existe entre ses compagnons aucune communauté de pensée, qu'il s'agisse du domaine politique, social ou économique. Les membres du Conseil étaient trop nombreux et les discussions se prolongeaient interminablement, dans toutes les directions, chacun essayant de recourir à la contrainte, et les différends étaient tels que, bien souvent, il était impossible d'aboutir à une décision.

Comment aurait-il pu en être autrement, lorsque l'on sait combien les personnalités des protagonistes sont opposées : Abdel Hakim Amer (à l'instar de Nasser) rêve de nationalisme ; Khaled Mohieddine et Youssef Siddiq, influencés par les théories communistes, voudraient orienter le régime à gauche ; Abdel Latif Boghdâdi, Hassan Ibrahim et Zakaria Mohieddine prêchent pour une politique libérale ; Kamal el-Dine Hussein, Abdel Moneim Abdel Raouf, Hussein El-Chafe'i, inféodés aux Frères musulmans, souhaitent un gouvernement théocratique avec la *charia* pour Constitution. Quant à Sadate, on le sait, il n'a qu'un mot à la bouche : dictature. Finalement, ces hommes ne sont unis que par le rejet qu'ils éprouvent pour l'ancien régime. Tout serait perdu s'ils venaient à se combattre.

Nasser sait aussi que les partis, le Wafd en particulier, ne sont qu'un ramassis de pachas sur le retour, d'égoïstes et de profiteurs uniquement préoccupés de défendre leurs intérêts. Les abattre est vital. Toutefois, il est indispensable que leur chute soit le fait du peuple. En apparence du moins.

Il y a plus important encore : Nasser n'est pas prêt. Pour l'instant, c'est Naguib l'homme de proue, le point de mire, alors que l'image du *bikbachi*, elle, reste imprécise. Il a besoin de temps pour s'affirmer, pour se forger une réputation de rassembleur et, l'heure venue, de sauveur.

Le 12 août se produit un événement qui marquera d'une empreinte indélébile les premiers pas de cette révolution. À une vingtaine de kilomètres d'Alexandrie, dans la grande filature de Kafr el-Dawar, un groupe d'ouvriers syndiqués s'est rassemblé devant les bureaux de la direction. Ils exigent une augmentation des salaires, ainsi que le licenciement d'un secrétaire de la firme, jugé selon eux inique et incompétent. Tout cela « au nom de Mohamed Naguib et de la révolution ». Cette révolution n'a-t-elle pas ouvert les vannes de la liberté ? Une aube nouvelle ne s'est-elle pas levée pour un mieux-être des travailleurs jusque-là tellement exploités ? Malentendu... désespérant malentendu. L'histoire des révolutions est tissée de ce genre d'incompréhension. Le peuple croit aux promesses de Grand Soir et découvre un jour atterré que même l'aube ne se lèvera pas.

On tente de disperser les émeutiers. Mais, sous l'influence de deux meneurs, Moustafa Khamis et Ahmed el-Bakri, ils résistent farouchement et occupent les bureaux de la direction. La police tire. C'est l'embrasement. Furieux, les ouvriers mettent le feu aux locaux au cri de : « Vive la révolution de l'armée ! Vive la révolution du peuple ! » Le lendemain, aux premières lueurs du jour, c'est précisément l'armée qui intervient. Les deux groupes s'affrontent. Bilan : 8 morts et une vingtaine de blessés. 200 ouvriers emprisonnés.

Le 14 août, une cour martiale se réunit. Elle est chargée de juger « de manière exemplaire » les agitateurs. Au terme d'un débat de quatre jours, les dénommés Khamis et el-Bakri sont condamnés à mort.

Le soir, le Conseil de la révolution se réunit. Les douze débattent durant toute la nuit. Faut-il ou non gracier ces hommes ? Nasser et Amer auraient, paraît-il, plaidé pour la clémence. En vain. Quelques jours plus tard, les deux ouvriers sont pendus dans la cour de la prison d'Alexandrie.

En qualité de directeur du cabinet du commandant en chef des forces armées, Nasser va s'occuper de l'épuration de l'armée. Sans bruit, méthodiquement, il prépare les nominations, les transferts, les révocations, que signe le général Naguib bien trop occupé par le rôle de premier plan qui lui est dévolu pour s'intéresser à ces mesures administratives. En fait, jour après jour, le joueur d'échecs place ses pions.

Le 20 août, Ali Maher monte à la tribune de l'Assemblée et fait son premier discours officiel. Il contient les prémices annonciatrices de sa propre perte :

« Mes chers compatriotes, maintenant que l'armée s'est acquittée de son devoir, dans le but de mettre un terme à la tyrannie et à la corruption et de raffermir les bases de la Constitution, nous estimons que notre première mission est de réformer l'armée et de l'épurer, et de nous employer à en faire, dans le plus bref délai possible, un puissant facteur pour la défense des intérêts du pays. [...] L'armée, qui a été la première organisation à s'épurer, à confier son commandement à des mains honnêtes et dignes de confiance, estime qu'il est du devoir de tout le monde de faire de même, de sorte que l'épuration soit totale, s'étendant à la machine gouvernementale, aux partis, et cela sans retard ni hésitation. Dorénavant, les partis n'ont qu'une alternative : la réorganisation ou l'anéantissement ! [...] Que Dieu nous guide dans la voie du succès ! »

L'auto-épuration des partis... autant exiger qu'ils se sabordent. Personne ne doute que l'idée a été soufflée à Maher par le Conseil de la révolution. Naguib enfonce le clou en déclarant à un journaliste américain : « Si les partis se montrent incapables de revoir leur structure et de s'épurer, nous devrons intervenir. »

Coup de pied dans la fourmilière. C'est l'affolement général. Les petits partis se hâtent de changer d'étiquette. Le Wafd, le puissant Wafd, tente de négocier. Son vieux *leader*, Nahas pacha, lance un cri de noyé : « Le Wafd ne craint pas l'épuration, pourvu qu'elle se fasse selon la justice. Le but de l'armée s'identifie au nôtre ! » Son cri ne recueille aucun écho. Le destin du Wafd sera réglé plus tard.

Pour l'instant, le Conseil de la révolution doit offrir au peuple un premier témoignage de sa volonté de changement : ce sera le grand projet de Réforme agraire. Cette réforme, estime Nasser, permettra de donner une assise économique et sociale au mouvement.

La misère du *fellah* a toujours été dénoncée, dans la presse égyptienne autant qu'à la tribune du Parlement. Le dernier recensement révèle qu'en un demi-siècle, la superficie cultivée n'a augmenté que de 16 %, tandis que la population est passée de 9,7 millions à 19 millions d'âmes. Un déséquilibre aggravé par la répartition inique du revenu agricole, l'existence de fabuleux domaines dont les propriétaires tirent des bénéfices tout aussi fabuleux, louant la terre à des intermédiaires qui, eux-mêmes, la sous-louent à prix fort à de petits cultivateurs.

Sept ans auparavant, en 1945, un intellectuel issu d'une grande famille égyptienne, M. Mirrit Ghali Bey, publiait dans la *Revue de la société d'économie politique*, un « Programme de réforme agraire pour l'Égypte ». Dans son exposé, Ghali suggérait qu'on limitât la possession de la terre à 100 feddans[1] par individu et à pas plus de 300 par famille. À la tête de 55 000 feddans, le roi avait été le plus grand fermier d'Égypte. En 1952, 280 personnes environ détiennent à elles seules près de 580 000 feddans. La très grande majorité des paysans n'a guère plus d'un demi-feddan. Huit millions ne possèdent rien ; leurs seuls moyens d'existence se limitent à la location de petits lopins de terre qu'ils cultivent contre redevances en nature. Dans son rapport, M. Mirrit Ghali exposait aussi la nécessité de plafonner les loyers agricoles et d'interdire la sous-location.

Premier nuage : Ali Maher, toujours président du Conseil, soutenu sans réserve par le colonel Rachad Mehanna, s'érige formellement contre le projet. Il propose en contrepartie un plafond de 500 feddans et, au lieu d'exproprier les personnes, préconise de frapper l'excédent d'un impôt progressif. Bras de fer. Marchanda-

1. Un feddan = environ 4 200 mètres carrés.

ges. Tollé des grands propriétaires terriens, appuyés par le président du Conseil.

Aboul Fath, le rédacteur en chef du journal *El-Misri*, se précipite chez Maher et l'adjure de modifier sa position. Le discours sur « l'épuration des partis » était une erreur. Il va fournir l'occasion aux Officiers de faire main basse sur le pouvoir et de prendre en main les rênes du pays : « Cette campagne diffamatoire contre les partis et surtout contre le Wafd, votre persistance à défendre les gros propriétaires terriens, s'opposent à ce que vous conserviez la fonction de président du Conseil. Votre attitude, au contraire, conduira à la déposition de votre gouvernement et à la prise directe du pouvoir par l'armée. Nous aurons un régime militaire. » Maher n'en croit pas un mot.

Un an et demi plus tard, évoquant cette période tourmentée, Nasser dira : « Je puis vous affirmer que nous ne nous sommes pas soulevés pour gouverner. Notre plan prévoyait que si la révolution réussissait, elle déclencherait un retour à la vie parlementaire. Des hommes capables de veiller aux intérêts du pays reprendraient le pouvoir. La révolution a réussi et nous avons commencé à appliquer la première partie de notre programme. Nous sommes entrés en rapport avec beaucoup d'hommes politiques. Et nous avons été surpris. On voulait marchander avec nous, poser des conditions, les gros propriétaires refusaient d'abolir la servitude paysanne. On nous a alors demandé d'abandonner le projet de réforme agraire. Nous avons fait appel à Ali Maher, mais nous avons vu l'association des propriétaires fonciers demander avec insolence le maintien de l'esclavage dans les fermes, l'abrogation du projet de loi. Des évidences nous sautèrent aux yeux : impossible pour le peuple de se fier à de tels gens, impossible pour les politiciens de la vieille école de poursuivre l'œuvre commencée… »

Nasser estime donc qu'Ali Maher et ses collaborateurs n'ont ni la force ni la volonté de briser la puissance des grands propriétaires, de libérer le *fellah* du servage dans lequel il vit depuis des siècles.

Dans la nuit du 6 au 7 septembre, le Conseil de la révolution ordonne l'arrestation de 70 personnalités politiques dont le tout-puissant secrétaire général du parti wafdiste, Fouad Sarrag el-Dine. Face à cette mesure prise sans son assentiment, sans même qu'il eût été informé, Ali Maher donne sa démission.

« Je vous l'avais dit, lui assène Aboul Fath. Vous avez brûlé tous vos vaisseaux. Vous avez cru, en attaquant les partis, leur barrer la route et demeurer ainsi seuls en face des militaires, imaginant qu'ils vous abandonneraient le pouvoir. Grossière erreur. »

Le 8 septembre, le général Naguib succède à Maher et forme un nouveau gouvernement. Il choisit pour vice-président et ministre de l'Intérieur un ennemi implacable du Wafd en la personne d'un magistrat, Me Soliman Hafez. Nul n'ignore que l'homme détient une masse de documents infiniment compromettants pour le leader historique du parti, Nahas pacha, ainsi que pour son entourage.

Ce même jour est promulguée une loi qui soumet les partis à une véritable autodestruction. Le Wafd, humilié, doit se plier aux nouvelles conditions et accepter le départ de son chef historique, prié par le nouveau ministre de l'Intérieur de « s'abstenir de toute activité politique ».

Dès le 9 septembre 1952, la loi n° 178 est votée. La voie est libre. La réforme agraire peut commencer. Le loyer des terres est réglementé, le salaire de l'ouvrier agricole quadruplé ; un changement profond qui ne se fera pas sans heurts. La colère est immense au sein de l'aristocratie terrienne. Sabotages des pompes d'irrigation ; refus de fournir aux *fellahs* engrais, semences et avances pour frais de culture. Un fils de la famille Lamloum, grand propriétaire terrien, refuse d'appliquer la nouvelle loi et résiste de force. Il sera arrêté, jugé en grandes pompes et condamné aux travaux forcés. C'est la fin du pouvoir de la grande bourgeoisie.

Dorénavant, toutes les décisions sont examinées et étudiées par le Conseil de la révolution, puis transmises pour exécution aux ministres, qui sont tous — à l'exception de Naguib — des civils. Dès lors, le rôle du gouvernement est réduit à celui de simple intermédiaire entre le Conseil, les fonctionnaires et le peuple.

Le 14 octobre, le colonel Rachad Mehanna, qualifié de « réactionnaire buté et ambitieux », est révoqué de sa charge de co-régent. Chassé comme un malfrat, il n'aura de cesse de tenter de reconquérir sa fonction avec le soutien de certains officiers de son entourage. Il sera arrêté le 14 janvier 1953, pour avoir fomenté une mutinerie dans l'armée. C'est Nasser lui-même qui préside la cour martiale. Mehanna est condamné à la prison à vie.

Le 7 et le 8 décembre, deux nouvelles lois sont promulguées, faisant bénéficier les ouvriers de dispositions progressistes dans les contrats de travail et imposant un arbitrage gouvernemental en cas de litige entre employés et employeurs. Amélioration du sort des travailleurs, mais interdiction du droit de grève, qui « nuit à l'économie nationale ».

Le 9 décembre, la Constitution est abrogée ; cette même Constitution que le général Naguib avait déclaré, le 23 juillet, vouloir protéger et respecter.

Le 31 décembre 1952, le gouvernement approuve un plan quinquennal de développement, manifestant ainsi sa volonté d'augmenter le niveau de vie de la population égyptienne.

Le 16 janvier 1953, les partis politiques sont dissous et une période de transition de trois ans est proclamée, pendant laquelle doit être édifié un « régime constitutionnel démocratique sain ». Au cours de cette période, le pouvoir sera exercé conjointement par le CDR (le Conseil de la révolution) et le Conseil des ministres. Le 23 janvier, un parti unique est fondé. Il a pour nom « Rassemblement de la libération ». Son secrétaire général n'est autre que... Gamal Abdel Nasser. Ce même Nasser qui, cinq mois plus tôt, défendait bec et ongles l'esprit de la démocratie et la multiplicité des partis !

Un comité de cinquante membres est formé pour élaborer la nouvelle Constitution. Ali Maher en est le président. Des cérémonies baptisées « Fêtes de la libération » sont organisées. Une brève revue militaire. Quelques sifflements d'avions à réaction. En fin de journée, Nasser accorde une interview au journaliste René Branellec, pour le compte du magazine *France Illustration*.

Il commence par remercier le correspondant « pour la sympathie que la presse française manifeste à l'égard du mouvement de libération ». Branellec lui demande alors :

— Après la période de trois ans que vous considérez nécessaire pour redonner à l'Égypte son équilibre et préparer son relèvement, envisagez-vous des élections ?

— La période fixée de trois ans est nécessaire pour effacer toute trace de corruption et atteindre une stabilité politique nécessaire au pays.

En un mot, nous visons à éduquer le pays politiquement, à relever son niveau social, économique et sanitaire. La guerre que nous avons déclarée au paupérisme, à la maladie, à l'ignorance ne s'arrêtera que lorsque nous aurons éliminé définitivement leurs sources. Quant aux élections, elles auront lieu de toute façon après la période déterminée, soit trois ans.

— La proclamation d'un nouveau régime est-elle prochaine ? Et de quel régime s'agirait-il ?

— Le comité constitutionnel décidera de sa forme : monarchie ou république.

— On accorde généralement à l'étranger une grande importance aux Frères musulmans dans la vie politique égyptienne, bien que leur association n'ait pas, selon elle, de but politique. Que faut-il penser de cette contradiction ? Les Frères musulmans bénéficient-ils d'un appui officiel ?

— Aucun. C'est une association religieuse. Rien de plus.

Il est intéressant de noter que cinquante-trois ans plus tard, suite aux élections qui se sont déroulées en Égypte en décembre 2005, ces mêmes Frères musulmans rafleront 85 sièges, soit près de 25 %. Ils n'auront cessé tout au long de ce siècle de renaître de leurs cendres.

Le 10 février 1953, le général Naguib proclame les onze points qui déterminent le régime provisoire :

1. Évacuation complète et inconditionnelle des troupes étrangères de la vallée du Nil.

2. Autodétermination pour le Soudan.

3. Une nouvelle Constitution qui exprime les aspirations du peuple égyptien.

4. Un système social au sein duquel tous les citoyens auront le droit d'être protégés contre les ravages du chômage, de la maladie et de la vieillesse.

5. Un système économique conçu pour assurer une répartition équitable de la richesse, l'exploitation totale des ressources naturelles et humaines, ainsi que l'investissement maximum de nouveaux capitaux.

6. Un système politique au sein duquel tous les citoyens seront égaux devant la loi, où les libertés de parole, de réunion, de presse et de religion seront garanties dans les limites de la loi.

7. Un système d'éducation qui aura pour mission de développer le sentiment de responsabilité sociale, en faisant prendre conscience à la jeunesse de ses devoirs aussi bien que de ses droits, et de la nécessité primordiale qu'il y a pour le pays à augmenter la production afin de relever le niveau de vie.

8. Des relations amicales avec tous les États arabes.

9. Une force régionale sera édifiée afin de renforcer l'influence de la Ligue arabe.

10. Établissement de relations amicales avec tous les États amis.

11. Adhésion ferme aux principes des Nations unies.

« En publiant ces principes et règles, précise Naguib, j'exprime ma profonde foi dans la nécessité d'établir un régime complètement démocratique et constitutionnel après la période de transition et dans la nécessité de donner à chacun de nous la possibilité d'une vie libre et digne et de réaliser un avenir brillant et prospère pour tous. Le devoir de chacun est de participer à cette œuvre. Que Dieu nous aide ! »

Les actes de souveraineté ne seront plus exercés par le Conseil de régence, mais par Naguib lui-même et donc, par le Conseil de la révolution.

Les mois qui s'enchaînent ne sont faits que de complots, de tractations occultes, de tentatives de contre-putsch, fomentés par les gens de l'ancien régime qui tentent d'ailleurs de mettre Naguib dans leur jeu. Les Frères musulmans s'impatientent et réclament leur part du pouvoir. Le décret portant dissolution des partis les a épargnés jusque-là. Ils sont en sursis.

Des commissions d'épuration sont instituées, ouvrant le champ à la délation et à la diffamation. On voit alors la plupart des fonctionnaires de l'État faire assaut de servilité et proposer leurs services pour espionner leurs collègues.

Des centaines de personnes perdent leur emploi pour l'unique raison qu'elles entretiennent des liens de parenté ou d'amitié avec d'anciens politiciens connus pour leur position en faveur du maintien d'un régime parlementaire.

Dans la première semaine du mois de juin 1953, dans une interview accordée au journal *Al-Ahram*, Nasser déclare : « Mon point de vue personnel, en tant que citoyen, est que le régime monarchique est devenu caduc, après que les vers de la corruption et de la trahison ont rongé son trône. Ce régime ne sera plus rétabli après les épreuves subies par le pays à la suite de ses méfaits. La monarchie est la cause première de la consolidation de l'impérialisme. »

Le 18 juin 1953, la monarchie est abolie. Une dynastie vieille de cent cinquante ans disparaît. L'Égypte devient une république. Un manifeste est radiodiffusé, proclamant : « Le trône ayant été le rideau derrière lequel l'impérialisme agissait contre le peuple égyptien pour détruire ses libertés, le moment était venu pour le pays de s'affranchir de cette servitude. Aussi proclamons-nous aujourd'hui, au nom du peuple, l'abolition du régime monarchique, la fin de la dynastie de Mehemet Ali et l'abolition des titres des membres appartenant à cette famille. Nous proclamons la république. Le général Mohamed Naguib, chef de la révolution, devient le président, tout en conservant ses pouvoirs actuels sous l'égide de la Constitution provisoire. » Naguib est farouchement opposé à ce changement de régime. Il le proclame haut et fort. On le fait taire. Il se tait.

Dans l'heure qui suit cette annonce, quatre membres du Conseil de la révolution entrent dans le cabinet Naguib : Gamal Abdel Nasser devient vice-président du Conseil et ministre de l'Intérieur. Abdel Latif Boghdâdi occupe le fauteuil de ministre de la Guerre ; Salah Salem, surnommé par les Anglais le « major dansant » depuis qu'il s'est tortillé torse nu devant une tribu soudanaise, est promu ministre de l'Orientation nationale et enfin « Robinson », Abdel Hakim Amer, accède au poste de commandant en chef des forces armées.

Le fils du facteur de Bacos n'a plus qu'à tendre la main pour se saisir du pouvoir…

14

« Longue vie à Farouk, roi de l'Égypte et du Soudan ! »

C'est par ce cri que le 26 juillet 1952 l'équipage en larmes du *Mahroussa* a salué le départ du monarque.

Le yacht vient de jeter l'ancre dans la baie de Naples. Le souverain déchu, costume et cravate noirs, descend le long de l'échelle de coupée. Narriman le suit dans une robe jaune. Les princesses et leur gouvernante leur emboîtent le pas, tandis que l'on transfère les malles à bord d'une navette, le *Linda*, habituellement dévolue au transport des touristes. Ni fanfare ni cérémonie, seulement le cliquetis assourdissant des appareils photo manipulés par des légions de *paparazzi* accourus du monde entier pour immortaliser la disgrâce du souverain.

La saison d'été bat son plein. Le *Linda* file droit devant, vers Capri, capitale mythique de la jet-set, évite de faire halte à l'entrée de la *Grotta Azzurra*, la plus célèbre des grottes marines de l'île, et s'amarre au ponton qui s'étire au pied du *Cesare Augusto*. C'est dans ce palace qu'une quinzaine de mois auparavant, le couple royal a passé une partie de sa lune de miel. Première déception : l'hôtel affiche complet. La famille n'a d'autre choix que de se rabattre sur Anacapri, la façade moins « cotée » de l'île. Elle s'installe à l'*Eden Paradiso*, où elle occupe tout un étage. Sur le registre, le souverain écrit : *Son Altesse Royale, prince Fouad d'Égypte*.

Le propriétaire est aux anges. Quelle publicité pour son hôtel !

La cuisine de l'endroit a bonne réputation. Farouk souhaite la tester sur-le-champ. Au menu : spaghetti aux fruits de mer, homard nimbé de mayonnaise, steak et pommes de terre frites, salade verte, glace au chocolat, des pêches, le tout arrosé d'un litre d'orangeade. Manifestement, la perte de son royaume n'a pas coupé l'appétit du souverain.

Le lendemain matin, au petit déjeuner, il commande dix œufs sur le plat, puis rédige deux télégrammes de remerciements. L'un est adressé à Edda Mussolini, la fille du Duce ; l'autre à l'ancienne reine d'Italie, Hélène Petrovitch-Niegoch qui n'a pas oublié que son époux, Victor-Emmanuel III, fut lui aussi un roi détrôné et que l'Égypte l'a accueilli jusqu'à sa mort survenue à Alexandrie, en juin 1947. Apprenant l'arrivée de Farouk et de Narriman, les deux femmes ont fait livrer à l'hôtel deux grandes gerbes de fleurs.

Vers midi, le monarque tient une conférence de presse. Plus d'une centaine de journalistes sont réunis dans les salons de l'hôtel. Une première question fuse : « Pourquoi dix œufs au petit déjeuner, Majesté ? » Réponse laconique de Farouk : « Parce que j'aime les œufs. »

À ses côtés, quelque peu intimidées, on aperçoit Narriman et les princesses. Le roi Fouad, lui, tète sereinement son biberon dans les bras de sa gouvernante, Anne Chermside. Farouk commence par louer les beautés de Capri, et affirme que ce sont là ses premières vraies vacances. Il présente ensuite son fils, tout en ne cachant pas qu'il sera difficile à Fouad de revenir sur le trône d'Égypte. Il croit bon de préciser que lui seul est en situation d'exilé, mais que son épouse et ses filles sont libres de rentrer au Caire quand bon leur semblerait.

À un journaliste qui lui demande : « Où comptez-vous vivre ? » Farouk réplique qu'il n'en sait encore rien, sinon qu'il n'optera pas pour un pays d'Europe de l'Est.

« Qu'en est-il de vos ressources ? Sont-elles suffisantes ? »

Le roi adopte un ton quelque peu emphatique : « Mes enfants sont désormais mon unique royaume. Je ne suis plus un homme riche. » Il se hâte de préciser : « Selon les critères de la pauvreté, disons que je ne suis pas à plaindre. »

Il nie catégoriquement avoir emporté la fortune qu'on lui prête, de même qu'il condamne les voix qui l'accusent d'avoir transféré des fonds à l'étranger. Il conclut : « Ma famille et moi-même avons l'intention de mener une vie simple et sobre. »

Il se lève. La conférence de presse est terminée.

Les jours s'écoulent, monotones, gouvernés par l'ennui. Le « roi des avocats et l'avocat des rois », Emilio de Carlo, qui fut également le conseil de la famille royale italienne réfugiée à Alexandrie, a été chargé de trouver un logement décent au monarque.

En attendant, Farouk s'occupe comme il peut. On le voit discuter avec le concierge, se faire apporter des romans policiers. Tous les matins, il emmène ses filles nager à *Canzone del Mare*. Ensuite, il les abandonne entre les mains de leur professeur de français, Mlle Tabouret. Tous les après-midi, c'est l'heure de la leçon de piano. Faute de mieux, celle-ci se déroule dans le night-club de l'hôtel. D'entre les trois enfants, c'est certainement la princesse Ferial, treize ans, qui se révèle la plus musicienne. On peut même dire qu'elle est presque une virtuose. Elle joue à merveille Chopin et Liszt. La princesse Fawzia, âme d'intellectuelle, lit *Jane Eyre*, le célèbre roman de Charlotte Brontë, en français.

De temps à autre, entre deux siestes, le roi part en promenade en voiture en compagnie de la reine. Mais il n'y a qu'une seule route à Capri. Toujours la même.

Dans le courant du mois de septembre 1952, la famille royale plie bagages et emménage dans la villa Dus-met, située sur les hauteurs d'Albano, un faubourg de Rome. C'est une imposante bâtisse d'une trentaine de chambres, érigée dans un style étrusque et recouverte de stuc rouge. La propriété, dont le loyer s'élève à 50 000 dollars par an, est toute proche de Castel Gandolfo, résidence d'été du pape, entourée par un haut mur, gardée par quelques dobermans et un contingent de la police italienne.

Les trois princesses consacrent le plus clair de leur temps à leurs précepteurs respectifs, tandis que Farouk et Narriman livrent leurs souvenirs à deux écrivains choisis on ne sait trop comment. Les Mémoires du couple sont publiés en Europe et aux États-Unis, au début du mois de janvier 1953.

La maison qui en détient les droits fait des offres à divers journaux égyptiens, parmi lesquels le quotidien *El-Misri*. Aboul Fath, qui en est toujours le rédacteur en chef, en informe Nasser et lui suggère d'interdire cette publication. Aussi critiquable qu'il fût, Farouk a tout de même été, jusqu'à une date récente, roi d'Égypte. Il ne serait pas digne d'étaler sa vie au grand jour. Nasser approuve. Mais quelques jours plus tard, le journal *Al-Akhbar* annonce la publication prochaine des fameux Mémoires.

Alors même qu'il vient d'apprendre la nouvelle, Aboul Fath voit débarquer dans son bureau un mystérieux visiteur qui lui confie le texte intégral de l'ouvrage traduit en arabe. L'homme se retire, refusant catégoriquement de révéler qui l'a chargé de remettre ce texte. Aboul Fath décide alors, à son corps défendant, de publier le premier chapitre. Le lendemain, Nasser l'informe que c'est lui qui a obtenu les épreuves du journal *Al-Akhbar*, lui qui les lui a envoyées, s'estimant responsable d'avoir déconseillé à Aboul Fath de les acheter, causant ainsi un préjudice à *El-Misri*.

Chaque jour qui passe apporte à Farouk son lot de mauvaises nouvelles. Il assiste, témoin impuissant, à la déchéance des hommes qui lui furent le plus proches : Karim Tabet, son « attaché de presse », son chauffeur, son médecin personnel, Youssef Rachad, dorment dans des cellules. Pulli, son cher Antonio Pulli, le « traître », a été emprisonné, puis placé en résidence surveillée. Il n'a rien révélé, rien que la plupart des gens qui entouraient le monarque ne savaient déjà.

Les ragots submergent la capitale égyptienne. Chacun y va de sa confidence, on rivalise de calomnies, c'est à qui proférera le pire pour s'attirer les bonnes grâces des nouveaux maîtres de l'Égypte. Le prince Abbas Halim, cousin de Farouk, proclame l'impuissance de son parent, parle de sa propension à tricher aux cartes et l'accuse d'avoir joué au poker avec... des Juifs. La volubilité de ce seigneur n'a pas dû convaincre le Conseil de la révolution. Il est condamné à quinze ans de réclusion pour avoir été impliqué dans le trafic d'armes durant la guerre de 1948. La centaine de milliers d'acres appartenant à la famille royale a été redistribuée aux *fellahin*.

Mais une information encore plus cruelle frappe le monarque au milieu du mois d'octobre 1953. Le Conseil de la révolution vient de prendre la décision de dévoiler les secrets de ses palais. Des journalistes du monde entier sont conviés à visiter l'antre de Barbe Bleue. À la façon *tour-opérator*, on conduit la presse à travers les appartements du palais de Koubbeh. Dans l'inventaire, on dénombre pêle-mêle une collection de timbres estimée à environ dix-sept millions de dollars, une garde-robe constituée de deux mille chemises en soie, dix mille cravates, cinquante cannes à pommeau d'or incrusté de pierres précieuses, une photo dédicacée d'Adolf Hitler, une meute de lévriers afghans et de chiens de chasse qui — on ne se prive pas de le souligner — étaient mieux nourris que les malheureux paysans du Nil. On se passe de main en main les magnifiques œufs Fabergé, les pièces rares tibétaines et les petits coffrets à bijoux emplis de diamants et de rubis. On affiche son intérêt devant le compteur Geiger de poche sur lequel est inscrit : « Mesurez vous-même la radioactivité. » Mais le point d'orgue de la visite est certainement la section pornographique : cartes postales, jeux de cartes, calendriers, verres à cocktail, tire-bouchons, montres, cravates… Le tout décoré de dessins canailles.

Au palais Abdine, les militaires, transformés en guides touristiques, entraînent le groupe de journalistes vers les salles de bains du couple exilé, décorées de nymphes, puis on les conduit à Ras el-Tine, dans la résidence d'été. On leur montre les appartements de Narriman meublés d'une soixantaine de meubles Louis XV, on pointe un doigt accusateur sur un exemplaire de *L'Amant de Lady Chatterley*, posé bien en vue sur le couvre-lit de satin. Puis, c'est au tour de la chambre à coucher de Farouk. Les « guides » passent en revue les six téléphones, les soixante-quinze paires de jumelles et le projecteur bourré de diapositives représentant des scènes d'amour entre lesbiennes. On ricane devant les innombrables bandes dessinées de Walt Disney sagement alignées dans la bibliothèque.

C'est en 1954 que le gouvernement égyptien sollicitera les services de la prestigieuse maison Sotheby's afin de mettre aux enchères la totalité de ces objets, répertoriés sous le nom « Collections du palais d'Égypte ».

Lorsque le 18 juin 1953, Farouk apprend l'instauration de la République, il se contente de hausser les épaules : « Je vous l'avais bien dit », laisse-t-il tomber avec une sorte de fatalisme. À croire que durant toute son existence, cet homme n'a fait que s'abandonner au destin. *Mektoub*… c'est écrit.

Quelques heures plus tard, au cours d'un dîner, il confie qu'il rêve en secret de voir Nasser commettre le faux pas fatidique qui plongera l'Égypte dans la guerre civile ou, plus dramatique encore, qu'il s'attaquera au canal de Suez, ce qui aurait pour conséquence l'intervention des Britanniques, trop soucieux de protéger la sacro-sainte voie maritime. Il conclut son hypothèse en mimant non sans ironie l'ambassadeur de Grande-Bretagne : « Après tout, mon vieux, vous n'étiez pas aussi mauvais que cela ; pourquoi ne revenez-vous pas reprendre la place que vous avez abandonnée ? »

Pour l'instant en tout cas, le monarque ne peut qu'espérer. Après tout, la situation pouvait être bien pire. Rome n'est-elle pas parmi les cités les plus agréables du monde ? Dans ces années 50, on y recense tous les plaisirs : le ciel est bleu, les monuments antiques admirables, la vie bon marché, les Italiennes sublimes. Certes, l'auberge des Pyramides, le Turf Club et le *Scarabée* manquent au décor. Qu'à cela ne tienne, il y a la Via Veneto, la *Boîte Pigalle*, le *Piccolo Slam, le Gicky Club* et surtout le *Circolo Degli Caccia*, le « Cercle des Échecs », le club privé le plus prisé de la Ville éternelle. Toutes les nuits, le roi s'y rend au volant de sa nouvelle Mercedes verte blindée. Verte comme le drapeau égyptien. On s'en doute, ce n'est ni le Gambit du Fou ni la Défense sicilienne qui attirent Farouk vers ce club, mais le poker et le baccara. Narriman, elle, joue à la canasta en compagnie de duchesses fatiguées et de princesses désabusées.

Au cours du mois de mars 1953, trois mois avant l'instauration de la République, Narriman et sa mère, Mme Sadek, décident brusquement de plier bagages et de partir pour Genève. La reine a craqué. Lorsque l'on interrogera Mme Sadek sur les raisons de cette rupture — car c'en est une — elle répliquera que sa fille ne se sentait plus capable de vivre aux côtés de son époux en raison de l'incompatibilité de leur caractère. Précisons que la reine part sans le petit Fouad, condition *sine qua non* imposée par Farouk.

En apprenant la nouvelle, le Conseil de la révolution fait des gorges chaudes. À ses yeux, le départ de Narriman ne fait que confirmer la personnalité pernicieuse du potentat. On accorde à la reine un nouveau passeport (sous son nom de jeune fille), et elle est autorisée à rentrer en Égypte. Promesse lui est faite de lui rendre une partie de ses biens. En réalité, cette restitution se limitera à quelques vêtements de sa garde-robe.

En septembre, Narriman exige le divorce et une pension alimentaire. Le roi délègue un avocat syrien. Au terme de six mois de procédure,

Narriman finit par signer l'acte de séparation : elle n'a rien obtenu.

Dans le courant du mois de mai 1954, elle se remarie avec un jeune chirurgien, ancien élève de Cambridge, le Dr Adham el-Nakib. Le père du marié n'est pas présent au mariage : il a été condamné à quinze ans de réclusion pour corruption sous l'ancien régime. Avant sa condamnation, il avait lui aussi fait partie de la meute des aboyeurs lancés à la poursuite de Farouk. Médecin en charge de l'environnement médical de la cour, il avait décrit avec force détails comment le souverain le contraignait à voyager à travers le monde pour lui ramener les plus jolies infirmières.

À la presse convoquée pour l'occasion, Narriman dira : « Le bonheur ne consiste pas à vivre dans des palais, mais à aimer, c'est l'harmonie du couple. J'ai connu la vie des palais. Je m'y suis sentie misérable. Maintenant, je sais que je serai heureuse auprès de Adham, parce qu'il m'aime et parce que je l'aime. »

Narriman et El-Nakib se sépareront un an plus tard.

Tandis que le roi se morfond dans sa maison-prison de la banlieue romaine, au Caire, un film fait fureur. Il s'agit de *Quo Vadis*. Peter Ustinov y joue le rôle de Néron. Aux yeux du public, il ne fait pas de doute que Néron et Farouk ne font qu'un : à chacune des apparitions de l'empereur à l'écran, la foule des spectateurs scande avec une jubilation enfantine : « À Capri ! Retourne à Capri ! »

Naguib lui-même est ravi et il lui vient à l'esprit une idée pour le moins singulière. Par on ne sait quel biais, il se met en rapport avec l'acteur-producteur américain Gregory Ratoff et lui propose de tourner un long-métrage qui retracerait la vie décadente de Farouk. La production serait égyptienne. Ratoff n'est pas le premier venu. Il a derrière lui une importante carrière et une trentaine de films, non des moindres, à son actif : *Intermezzo*, où il est à la fois metteur en scène et acteur, avec comme partenaire la sublime Ingrid Bergman ; *Sabrina*, avec Audrey Hepburn, et surtout le chef-d'œuvre de Joseph L. Mankiewicz, *All About Eve* (Eve) avec Bette Davis, Marilyn Monroe et George Sanders.

On pourrait penser qu'un acteur de cette envergure n'aurait que faire de se lancer dans un projet aussi peu « artistique », et c'est un euphémisme ; pourtant, contre toute attente, il accepte la proposition. Très vite, devant les journalistes qui l'interrogent, il se défend de faire un film « biographique ». Toutefois, lorsqu'il révèle le synopsis, personne n'est dupe : « C'est l'histoire d'un roi play-boy, joueur, passionné par la vie et les femmes qui s'amourache d'un jeune mannequin anglais, Roonie. Mais Roonie lui préfère Ahmed, son conseil. En désespoir de cause, le roi play-boy fait kidnapper la belle et tandis qu'il est occupé par ses ébats, son peuple se révolte et finit par le destituer. » Et Ratoff d'ajouter, le plus sérieusement du monde : « N'y voyez aucun rapport avec Farouk. » On ricane encore plus lorsqu'il annonce le titre du film : *Abdallah the Great.*

L'actrice Kay Kendall, la future Mrs. Rex Harrison, est engagée pour jouer le rôle du mannequin anglais. La célèbre danseuse du ventre Samia Gamal interprétera son propre rôle. Sidney Chaplin sera Ahmed, le bel amant. C'est Orson Welles qui est pressenti pour interpréter Farouk. Au dernier moment, il décline la proposition et Ratoff lui-même prend la relève. La musique du film est signée Georges Auric. Le général Naguib accorde au metteur en scène l'autorisation de tourner sur « les lieux du crime » : les palais d'Abdine et de Koubbeh et le *Mahroussa.* En revanche, aucune prise de vues ne sera permise dans le décor des Pyramides, et aucun membre du Comité de la révolution ne fera partie du casting. Le tournage de *Abdallah le Grand* s'achève vers la fin de l'année 1955. Il est loin d'avoir laissé une trace indélébile dans la mémoire des cinéphiles.

Narriman n'est plus là. Le petit Fouad, les princesses accompagnées de leurs gouvernantes ont été envoyés à Lausanne. La villa Dusmet ressemble de plus en plus à un funérarium. L'aboiement des dobermans n'est pas pour alléger l'atmosphère. Que faire ? Où aller ? Farouk abhorre la solitude. Les femmes sont sa source de survie, seule arme pour lutter contre le temps qui passe.

Le chasseur reprend sa course et accroche tour à tour à son palmarès un mannequin belge, sosie d'Audrey Hepburn, une danseuse danoise, une fanatique du *body-building*, capable de tordre une barre de métal et de déchirer un annuaire téléphonique avec les dents. Et la liste n'est pas exhaustive. Pourtant, aucune de ces créatures ne parvient à le combler. Ce qui manque à cet homme, c'est le visage de l'innocence. Un visage qui ressemblerait à celui de Narriman lorsqu'il fut mis en sa présence, un matin de février 1950, alors que la jeune fille était à peine âgée de seize ans. Seize ans... Lorsque, en 1953, il rencontre Birgitta Stenberg, elle a deux ans de plus. Elle est magnifique et dégage une immense sensualité. Seule ombre au tableau : elle a été la maîtresse de la plus haute figure du banditisme de cette époque, Lucky Luciano en personne. Quelques années auparavant, celui-ci a été contraint de fuir la « petite Italie » new-yorkaise pour la grande, et son chemin a croisé celui de Farouk alors que tous deux prenaient le soleil sur la plage de Canzone del Mare, à Capri. Très vite, les deux hommes se trouvent des points communs. L'un comme l'autre vivent en exil. L'un comme l'autre ont été des hommes puissants, et tous deux partagent la même attirance pour les jolies femmes. L'amitié succède à la sympathie au point que Luciano décide de prendre en main la sécurité du monarque. Farouk a dû confier au gangster que le gouvernement égyptien tentera un jour de l'éliminer. Il estime — à tort ou à raison — qu'il continue de représenter une menace pour les révolutionnaires. Bien sûr, assassiner Farouk ne serait pas tâche aisée. Non seulement le fidèle Roustoum, le chef de ses gardes du corps albanais, ne le quitte pas des yeux, mais la police italienne veille. Pourtant, Luciano décide d'emblée d'offrir ses services au souverain. Il lui fait la promesse que lui, vivant, personne au monde ne se risquera à toucher un cheveu de Farouk.

La première fois que le souverain aperçoit la belle Birgitta, c'est au début de l'année 1953, sur cette même plage, alors qu'elle est justement en compagnie de Luciano. La seconde fois, six mois plus tard, un soir de juin, alors qu'il est en train de dévorer un plat de spaghettis à la napolitaine à la terrasse du café Doney, sur la Via Veneto. Birgitta n'est pas seule. Une connaissance de Farouk — Donald Beeler, un diplomate américain — est à ses côtés. L'occasion est trop belle. Le souverain s'empresse d'inviter le couple à sa table et rappelle à la jeune femme leur rencontre, six mois auparavant, à Canzone del Mare. Et comme elle s'en étonne, il réplique tranquillement : « La royauté n'oublie jamais un visage royal. » Birgitta frissonne d'émotion. Donald Beeler doit se sentir de trop. Il prend congé abandonnant sa proie au monarque.

Vers le milieu de la nuit, Farouk raccompagne Birgitta à son hôtel et lui promet de la rappeler. C'est le début de leur liaison. Une liaison que le roi s'efforcera — à la différence des autres — de garder secrète, ne s'affichant que très rarement en public en compagnie de sa jeune maîtresse.

Quelques années plus tard, la Suédoise devait se rendre célèbre en publiant le récit de ses aventures amoureuses dans un ouvrage intitulé *Manplay in Europe*, que l'on pourrait traduire littéralement par « Jeu d'homme en Europe ». Dans cet ouvrage sulfureux, elle consacre plusieurs pages à sa relation avec Farouk. On peut y lire entre autres une description détaillée de leur première nuit d'amour.

« J'étais très excitée à l'idée que j'allais donner du plaisir à cet homme nu, allongé sur le dos, qui avait eu droit de vie et de mort sur des millions d'individus. “Et maintenant, montrez-moi ce que vous savez faire, jeune dame !” me lança Farouk. »

Birgitta explique alors qu'elle s'était glissée entre les cuisses du souverain, titillant son (petit) pénis, posant ensuite sa bouche sous les testicules, les soulevant avec la pointe de son nez et appuyant sa langue à l'entrée de l'anus royal.

À la fois affolé et terriblement embarrassé Farouk se serait exclamé : « Pourquoi fais-tu cela ? » En guise de réponse, Birgitta continua de faire tournicoter sa langue. Une heure plus tard, Farouk demandait toujours « Pourquoi ? ». Elle daigna enfin répondre : « Parce que je sais que les hommes apprécient ce genre de caresse, parce que j'aime cette partie lisse du corps, parce qu'elle est étroite et qu'elle rougeoie (*sic*). » Il lui rétorqua : « Et toi ? As-tu expérimenté cette caresse ? » « Bien entendu ! Sinon comment aurais-je appris à la pratiquer ? »

On pensera ce que l'on voudra de ces écrits, une chose est sûre : à dix-huit ans, la chère Birgitta en savait bien plus sur la sexualité que ce monarque dont on disait qu'il avait eu dans son lit autant de femmes qu'il y a de grains de sable dans le désert égyptien. S'il faut en croire la vamp suédoise, Farouk n'avait en tout cas rien d'un impuissant. Il faisait l'amour tout à fait normalement, affirme-t-elle, réellement préoccupé par le plaisir de sa compagne.

On apprend aussi dans cette autobiographie que, contre toute attente, Farouk était un homme pieux. Birgitta affirme l'avoir surpris plus d'une fois en prière dans le secret de sa salle de bains.

Comme toutes les relations amoureuses du souverain, celle-ci s'achève quelques mois plus tard. Une autre femme a débarqué dans sa vie, qui va occuper une place bien plus importante que celle conquise par la Suédoise : Irma Capece Minutolo, seize ans, d'origine napolitaine. Fille d'Antonio Capece Minutolo et de Margherita Catalini. Un physique à la Sophia Loren.

Pour Birgitta, la rupture n'est pas sans douleur. Lors de leur dernier rendez-vous, Sa Majesté lui tend un magnifique bracelet serti de diamants et lui propose de l'accompagner en Suisse pour un voyage d'affaires. Elle jouerait le rôle de sa secrétaire. Elle refuse. Farouk insiste. En vain. Un sanglot dans la voix, elle lui murmure :

— Tu vas me manquer et à travers toi, c'est la vie qui va me manquer.

Il a un sourire mélancolique.

— Crois-tu vraiment qu'un personnage comme moi pourrait manquer à qui que ce soit ?

15

Le Caire, décembre 1953.

— Il faut faire disparaître Naguib ! s'écrie Nasser. Oui, il faut le faire disparaître ! Il dépasse les bornes !

Aboul Fath dévisage le *bikbachi*, interloqué.

— Je pense que vous commettrez une erreur, fait-il remarquer après un moment. Le peuple est convaincu que Naguib est un homme foncièrement bon qui déteste la violence. Sans compter qu'il n'approuve nullement les mesures d'exception que le Conseil de la révolution impose tous les jours au pays. On dit aussi qu'il déplore l'institution du Tribunal de la révolution et les internements. Pourquoi ne procédez-vous pas vous-même à l'abolition de ces mesures ? Votre décision serait accueillie avec allégresse par le peuple tout entier.

Nasser balaie l'air d'un geste agacé.

— Vous avez tort ! Votre question est absurde.

Sans attendre la réaction du journaliste, Nasser se lève et quitte la pièce, mettant fin à la discussion. Désormais, plus personne en Égypte n'ignore que les divergences des premières heures opposant le vieux général et les jeunes loups se sont transformées en abîme. La rupture n'est plus qu'une affaire de semaines, voire de jours. Comment en est-on arrivé là ?

Jour après jour, les critiques de Naguib à l'encontre des Officiers libres se sont faites plus acerbes. Comme vient de le souligner Ahmed Aboul Fath, le général vit mal la mainmise des militaires sur les rouages de l'État. Arrestations abusives, tribunaux militaires, démantèlement agressif de la bourgeoisie terrienne, création d'un parti unique baptisé Union socialiste arabe, avec pour conséquence la disparition de toutes les autres formes d'opposition… Autant d'actions qu'il juge inadmissibles : « Ces jeunes gens sont imprudents ! lance-t-il à des diplomates étrangers venus lui présenter la liste de leurs doléances. Ils accumulent les bêtises et courent à la catastrophe ! »

Il ne se passe pas un jour sans qu'il n'exprime sa désapprobation face à l'arrestation de tel ancien ministre, la condamnation de tel autre. Autre grief de Naguib : le limogeage de son ami Ahmed Chawki, gouverneur de la place du Caire, qui n'a de cesse de répéter que l'armée doit rentrer dans ses casernes, qu'il faut rendre sa chance au parlement — thèse pourtant défendue par Nasser dès les premières heures.

Sadate n'est pas tendre avec le vieux général. Il le juge seul responsable de la tension qui régnait alors : « En nommant Naguib président du Conseil de la révolution, nous espérions qu'il mettrait un terme aux conflits qui faisaient rage parmi nous : en effet, nous étions tous des hommes jeunes, à peu près du même âge, alors qu'il était de plusieurs années notre aîné. Malheureusement, il se passa exactement le contraire. Une campagne de faux bruits fut entreprise contre moi ; Nasser m'apprit plus tard qu'elle avait été lancée par Naguib lui-même. »

Cette campagne doit être suffisamment importante pour que Sadate en arrive à proposer sa démission et envisage de partir pour le Liban. Finalement, sur l'insistance de Nasser, il finit par revenir sur sa décision.

En vérité, le seul problème que pose Naguib c'est Naguib lui-même. Courtois, trop courtois, trop gentil, trop affable. *Fallahin* et gros propriétaires, Frères musulmans, wafdistes, communistes… Naguib veut satisfaire chacun, et tout le monde finit par lui en vouloir.

Le 11 janvier 1954, une nouvelle affaire vient s'ajouter à la série des désaccords entre le Conseil de la révolution et le général. Ce matin-là, Hassan Dôh, leader des étudiants proches des Frères musulmans, harangue la foule au cours d'un grand meeting qui se tient dans l'enceinte de l'université du Caire, à Guizeh. Au cours de la réunion, des voix s'élèvent pour conspuer la politique de Nasser et l'armée. Les cris de « À bas le dictateur ! » fusent et comme souvent dans ces occasions, la fièvre monte. Les Frères musulmans font usage d'armes à feu, de couteaux et de matraques. Une voiture de police est incendiée.

La réaction de Nasser est implacable. Le 14 janvier, sans en référer à quiconque, il fait interdire la confrérie des Frères musulmans et ordonne la fermeture de toutes ses centrales. Dans la foulée, il fait arrêter *manu militari* Hassan el-Hodeibi, leur guide suprême, ainsi que plusieurs centaines de ses sympathisants, et les jette en prison. Des perquisitions faites au domicile de certains d'entre eux révèlent des dépôts d'explosifs et mettent la police sur les traces de tout un réseau terroriste.

Or, personne ne doute que Naguib a toujours entretenu des relations avec le mouvement islamiste. Il ne semble pas qu'elles aient eu un caractère politique, mais qu'elles se limitaient à des déclarations communes de sympathie et d'amitié. Il n'en demeure pas moins qu'en découvrant l'action menée par Gamal, le général laisse exploser sa colère.

Le 23 février 1954 au matin, il déboule dans les locaux du Conseil de la révolution et se lance dans une violente diatribe contre ses compagnons. Il leur rappelle que la confrérie a été déjà dissoute par Farouk, que leurs agissements n'ont rien à envier à ceux du roi déchu, il critique les méthodes répressives utilisées par Nasser et, pour conclure, réclame un droit de veto, faute de quoi il est prêt à démissionner. Et il quitte la pièce. Le Conseil est abasourdi.

À peine Naguib est-il sorti que Salah Salem, le « major dansant », explose :

— Qu'il aille au diable ! Nous en avons assez du mythe Naguib, de sa pipe, de son sourire, de sa modération !

Nasser demande à réfléchir.

Quarante-huit heures plus tard, le 24 février en début de soirée, les douze membres se réunissent à nouveau. D'après certains journalistes présents dans un bureau du rez-de-chaussée, on entendit des éclats de voix, et même des hurlements. On assure même que Sadate a brandi son pistolet et l'a plaqué sur la table du Conseil.

Au sortir de la réunion, la décision est prise. Salah Salem l'annonce à la presse :

— Le général Naguib nous a offert sa démission. Nous l'avons acceptée. Il réclamait un droit de veto, c'est-à-dire un pouvoir absolu ; nous ne pouvions nous plier à cette exigence. Le général critiquait publiquement et auprès des étrangers les décisions de la majorité, ne songeant qu'à entretenir sa propre popularité. Gamal Abdel Nasser est nommé président du Conseil.

Un coup d'État au sein du coup d'État ? Peut-on imaginer que Nasser avait tout prévu ? Ce serait lui accorder un machiavélisme hors du commun. Alors comment expliquer le sens de ces déchirures au lendemain de cette révolution porteuse de tant d'espérances pour le peuple égyptien ? Une seule explication vient à l'esprit.

Pour atteindre les buts qu'ils se sont fixés, Gamal Abdel Nasser et ses compagnons doivent maîtriser l'ensemble du pouvoir politique. Afin que cette république provisoire exécute le programme des jeunes révolutionnaires, il est indispensable que le président Naguib garde l'habitude de consulter le Conseil de la révolution sur les questions essentielles et qu'il accepte de se ranger à l'opinion de la majorité. Or, de par sa nature, Naguib n'est pas homme à accepter d'imposer les mesures drastiques que la situation exige pourtant.

L'objectif des officiers libéraux n'est pas uniquement de permettre à 200 000 *fallahin* d'accéder à la propriété d'un lopin de terre, ils entendent aussi tirer de leur servage les quatre millions de paysans qui, avec leurs familles, constituent les deux tiers de la population de l'Égypte. Pour y parvenir, ils n'ont pas d'autre choix que de casser le système féodal instauré dans la campagne égyptienne depuis l'époque de Mehemet Ali, et de détruire la puissance sociale et politique de la caste des grands propriétaires. D'autre part, le Wafd et les Frères musulmans ne se résignent pas à se voir tenus à l'écart de la scène politique. Ils murmurent, ils complotent, et leur opposition se dresse non contre Naguib, qui a toute leur sympathie, mais contre les jeunes officiers.

Dans les milieux ouvriers, les communistes eux aussi prennent position contre le nouveau régime. Certains membres du Conseil de la révolution, à l'instar d'Ahmed Chawki (gouverneur du Caire) ou de Khaled Mohieddine, souhaitent jouer la carte russe contre l'Angleterre pour instaurer ensuite une dictature de gauche, à l'exemple de celle qui sévit dans les pays de l'Est.

« Nous aurions pu, expliquera Nasser à propos de cette période, faire appel aux sentiments, à l'exemple de nos prédécesseurs, et laisser le peuple s'égosiller à pousser des clameurs patriotiques, les mêmes que celles de ses aïeux. Nous avons voulu, au contraire, le débarrasser de la griserie des phrases creuses et des sentiments frelatés. C'était le devoir de la révolution, le chemin qu'elle s'était tracé. On nous fait souvent remarquer : "Vous avez mécontenté tout le monde." À ceci je réponds : L'essentiel n'est pas de satisfaire ou de mécontenter, mais de travailler dans l'intérêt du pays. Nous avons surtout mécontenté les grands propriétaires terriens, mais pouvions-nous ne pas le faire et laisser notre pays dans l'état d'injustice sociale où il se trouvait ? Une minorité possédait des millions de feddans, alors qu'une infinité de personnes végétaient dans la misère la plus noire. Je reconnais aussi que nous avons mécontenté les fonctionnaires. Mais pouvions-nous faire autrement, et continuer à dépenser la moitié du budget national en appointements, au lieu d'allouer, comme nous l'avons fait, 40 millions de livres aux grands projets de la production ? Il nous aurait été facile de satisfaire tout le monde et de dilapider, comme l'ont fait nos prédécesseurs, le trésor public. Mais cela eût été au détriment de la nation. »

Au lendemain de la démission de Naguib, rien ne se passe comme prévu.

À la une des journaux, on lit en caractères gras : « Naguib est parti ». Des attroupements spontanés se forment aussitôt dans les rues. On brandit le portrait du général. Ses partisans se dirigent vers sa villa de Zeitoun. Le peuple est atterré. Mélange de tristesse et de colère : « Ils ont chassé Naguib… Ils ont chassé Naguib. » La nouvelle se répand à travers Le Caire, envahit la campagne égyptienne, se transforme en orage. Dans les chancelleries, l'inquiétude domine. Naguib rassurait : il était le symbole de l'unité, non seulement entre l'armée et la nation, mais aussi, de par ses origines soudanaises, entre l'Égypte et le Soudan, partie inhérente de l'Égypte depuis près d'un siècle et demi. Des étudiants hostiles à Nasser se heurtent à un barrage de police. Débordée, la troupe ouvre le feu. Des étudiants s'écroulent. Miraculeusement, on ne dénombre que des blessés.

Dans la soirée du 24 février, le Conseil de la révolution est informé que des officiers de la cavalerie sont réunis dans la caserne d'Abbassieh. Plus grave : Khaled Mohieddine (l'homme de gauche) est à leur tête. De toute évidence, quelque chose se prépare. Et quelque chose se prépare en effet.

À l'insu de tous, des chars ont pris position autour du quartier général du Conseil de la révolution et leurs canons pointent sur le bâtiment. Vers 1 heure du matin, un ultimatum est adressé aux Officiers libres. Il exige le retour de Naguib, le rappel des militaires, le rétablissement de la vie constitutionnelle.

Abasourdi, Nasser envoie le « major dansant » en éclaireur. L'homme est accueilli par des visages fermés. Les insurgés ne veulent rien entendre. C'est Nasser qu'ils veulent. Appelé au téléphone, celui-ci saute dans sa voiture et débarque dans la caserne.

La discussion est violente. Khaled Mohieddine, soutenu par ses amis, accuse le *bikbachi* d'avoir détourné les objectifs de la révolution et remplacé l'autocratie de Farouk par celle de l'armée. Nasser s'efforce de leur faire comprendre que la révolution serait escamotée, trahie par les politiciens, si le sort de l'Égypte était à nouveau placé entre leurs mains. Les insurgés persistent. Ils réclament le rappel de Naguib comme président de la République et la nomination de Khaled Mohieddine comme Premier ministre. Nasser est blême, il ne trouve plus ses mots. Il craque : « C'est bon. Rappelez Naguib. Je m'en vais. Je démissionne. » Il remonte dans sa Morris, et a toutes les peines du monde à se frayer un passage parmi les autos mitrailleuses postées autour de la caserne. Il est 3 heures du matin.

Aussitôt, Khaled Mohieddine et quelques-uns de ses compagnons se précipitent au domicile du général Naguib pour lui annoncer son retour au pouvoir. C'est fini ! Ils ont gagné.

Mohieddine se trompe. Tout ne fait que commencer.

Informés de la décision de Nasser, les militaires qui lui sont restés fidèles se dressent comme un seul homme. Des troupes loyales foncent vers la villa de Naguib. Mohieddine s'y trouve encore. Il est appréhendé, tandis que le général est embarqué à bord d'une Jeep. Le véhicule démarre en trombe et prend la direction du désert. Naguib est alors convaincu de vivre là ses dernières heures. Ils vont l'abattre, c'est sûr. En réalité, il s'agit seulement de l'écarter afin de laisser le temps aux Officiers libres de redresser la situation.

Pendant ce temps, Mohieddine a été emmené au quartier général du Conseil. Lui aussi est convaincu qu'il n'en a plus pour longtemps.

Cependant, lorsqu'on l'introduit dans le bureau où l'attend Nasser, ce n'est pas le visage d'un inquisiteur qu'il découvre, mais celui d'un homme aux traits tirés, abattu. Les deux hommes se toisent un moment, puis Gamal murmure : « Je tiendrai l'engagement que j'ai pris. L'incident est clos. Naguib peut revenir. Tu assureras la présidence du Conseil de la révolution. Quant à moi, ainsi que je l'ai déjà déclaré, j'abandonne toutes mes fonctions. »

D'un geste raide, Nasser tend un document à son interlocuteur :

— Tu le remettras à Naguib. Qu'il le signe. Le texte stipule qu'il revient sur sa démission et accepte de redevenir président.

Mohieddine est désorienté. Lui qui s'attendait à subir le pire, voilà qu'on lui accorde le meilleur. Sans un mot, il prend la lettre et s'éclipse.

Au lever du jour, la nouvelle résonne comme un coup de tonnerre : « Naguib est revenu ! »

À 16 h 35, la radio confirme l'information.

Mais au quartier général du CDR, des voix partisanes de Nasser recommencent à gronder. Certains militaires, parmi lesquels Anouar el-Sadate, se refusent à baisser les bras et proposent, ni plus ni moins, de faire pilonner le régiment de cavalerie avec l'aide de l'aviation. Abdel Hakim Amer, qui occupe toujours la fonction de commandant en chef des armées, s'y oppose formellement : « Jamais ! s'exclamet-il. Jamais je n'accepterai une guerre entre les différents corps d'armée ! »

Ses interlocuteurs s'entêtent. Salah Salem vocifère. À ses yeux, pas question de permettre à Naguib de revenir au pouvoir. Un officier le soutient et pousse l'affront jusqu'à traiter Amer de pleutre. Le commandant en chef a un mouvement de recul. Le regard fou, il porte sa main à son épaulette et arrache ses insignes : « Je démissionne ! lance-t-il furieux. Je refuse d'être le commandant en chef qui donnerait l'ordre à ses troupes de se massacrer entre elles ! »

À contrecœur, les rebelles finissent par se résigner. Le combat fratricide n'aura pas lieu.

Le 27 février, soit trois jours après le putsch, une masse déferle jusqu'au palais d'Abdine, que Naguib a réintégré. On scande le nom du vieux général. « Vive Naguib ! *Yaïch* Naguib ! » On danse, on chante. On revit.

La clameur monte. Il annonce d'une voix vibrante : « Nous allons appeler le peuple à élire un parlement ! »

« Vive Naguib ! Vive l'ami du peuple ! Le sauveur de l'Égypte ! »

Cet élan d'allégresse semble spontané. Or, il n'en est rien. Parmi la foule, dominant par intermittence les vivats, on peut entendre des « Allahou Akbar ! » « Dieu est grand ! » Des exclamations qui ne sont pas sans rappeler le cri de ralliement des Frères musulmans.

Naguib apparaît enfin au balcon. C'est l'euphorie. Brusquement, un homme se fraie un chemin. Il brandit un mouchoir maculé de sang : « C'est le sang de nos frères », s'écrie-t-il. L'homme n'est autre qu'Abdel Kader Awda, l'adjoint du guide suprême des Frères musulmans. Hissé sur les épaules de ses camarades, le voilà qui se lance dans un discours incendiaire, critiquant les Officiers libres et louant Naguib. Du haut de son balcon, le vieux général lui fait signe de venir le rejoindre. C'est l'hystérie.

Avec un sens aigu de la dramatisation, Awda continue d'agiter le mouchoir sanglant. Ce serait celui d'un étudiant tué par la police, quelques instants plus tôt, sur la place de la Libération, Midan el-Tahrir, alors qu'une colonne venue de l'université marchait vers la présidence du Conseil.

De l'avis de tous les observateurs, le retour triomphal de Naguib à la tête du pays ne fut pas vraiment improvisé. Ce rassemblement sous les fenêtres du palais, les manifestations de joie à Zeitoun, devant le domicile du général, quelques heures plus tôt, la présence d'Abdel Kader et de ses compagnons : autant de « coïncidences » qui portent à croire que c'est la confrérie qui fut l'inspiratrice de ces manifestations d'allégresse. Souvenons-nous : quelques semaines auparavant, Nasser avait déclaré le mouvement illicite, ordonné la fermeture des centrales et fait arrêter son chef, Hassan el-Hodeibi, qui croupissait derrière les barreaux.

Quelques heures plus tard, Naguib va retrouver ses frères ennemis au siège du Conseil de la révolution. C'est la grande comédie de la réconciliation. Comme s'il ne s'était rien passé, les onze membres et leur « parrain » posent devant les photographes et les journalistes. Ils déclarent que « l'incident » ne mérite plus que l'on s'y attarde. Ce n'était qu'un nuage. Il n'y a plus rien à signaler. Les larmes aux yeux, Naguib déclare : « Je suis sans rancune. Le passé est mort. Pensons à l'avenir de notre pays. » Il se tourne vers Nasser et le félicite de son élévation au poste de Premier ministre.

L'Égypte peut dormir tranquille.

16

Rome, fin février 1954.

L'air est doux. Sur les terrasses de la Via Veneto, les filles n'ont jamais été aussi aguichantes, mais c'est à peine si Farouk les regarde. Il ne se souvient déjà plus de la flamboyante Birgitta, partie retrouver les froidures de Stockholm. Aujourd'hui, toutes les pensées du souverain appartiennent à Irma Capece Minutolo. La jeune femme est née le 6 août 1935, à Naples, à midi précis. Elle est du signe du Lion, ascendant scorpion. S'il faut en croire son thème astral, c'est une personnalité sensible, intuitive et lucide ; affectivité exacerbée ; nature magnétique, consciente de l'étrange fascination qu'elle exerce sur autrui ; en l'occurrence sur Farouk.

Pour elle, il a quitté la sinistre villa Dusmet et ses dobermans pour s'installer dans le quartier chic de Parioli, au cœur de Rome. De la terrasse de l'appartement, situé Via Archimède, on peut apercevoir la piazza Euclide. Le monarque a échangé Pan, le dieu des pâturages, contre la sagesse des mathématiciens.

Dans le même temps, il a loué pour ses filles et pour le petit prince Fouad une villa dans la banlieue de Lausanne. Il leur a aussi attribué un garde-chiourme en la personne d'un ancien acteur français, Jules Lucien Gallas. Dans les années 40, on a pu le voir dans *Le Val d'enfer*, de Maurice Tourneur, *Le Chant des exilés*, aux côtés de Tino Rossi, *Fièvres* de Jean Delannoy, ou *Bar du Sud*, où il donne la réplique à Charles Vanel. Il a une cinquantaine d'années et un faux air de Rudolf Valentino. L'amitié entre le comédien et le roi remonte à 1938, du temps où les deux hommes partageaient la même table de baccara au casino de Biarritz. Au moment où le monarque débarque à Rome, le Français est dans le creux de la vague. À court de ressources, il est ravi de se voir introniser homme à tout faire du monarque en exil.

Quant à Irma Capece, elle poursuit un rêve : devenir une diva. Qu'à cela ne tienne, le souverain se transforme en mécène. Il engage pour elle les plus grands professeurs de chant et lui promet une carrière planétaire. Mais en attendant ce jour, Sa Majesté a besoin de se distraire. Au début du mois de mars, il part pour la Ville Lumière, la capitale d'Europe qu'il préfère entre toutes. Il descend au Royal Monceau, et passe son séjour à écumer les cabarets de Pigalle et à sévir au *One two two*, le célèbre bordel du 122 rue de Provence, dans le IXe arrondissement. Installé dans un ancien hôtel particulier de Murat, ce haut lieu de la luxure s'élève sur trois étages aux volets blancs toujours clos.

Ce n'est pas dans ces murs coquins, mais au Royal Monceau que Farouk fait la connaissance de Billy Graham, le fameux évangéliste en tournée à travers l'Europe. L'homme de Dieu s'efforce plus d'une fois de guider le souverain vers des chemins plus chastes. Exaspéré, Farouk lui fait porter par l'intermédiaire de Gallas un mot lapidaire : « Sa Majesté ne désire plus vous voir, ni aujourd'hui, ni demain, ni jamais. »

Plus tard, Graham aura plus de chance auprès de la mère de la célèbre romancière Patricia Cornwell. Patricia a cinq ans lorsque son père quitte le foyer conjugal. De santé plutôt fragile, sa mère préférera confier l'éducation de ses enfants à Graham et à sa femme, Ruth. Celle-ci jouera le rôle de seconde maman auprès de la petite Patricia. Par la suite, le prédicateur deviendra le conseiller spirituel de cinq présidents des États-Unis. De même réussira-t-il à faire entendre la voix de Jésus à George W. Bush, alors que celui-ci menait une vie de patachon, imbibée d'alcool.

Les tentatives de l'Américain ont eu sans doute l'effet contraire de celui escompté. Farouk se jette de plus belle dans la vie nocturne.

Et tandis qu'il poursuit ce qui ressemble fort à une fuite en avant, le 12 février, au Caire, le digne commissaire-priseur de Sotheby's met à l'encan le passé du souverain. La vente se déroule dans les salons du palais de Koubbeh où l'on a sollicité des acheteurs potentiels à grand renfort de publicité. La compagnie aérienne BOAC a même proposé des réductions sur le trajet Londres-Le Caire, et le gouvernement égyptien promet que tout acquéreur qui dépenserait plus de cinq mille livres sterling aura accès à la collection pornographique de Farouk et sera autorisé à participer à sa mise aux enchères.

Entre deux ébats avec la signorina Capece, le souverain commente les événements qui se déroulent en Égypte : « Quel que soit le jugement que l'on porte sur mon règne, au moins de mon temps les gens se sentaient en sécurité, et libres. Les tribunaux étaient indépendants et ne subissaient pas de pressions. Les gens qui étaient emprisonnés n'étaient pas victimes de tortures nazies. » À propos de Nasser, il dira : « C'est un caméléon. Il est capable d'être tout à la fois anti-communiste, neutre et prosoviétique. Tôt ou tard, il finira par tomber. » Et de conclure avec un petit sourire énigmatique : « Et qui croyez-vous qui le remplacera ? »

Recouvrer son trône ? Encore faudrait-il tenir financièrement jusqu'à ce jour. L'essentiel de ses revenus provient du roi Séoud d'Arabie. Or, celui-ci a rendu l'âme un an auparavant, le 9 novembre 1953. Son fils, Abdel Aziz, estimant sans doute qu'il n'y a plus aucune chance pour que la monarchie ressuscite jamais dans la vallée du Nil, a décidé de couper les vivres au souverain égyptien. Les temps sont difficiles. Le roi décide de mettre en vente le seul bien qui lui reste : le yacht, *Fakhr el-Bihar*, la « Fierté des mers », qui se trouvait en cale sèche en Italie au moment du coup d'État. Parallèlement, et aussi étonnant que cela puisse paraître, il propose ses services de relations publiques à de grandes firmes industrielles italiennes. Toutes déclinent son offre. La seule proposition de travail qu'il reçoit vient d'un directeur de… cirque danois qui lui propose d'apparaître sur scène en montreur d'éléphants.

Jour après jour, le ciel de Rome s'assombrit. Si encore les commères et les *paparazzi* voulaient bien le laisser tranquille. Mais non. À croire que l'odeur du sang n'attire pas que les animaux sauvages.

La célèbre commère américaine Elsa Maxwell n'est pas en reste[1]. Elle écrit dans ses Mémoi-

1. Née en 1883, décédée en 1963, chroniqueuse des années 40, journaliste, auteur de chansons, actrice et hôtesse professionnelle, elle avait été célèbre pour les fêtes somptueuses qu'elle organisait à Hollywood, mais surtout pour ses chroniques rédigées avec une plume trempée dans de la ciguë. On doit à Elsa Maxwell, amie et conseillère du couturier Jean Patou, l'invention du slogan « Joy, le parfum le plus cher au monde ! », qui accompagna son lancement en 1930.

res : « Bien que les maisons royales d'Europe et du Proche-Orient aient produit un nombre important de personnages hybrides, Farouk est d'entre eux tous le spécimen le plus horrible de ces prétendus monarques. Je suis fière de dire que j'ai éveillé son inimitié la première fois où je l'ai rencontré à Deauville en 1950. En réponse à une invitation à dîner, je lui ai écrit : “Je ne dîne ni avec les clowns, ni les chimpanzés ni les gangsters”. »

L'hallali a sonné, et avec quelle cruauté ! Dès la publication du livre de Maxwell, le souverain entame des poursuites ; l'affaire est jugée par un tribunal français. L'auteur et son éditeur sont condamnés à retirer les passages qui incriminent Farouk et à lui verser la somme de 15 000 dollars à titre de dommages et intérêts.

Au lendemain du jugement, à un journaliste lui demandant si une réconciliation est envisageable avec la commère, le roi réplique : « Nous vivons dans un monde où les miracles sont révolus. »

Quelque temps plus tard, effectuant une escapade à Deauville, il se voit refuser l'entrée du casino pour défaut de tenue réglementaire. Lui qui avait laissé sur les tapis verts de cet endroit de quoi en acheter les murs, voici qu'il est rejeté comme le plus insignifiant des clients… La longue série d'humiliations ne semble plus s'interrompre.

Bientôt, la firme de chocolat Milan's Milton ne trouve rien de plus original que de baptiser l'une de ses friandises *Farouk*. Dans les encarts publicitaires, on aperçoit une image du roi déchu, sourire aux lèvres, plus ventripotent que jamais. Nouveau procès, nouvelle poursuite en diffamation. Mais cette fois, le tribunal italien saisi de l'affaire se montre moins généreux que la justice française. La plainte est rejetée.

Le printemps est là. La signora Irma poursuit ses cours de chant. Le couple vit dans des appartements séparés. On pourrait les croire mari et femme, si Farouk ne continuait de hanter les boîtes de nuit de la Ville éternelle. De temps à autre, son regard se perd dans les néons. Que fixe-t-il ? Vers quoi ses pensées dérivent-elles ? Il se revoit peut-être, enfant, courant vers son père et ne le trouvant jamais. Il repense peut-être à Jan, le neveu de Gerda Sjoberg, sa *nanny* suédoise. Jan qui fut son « meilleur ami imaginaire ».

17

Le Caire, 4 mars 1954.

« Le Conseil de la révolution a décidé de prendre des mesures immédiates en vue de la convocation d'une Assemblée constituante élue au suffrage universel direct, qui devra se réunir dans le courant de juillet 1954 et qui aura deux tâches : 1° Discuter et approuver le projet de la nouvelle Constitution ; 2° Tenir lieu de Parlement en attendant la réunion du nouveau Parlement conformément aux dispositions de la Constitution qu'aura approuvée l'Assemblée constituante. Pour permettre aux élections de l'Assemblée constituante de se dérouler dans une atmosphère de complète liberté, le Conseil de la révolution a décidé d'abolir la loi martiale avant d'entreprendre les élections de l'Assemblée constituante. Le Conseil a également décidé de supprimer la censure sur les journaux et les publications à partir du 6 mars, exception faite pour les questions concernant la défense nationale. »

Ainsi, Nasser a cédé sur toute la ligne. Est-il vraiment brisé ? Ou serait-ce plutôt l'affirmation du génie politique qui consiste à transformer une défaite en victoire ?

Au soir du 5 mars, sur le perron de sa villa, il répond à une série de questions posées par le journaliste Jean Lacouture : « Comptez-vous, vos camarades et vous-même, tenter de poursuivre une carrière politique devant les électeurs ? » Nasser se met à rire : « Certains d'entre nous regagneront leurs casernes, d'autres entreront probablement dans l'arène politique. »

Au fil des jours, on libère des prisonniers, les étudiants manifestent leur joie, la presse respire et ose prendre l'armée pour cible, exigeant avec force le retour à la vie parlementaire.

Les journalistes Ahmed Aboul Fath et Ihssan Abdel Koddous, rédacteur en chef de *Rose El-Youssef*, prennent le risque de publier des éditoriaux d'une grande virulence, critiquant ouvertement les militaires. *El-Misri* va jusqu'à diffuser une lettre adressée au général Naguib dont l'auteur n'est autre que le guide suprême des Frères musulmans, Hassan el-Hodeibi, toujours derrière les barreaux. On peut y lire entre autres passages incendiaires : « Invitons nos enfants et vos enfants, nos femmes et vos femmes, nous-mêmes et vous-mêmes, à prier pour que la malédiction d'Allah soit sur les menteurs. »

La promesse de Naguib de restaurer le Parlement a provoqué une activité fébrile dans tous les milieux politiques. On se préoccupe déjà de dresser des listes électorales, on se mobilise, on se livre aux premières tractations.

Nasser observe, silencieux, l'agitation de tout ce petit monde. Mais en coulisses, dans la discrétion la plus absolue, il a commencé à tisser la toile dans laquelle il compte emprisonner définitivement le trop populaire général Naguib, premier obstacle à la poursuite des buts fixés par la révolution.

Fort de son pouvoir de président du Conseil, il ordonne la mutation de deux colonels jugés indésirables et promeut une quinzaine de généraux. Puis, il place les syndicats face à une alternative : « Pouvoir militaire ou retour des pachas, et de leurs prérogatives ? Est-ce donc pour retomber dans les bras de vieux pachas politiciens que nous avons abattu Farouk au péril de notre vie ? »

Le 7 mars 1954, il nomme son ami Zakaria Mohieddine au poste de ministre de l'Intérieur. Il sait que l'homme, à la différence de Khaled son cousin « rouge », est un fidèle parmi les fidèles. Grâce à lui, Nasser s'assurera du loyalisme de la police.

Aux alentours du 8 mars, il fait jeter en prison le chef du mouvement des Chemises vertes, Ahmed Hussein, mais aussi Abdel Kader Awda, l'homme qui avait brandi son mouchoir sanglant le jour de la manifestation en faveur de Naguib.

Tout un groupe de meneurs subit le même sort.

Le 24 mars, le roi d'Arabie Saoudite, Ibn Séoud, arrive en Égypte. Il est accueilli en grande pompe par le général Naguib. Le 25 mars, Nasser joue son va-tout. Il fait adopter par le Conseil directeur de la révolution une motion selon laquelle cet organe sera dissous le 24 juillet, au lendemain du deuxième anniversaire du coup d'État. La révolution a vécu. Place aux partis politiques. Le Wafd jubile. Les communistes et les socialistes se frottent les mains. Les Frères musulmans rendent grâces à Dieu et se jettent à corps perdu dans l'élaboration d'un projet de constitution théocratique qu'ils souhaitent opposer au projet civil d'inspiration occidentale que préparent Ali Maher et ses collègues.

Soudain, le 26 au matin, comme par enchantement, des colonnes de manifestants, dont la plupart portent l'uniforme de la « Garde nationale », milice contrôlée par les partisans de Nasser, commencent à déferler dans les rues du Caire : « Poursuivez la révolution ! » « Maintenez le *Magless El-Saoura*, le Conseil de la révolution ! » Une avalanche de démissions ministérielles accompagne le mouvement.

Le 27 mars, un ordre de grève générale paralyse le pays. Trains, autobus, tramways, tous les transports en commun sont bloqués. Conducteurs et contrôleurs distribuent des tracts sur lesquels on peut lire qu'il faut « empêcher les partis de se reformer », « maintenir le Conseil de la révolution dans l'exercice de ses fonctions », « boycotter les campagnes électorales ». Un peu partout, comme frappés de contagion, les commerçants baissent leur grille. Les stations d'essence ferment : « À bas la démocratie ! » « À bas le Parlement ! » « À bas les intellectuels ! »

Dans la journée du dimanche 28 mars 1954, une foule impressionnante fait le siège de la présidence du Conseil, clamant sa fidélité au Conseil de la révolution.

Nasser, acte prémédité ou non, apparaît sur le seuil. Aussitôt, il est soulevé de terre, porté sur les épaules des manifestants. Ce n'est qu'au terme d'un tour d'honneur triomphal qu'il peut de nouveau accéder à son bureau. Les manifestations se prolongent jusqu'à la tombée du jour.

Aux alentours de minuit, Naguib est informé qu'un complot aurait été ourdi contre lui et que sa vie serait en danger. Bien que l'information soit sans fondement, le général prend peur. Il quitte précipitamment sa villa de Zeitoun et fonce au palais d'El-Tahra où, depuis quatre jours, réside le roi Ibn Séoud. « Je viens me mettre sous votre protection », déclare Naguib au souverain saoudien interloqué.

Malgré l'heure tardive, Séoud convoque Nasser et lui réclame des explications. Le *bikbachi* ne peut s'empêcher de rire. Il n'a jamais été question d'attenter à la vie de Naguib. L'accusation est absurde. Séoud hoche la tête. De toute façon, il s'agit d'une affaire intérieure.

Le lendemain, le monarque saoudien se rend à l'aéroport, en partance pour son pays. Naguib, Nasser ainsi que d'autres responsables l'ont précédé pour saluer son départ. L'effroyable pâleur du visage du général n'échappe à personne. L'homme semble à bout de forces. On le voit qui accompagne Séoud jusqu'au sommet de la passerelle, puis jusque dans la carlingue, où il disparaît pendant quelques minutes.

Lorsqu'il réapparaît, chancelant, on se dit qu'il va s'écrouler sur les marches. Il s'écroule en effet, mais au pied de la passerelle.

On se précipite. On le transporte dans le salon d'honneur. Le Dr Nourredine, ministre de la Santé, défait la chemise du général et l'examine. On fait appeler une ambulance. Mais Naguib a déjà repris connaissance. Ses lèvres s'entrouvrent et on l'entend qui murmure, le regard vague : « Que Dieu te maudisse, ô Gamal ! Que Dieu te maudisse ! »

Une heure plus tard, il est ramené à son domicile où une armada de médecins est déjà sur le pied de guerre. Fatigue ? Épuisement ? Crise nerveuse ou cardiaque ? Et alors que Naguib se retrouve alité, brisé au creux de son lit, un incident hallucinant se déroule, mais au Conseil d'État où travaille le plus grand juriste égyptien, le Dr Abdel Razak el-Sandouri. L'homme, ce n'est un secret pour personne, vit très mal la tournure antidémocratique que prennent les événements ; il n'a de cesse de défendre le retour au régime parlementaire et de critiquer ouvertement les agissements du Conseil de la révolution.

Il n'est pas loin de midi. Des manifestants surgis d'on ne sait où menacent d'assaillir les locaux du Conseil d'État. Un officier affolé se précipite dans le bureau d'El-Sandouri et lui suggère de s'adresser directement au groupe d'émeutiers afin de les ramener à la raison.

— Moi ? se récrie le juriste. Moi m'adresser à ces gens ? Vous, un officier, vous me demandez de les calmer alors qu'il vous est possible, sur un coup de fil, de faire intervenir la troupe et de les disperser ?

Il désigne le téléphone et ordonne :

— Faites-le !

L'officier ne bronche pas.

La foule a enfoncé les grilles du bâtiment. Elle entre dans la cour principale. Soudain, d'un geste brusque, l'officier pousse El-Sandouri en avant et le propulse à l'extérieur. Il dégaine. Tire deux coups de feu en l'air. Serait-ce le signal convenu pour désigner le juriste à la vindicte des manifestants ? Le malheureux est roué de coups, injurié, et sans l'intervention in extremis du colonel Salah Salem appelé sur les lieux, il est probable qu'El-Sandouri eût été assassiné.

La folie qui s'est emparée de la ville continue de se propager.

Maintenant, c'est au tour du journal *El-Misri* d'être la cible des mercenaires. Des voix réclament la tête de son rédacteur en chef qui, dans ses colonnes, a exprimé ouvertement sa désapprobation à l'égard de celui qui fut son ami, Nasser. « À mort le traître ! hurle la foule. À mort Aboul Fath ! » Les insurgés ignorent que le journaliste n'est plus en Égypte depuis le 14. Ayant pressenti l'orage, il s'est exilé au Liban.

C'est alors qu'un communiqué est publié par le Conseil de la révolution. On y apprend que toutes les décisions prises le 5 mars (élections libres, abolition de la censure, etc.) sont annulées pour une période transitoire de trois ans.

Le 7 avril, le colonel Salah Salem annonce la dissolution de l'ordre des journalistes. Le 18, les frères d'Ahmed Aboul Fath, Mahmoud et Hussein, propriétaires *d'El-Misri*, sont déférés devant le tribunal de la révolution. Mahmoud sera condamné à dix ans de réclusion et à une amende de 36 500 livres. Hussein, à quinze ans avec sursis. La licence du journal est retirée. Les employés sont expulsés des locaux et de l'imprimerie. Quant à Ihssan Abdel Koddous, le rédacteur de *Rose El-Youssef*, il est rappelé à l'ordre par quelques jours de prison.

Le 17 avril, Naguib, qui n'est plus que l'ombre de lui-même, démissionne de la présidence du Conseil de la révolution en faveur de Nasser, mais demeure, bien que tragiquement isolé, président de la République.

Le fils du postier de Beni Morr n'est plus qu'à une marche du pouvoir suprême. Pourtant, il ne s'en empare pas encore. Il lui reste un adversaire à éliminer du jeu, et celui-ci est de taille : la Grande-Bretagne. Pour asseoir définitivement son autorité aux yeux du peuple, il se doit d'attaquer de plein front l'ennemi héréditaire et de réussir là où tous ses prédécesseurs ont échoué.

À l'orée du mois de novembre 1952, soit trois mois après le coup d'État, il déclarait déjà au *New York Herald Tribune : «* Nous sommes prêts à nous montrer raisonnables, mais les Britanniques, au cours des derniers soixante-dix ans, nous ont sans cesse promis d'évacuer notre patrie, sans jamais respecter cette promesse. L'Égypte ne peut tolérer plus longtemps une telle attitude. Si le gouvernement du nouveau régime se rend compte, après ses efforts incessants, que nous n'avons pas pu débarrasser notre pays de l'occupation britannique, vous pouvez vous tenir pour dit que les chefs de la révolution abandonneront les rênes du gouvernement pour soutenir le peuple dans sa lutte contre les Britanniques. Ce ne sera pas une guerre officielle, mais une marche à la mort. Ce sera une guérilla au cours de laquelle des grenades seront lancées dans l'obscurité et les soldats britanniques égorgés dans les rues. Les activités des commandos s'étendront de façon telle que les

Britanniques comprendront qu'ils sont en train de payer le prix fort pour occuper notre pays. Au pire des cas, notre lutte sera celle de Samson, telle qu'elle est rapportée dans la Bible. Nous ferons tomber les colonnes du temple sur nos têtes et sur celles de nos ennemis. »

Or, deux ans plus tard, les forces de Sa Majesté campent toujours sur les rives du canal, objet de tout leur ressentiment, mais aussi de toutes leurs convoitises. Conçu par un Français, Ferdinand de Lesseps, creusé par environ un million et demi de travailleurs égyptiens, dont 125 000 périrent victimes du choléra, il avait été inauguré en 1869 sous l'auspice de l'impératrice Eugénie. À peine était-il achevé que l'Angleterre ne pensait plus qu'à s'en emparer, estimant que ce sillon long de 163 kilomètres ouvert sur la mer Rouge et la Méditerranée mettait en péril sa « route des Indes ». Les Anglais eurent la dignité de maîtriser leur impatience. Guère longtemps : treize ans. Un matin de 1882, les troupes de Sa Majesté faisaient main basse sur la voie d'eau. Soixante-douze ans plus tard, elles étaient toujours là.

À défaut de récupérer le canal, Nasser veut à tout prix le départ de ses occupants. Le 10 juillet, alors que le pays est en pleine tempête, il entame des négociations avec une délégation britannique.

Les Anglais sont dos au mur. Ce n'est plus un faible monarque qu'ils ont comme interlocuteur, mais un homme fort et déterminé, soutenu de surcroît par l'armée. Ils ont compris que l'heure n'est plus aux tergiversations et aux atermoiements. Ils ont aussi retenu les menaces de Nasser : « Nous ferons tomber les colonnes du temple sur nos têtes et sur celles de nos ennemis. » Ils n'ont d'autre choix que de capituler.

Dix-sept jours plus tard, au lendemain des fêtes anniversaires de l'abdication de Farouk, un accord est paraphé par Mohamed Naguib et Anthony Head, ministre de la Guerre britannique. L'Angleterre accepte de retirer ses troupes du territoire égyptien dans un délai de vingt mois. La base militaire implantée dans la zone du canal de Suez, son aéroport, son stock de matériel seront entretenus pendant une durée de sept ans mais uniquement par des fonctionnaires *civils* britanniques. L'armée anglaise pourra réactiver la base en cas d'attaque par une puissance extérieure soit contre l'Égypte, soit contre la Turquie ou l'un des pays arabes. À peine connues, les conditions de l'accord soulèvent la réprobation des Frères musulmans et des wafdistes agonisants. On crie à la trahison et au marché de dupes.

Le jour même, Nasser convoque ses compagnons au Relais des pyramides et leur demande d'exprimer leur point de vue. Comme à l'accoutumée, des objections fusent et des joutes oratoires et des surenchères sont lancées. Finalement, c'est Sadate qui coupe court au débat :

« Qu'avez-vous à contester ? Les Britanniques veulent nous laisser un millier de civils qui seront sous notre surveillance, à nous, les Égyptiens. Ces experts vous effraient donc tant ? Et même si la Grande-Bretagne voulait nous imposer dix mille experts pour dix ans au lieu de sept, quelle importance alors que nous avons obtenu notre indépendance et le départ des militaires ? Seul un âne pourrait rejeter la solution à un problème vieux de soixante-douze ans ! »

La signature finale a lieu le 19 octobre 1954, dans le hall pharaonique du Parlement égyptien. Une immense table couverte d'un tapis vert avait été dressée pour l'occasion au pied de la statue en basalte noire figurant Ramsès II.

Nasser est là, assis aux côtés d'Anthony Nutting, le représentant du Foreign Office. Lorsqu'il prend le stylo qu'on lui tend, son visage irradie. On le sent habité par un sentiment de fierté. Lui, le petit-fils de postier, a réussi ce que personne avant lui n'était parvenu à faire : mettre fin à plus d'un demi-siècle d'occupation britannique.

La cérémonie terminée, son visage redevient grave. En quittant le Parlement, sans doute se dit-il qu'il est plus facile d'extirper une présence étrangère que de relever un pays exsangue. Car cette Égypte que Nasser s'apprête à gouverner sans partage est une nation au bord de l'abîme.

Lorsque quelques jours plus tard, le 26 octobre, il apparaît sur le balcon de la Bourse d'Alexandrie, il s'adresse à la foule en triomphateur absolu. La place est noire de monde. Nasser se lance dans un de ces discours fleuves dont il a le secret. Soudain, on entend des coups de feu. Des balles sifflent à quelques centimètres du tribun. Une ampoule électrique qui se balance au-dessus de sa tête vole en éclats. Début de panique. Mais la police réagit vite. L'homme qui a tiré est appréhendé : il s'agit d'un certain Abdel Latif, ferblantier de son métier. Interrogé, il reconnaîtra avoir été embrigadé par les Frères musulmans.

Nasser, après s'être reculé d'un pas, revient sur le devant de la scène. Il se saisit du micro et crie : « Gardez vos places, ô hommes, gardez vos places ! Rappelez-vous que si quelque chose m'arrive, la révolution continuera ! Elle continuera ! Et savez-vous pourquoi ? Parce que chacun d'entre vous est un autre Gamal Abdel Nasser ! »

Et il reprend son discours comme s'il ne s'était rien passé. La foule, électrisée, clame sa dévotion.

Dans la nuit du 27, l'appareil policier, dirigé par le lieutenant-colonel Zakaria Mohieddine, s'abat une nouvelle fois sur la confrérie des Frères musulmans. Cinq à six mille d'entre eux sont appréhendés. Un millier est condamné par les tribunaux militaires. Sept de leurs dirigeants, parmi lesquels Abdel Kader Awda et Hassan el-Hodeibi, comparaissent, brisés par la torture, devant le Tribunal du peuple. Six d'entre eux sont condamnés à mort et exécutés le 8 décembre 1954. Seul le guide suprême est épargné. L'uléma de la mosquée d'Al-Azhar, porte-parole et conscience de l'Islam en Égypte et dans tout le Moyen-Orient, fait à la presse cette déclaration, ô combien prémonitoire : « Lorsque j'ai appris que l'on avait attenté à la vie du président du Conseil, j'ai prié pour que l'assassin ne fût pas un Frère musulman. Je craignais que l'on attribuât à la religion musulmane dans son ensemble le méfait d'un seul. L'islam est une religion trop élevée pour devenir l'instrument de troubles, de passion, d'ambition ou de vengeance. Il serait indigne qu'on en fasse un tremplin vers le pouvoir. Nos ennemis de l'extérieur sont forts et nombreux. Ils peuvent donner de la religion islamique une image déformée, la représenter comme un facteur de terrorisme en citant l'exemple de ce criminel et de ses semblables ! »

Ces mots prononcés il y a un demi-siècle résonnent étrangement aujourd'hui.

Cinq mois plus tard, le 14 novembre, Naguib baisse les bras. Il est au bout du rouleau. Il signe sa démission, puis, sa légendaire pipe à la main, encadré par deux officiers, quitte le palais présidentiel. Dans l'heure qui suit, il est placé en résidence surveillée. La voie est libre ! Gamal Abdel Nasser est désormais seul maître de l'Égypte.

18

La voie du pouvoir est libre. L'est aussi celle qui conduit à l'enfer de la répression.

Du jour au lendemain, les tribunaux militaires se multiplient. Semaine après semaine, un État policier tisse sa toile d'araignée sur le pays. Nombre d'officiers appartenant au corps des blindés sont rayés des cadres, et Khaled Mohieddine, l'homme qui fut responsable de la tentative de putsch en faveur de Naguib, est condamné à un exil forcé en Suisse. Des centaines de militants de gauche, communistes pour la plupart, sont jetés dans des camps.

Les communistes... Nasser les a méprisés presque tout autant qu'il a exécré les Frères musulmans.

En 1957, il confiait à l'historien Benoist-Méchin : « Je ne suis pas communiste. Je suis un nationaliste arabe et un musulman. Je suis socialiste, en ce sens que je souhaite plus de justice sociale, et une répartition plus équitable des richesses du pays. Mais que voulez-vous que je fasse de l'Internationale prolétarienne ou du matérialisme marxiste ? »

Nasser croit à la nation arabe. Il est persuadé qu'elle a un avenir immense, à condition de s'unir. Comme il le fera observer, s'il n'avait pas été nationaliste par conviction, il eût été obligé de l'être par tactique, car les communistes auraient vite fait de le déborder sur sa gauche en créant un mouvement qui se serait prétendu plus nationaliste que Nasser lui-même. Ce n'est donc pas sans raison qu'il a décidé de dissoudre le parti communiste égyptien.

En tout cas, en ce mois de novembre 1954, Gamal Abdel Nasser est fermement déterminé à éradiquer toute forme de contestation et il le fait savoir.

Quelques semaines avant que son confident, le journaliste Aboul Fath, ne soit contraint de s'expatrier au Liban, le *bikbachi* le prenait à témoin :

— Encore un complot ! Figurez-vous que nous avons découvert qu'un sous-officier du nom de Raafat Chalabi était en train de fomenter un coup d'État. En avez-vous entendu parler ?

Aboul Fath réplique qu'il n'en sait rien et demande comment Nasser a été informé.

— Nos agents ont réussi à s'infiltrer dans l'appartement de Chalabi et y ont installé des appareils enregistreurs ; ce qui leur a permis d'intercepter tout ce qui se disait lors des réunions organisées par le comploteur. Nous avons même découvert parmi ces enregistrements une proclamation destinée à être diffusée au peuple égyptien.

C'est le début d'une longue traque aux adversaires du régime.

Encouragé par ce succès, le pouvoir décide d'acquérir en masse un matériel d'écoute de plus en plus perfectionné. Il y a, entre autres, les fameuses « montres enregistreuses ». Il s'agit d'un petit magnétophone placé dans la poche intérieure du veston et relié à une montre-bracelet. Très vite, ces montres sont utilisées par les domestiques des grands hôtels et des clubs fréquentés par la bourgeoisie cairote, ainsi que par de nombreux civils au sein des usines, des administrations et des universités.

Un vaste réseau d'agents de renseignements, baptisé les *moukhabarat*, est mis en place, sous le contrôle de Zakaria Mohieddine.

Les écoutes téléphoniques deviennent courantes. Mon père en sera d'ailleurs victime au cours d'un incident rocambolesque que nous décrirons plus tard. Ministres, grands fonctionnaires de l'armée, journalistes, professeurs d'université, syndicalistes ; pas un maillon qui ne soit la cible de l'État. Pour asseoir son réseau, Mohieddine n'hésite pas à transformer — moyennant finances bien entendu — chauffeurs, cireurs de chaussures, garçons de café, maîtres d'hôtel et bien sûr les *bawabine*, les portiers des immeubles, en indicateurs. Même les femmes qui en font la démarche sont embauchées dans cette gigantesque opération.

— C'est fini, murmure papa en se laissant tomber dans un fauteuil. Ils ont posé les scellés sur le *Scarabée*. Nous n'avons plus aucune source de revenus.

Fin mars 1955 : mon père vient de rentrer à la maison, silencieux, les traits tirés. L'éternel sourire qui ne quittait jamais son visage a disparu.

Je viens d'avoir huit ans. J'ai entendu. Que diable signifie cette histoire de scellés ?

Ma mère, elle, a compris. Elle est effondrée.

— Rien, mon petit. Rien... Ne t'inquiète pas. Va jouer dans ta chambre.

J'obéis à contrecœur, mais garde l'oreille tendue.

C'est ainsi que j'apprends que des militaires ont fait irruption aux premières lueurs de l'aube devant le club privé. Ils ont forcé les portes, vidé les armoires qui contenaient les dossiers comptables et sont repartis après avoir apposé un cachet de cire sur chaque serrure. « *Khalass !* C'est terminé ! a lancé l'officier responsable. Plus personne ne pénétrera dans ce lieu de perdition. »

Plus de ressources, plus de travail, plus d'avenir.

Mais il y a plus grave. La voix de mon père vacille :

— Ils m'ont condamné, comme Pulli, à la résidence surveillée. J'ignore pour combien de temps.

Ma mère s'affole.

— Ils vont t'emmener ? Où ?

— Nulle part. Je suis prisonnier chez nous.

— Pour quelle raison ? De quoi t'accuse-t-on ?

— Amitié, collusion avec la cour... Va savoir !

Résidence surveillée ? Encore une expression qui m'échappe, mais qui s'éclairera lorsque je verrai arriver, quelques jours plus tard, deux militaires chargés de monter la garde devant notre appartement. Ironie : on nous a obligés de leur assurer le gîte et le couvert. Je les observe du coin de l'œil. Pourquoi ont-ils des fusils ? Mon père a toujours eu les armes en horreur. Qu'est-ce qu'ils s'imaginent ? Pourtant, avec leur uniforme trop grand, leurs manches qui dépassent, leur col trop large, ils ne me font pas peur. Ils ont l'air plus embarrassé qu'autre chose et s'excusent auprès de ma mère « pour le dérangement ». Elle leur répond d'un sourire las et leur montre la chambre d'amis. C'est là qu'ils vivront une année entière. Une année durant laquelle, tous les matins, l'un des soldats m'escortera jusqu'à l'entrée du collège et m'attendra à la sortie pour me ramener à la maison.

J'ai oublié le nom de ce soldat, mais pas son visage. Il était jeune ; guère plus de vingt ans. Au fil des jours, il m'était devenu sympathique.

Une sorte de compagnon fidèle, pour le fils unique que j'étais. Nous ne parlions jamais de choses graves ; j'en eusse été incapable. Il plaisantait. Il me parlait de sa famille. Il m'enviait de faire des études dans l'établissement le plus réputé du pays, le CSF, le Collège de la Sainte Famille qui, depuis plus d'un demi-siècle, avait donné à l'Égypte ses plus grands dirigeants, instruits sous la houlette des pères jésuites.

En 1879, les premiers élèves (une trentaine au total) avaient été accueillis dans le palais Boghos, demeure d'une haute personnalité arménienne qui avait servi du temps de Mehemet Ali. Par la suite, le nombre d'étudiants allant croissant, il est devenu indispensable de trouver un lieu plus adéquat.

En 1882, le premier recteur, le père Jullien (cité par Chateaubriand dans son *Itinéraire)*, se mit en quête d'un terrain et jeta son dévolu sur un champ de raves situé dans le quartier de Faggalah. Faggalah n'était alors qu'un faubourg du Caire. La grande gare qui s'y élève aujourd'hui était en construction. Posséder une terre est une chose, y bâtir un collège en est une autre.

Le 16 septembre 1884, le père Antoine Foujols remplace le père Jullien. Il arrive au Caire avec pour instruction d'abandonner le projet faute de moyens financiers. Le prêtre analyse la situation et conclut qu'il serait absurde de renoncer à une si belle entreprise. Il plaide si bien la cause auprès de ses supérieurs qu'il parvient à réunir les fonds nécessaires.

La première pierre est posée le 22 avril 1888, en présence du Premier ministre Noubar Pacha, du corps diplomatique et des notables.

Le père Foujols annonce fièrement à l'assistance : « Ici, s'élèvera la forteresse des études et de l'éducation, forteresse pacifique qui vous appartient à tous, messieurs, et dans laquelle vous avez droit de cité. Nous voulons payer à l'Égypte l'hospitalité qu'elle nous a si libéralement accordée en la dotant d'un établissement destiné à élever ses enfants dans la science et dans les bonnes mœurs. Nous serons heureux si nous pouvons lui donner bientôt une génération d'hommes de caractère, de cœurs dévoués, une légion de jeunes gens qui sauront mettre au service de la patrie leur intelligence, leurs lumières, leurs paroles et leurs bras. »

Dès l'entrée du collège, on est accueilli par une statue de la Vierge dressée au-dessus d'un parterre fleuri et adossée à un perron à escalier double qui permet d'accéder au bâtiment principal. Le premier étage ainsi qu'un bon tiers du rez-de-chaussée sont consacrés aux salles de classe. Au deuxième étage, on trouve les chambres des pères, l'infirmerie ainsi que les bureaux du père recteur et du père ministre. Le corps principal est doté d'immenses fenêtres pourvues de barreaux. Sur certains plafonds, on peut encore apercevoir des crochets, vestiges de l'époque où l'on s'éclairait avec des becs Auer.

Avant chaque rentrée scolaire, nous allions acheter livres et fournitures dans une boutique qui se trouvait au sein même du collège. Point de couverture plastifiée, mais du papier bleu qui servait à couvrir les ouvrages et les cahiers. L'uniforme — pantalon gris, chemise blanche, cravate et blazer marqué de l'écusson CSF — était de rigueur.

Pendant les récréations, pas question de s'isoler. Nous avions l'obligation de participer à des jeux collectifs. En « quatrième division », composée des classes de sixième et de cinquième, trois sortes de distractions s'offraient à nous : les échasses, les combats dits de boucliers et les parties de drapeau. Le jeu des échasses consistait tout simplement à cogner, à l'aide de son échasse, l'échasse de son adversaire jusqu'à le faire chuter à terre.

Les combats de boucliers étaient bien plus palpitants. La cour était divisée en deux camps, séparés par une rivière imaginaire qu'enjambait un petit pont de bois. Deux équipes armées d'écussons en tôle s'affrontaient à l'aide de petites boules de chiffon. Le joueur touché était éliminé et le combat s'achevait faute de combattants. Précisons au passage que ces projectiles étaient presque aussi durs qu'une balle de tennis et que mieux valait éviter d'être atteint en plein visage.

Les parties de drapeau se jouaient aussi avec deux équipes. Elles portaient des noms d'oiseaux rapaces : aigles et vautours. Deux fanions, l'un bleu l'autre rouge, étaient plantés à l'une des extrémités de la grande cour. Puis, à tour de rôle, chacune des équipes désignait un « envoyé » qui avait pour mission de récupérer le fanion adverse et de le ramener dans son propre camp. S'il était intercepté par ses adversaires, il était obligé d'abandonner le fanion à terre et un nouvel envoyé repartait à l'assaut.

Les cours de chant étaient facultatifs, mais je m'y étais inscrit dans l'espoir de faire partie de la chorale. Un moyen comme un autre de respirer. Je fus viré dès ma première tentative. Motif : je chantais faux. Amusant, lorsque je pense que quelques années plus tard, à Paris, j'amorçai (dans l'inconscience la plus absolue) une ébauche de carrière d'interprète auteur-compositeur. Carrière vite avortée, mais au terme de laquelle j'avais tout de même réussi à enregistrer quelques disques et… comble du triomphe, remporté un concours organisé par Europe N° 1. La récompense de ce couronnement me valut de me produire sur la scène de l'Olympia, le temps d'une chanson. Ce soir-là, j'eusse aimé que le père qui m'avait viré fût présent.

Nous avions pour recteur le père Pruvot. Un homme d'une grande élégance, physique et morale. Le père préfet, en revanche, faisait partie des hommes les plus teigneux qu'il m'ait été donné de croiser. Il s'appelait Raphaël Khouzam. Il était Égyptien et copte catholique. Aucun être au monde ne m'inspira autant de terreur. La salle d'étude où nous nous réunissions pour faire nos devoirs était composée d'une estrade surélevée au sommet de laquelle trônait le surveillant général. J'avais surnommé l'endroit « le mirador ». Des rangées de pupitres noirs à deux battants étaient alignées de part et d'autre. Nous y rangions nos affaires, avec interdiction formelle d'y placer un cadenas. Régulièrement, le cher préfet surgissait de son antre sans prévenir et se lançait dans des inspections impromptues, avec la rigueur d'un agent des *moukhabarat*.

Chaque séance d'étude débutait par une courte prière. Il était bien entendu strictement interdit de souffler mot. Le moindre assoupissement, le plus insignifiant battement de paupières suspect était immédiatement détecté et sanctionné. En cas d'égarement, les punitions pouvaient aller de cent lignes à une colle ou bien consistaient à s'agenouiller les bras en croix — comble de l'humiliation — sur le dallage au-dessous de l'estrade pendant un temps déterminé. Les châtiments corporels étaient monnaie courante. En principe, ils auraient dû se limiter à des coups de règle sur la paume ouverte ou des tapes pratiquées avec le compas de bois qui servait à tracer des cercles sur le tableau noir. Mais certains enseignants trichaient. L'arrière de nos cuisses et de nos mollets s'en souvient.

Tous les samedis (le vendredi étant férié), arrivait l'instant redouté de tous : la proclamation des notes de la semaine écoulée. D'un pas martial, le préfet entrait dans la salle d'étude. Le pion saluait son arrivée d'un coup de sonnette et se hâtait de lui céder la place. Après avoir balayé la pièce d'un œil noir, examiné les visages devenus blêmes, il nous invitait à nous asseoir. L'énoncé des notes commençait alors, rythmé par des commentaires, tantôt ironiques, rarement élogieux. Une fois sur deux, ces trente minutes de torture s'achevaient pour moi sur un : « Vous me ferez deux heures de retenue. »

Chaque division avait un confesseur attitré, baptisé « père spirituel ». Une fois par semaine, au cours de l'étude, on nous distribuait des « billets de confession » sur lesquels les pécheurs en puissance ou en devenir que nous étions inscrivaient leur nom. J'étais parmi les premiers candidats à la contrition. Non parce que j'appartenais à l'univers des futurs excommuniés, mais parce que cette parenthèse me procurait l'occasion de fuir l'étude pendant toute la durée de mon *mea culpa*, quitte à avouer les péchés les plus farfelus.

La cadence était sévère pour un gamin. Nous devions arriver le matin au plus tard à 7 h 15 en salle d'étude. Puis, direction la chapelle pour assister à la messe. Cette messe ! Je l'entendrai toute ma vie. Je dis bien « je l'entendrai ». Le surveillant général était là. Raide sous la chaire, statue du commandeur. Il tenait dans les mains une sorte de missel en bois qui s'entrouvrait comme un vrai missel, mais en deux volets. Nous appelions cet instrument de torture le « claquoir ». Clac ! Tout le monde debout. Clac ! Clac ! Tout le monde assis. Clac ! Clac ! Clac ! À genoux ! Et ces claquements infernaux duraient tant que durait la messe. Je les entends encore. Et si parfois, aujourd'hui, mon oreille perçoit l'écho d'un bruit similaire, réflexe pavlovien, j'ai tendance à m'asseoir si je suis debout, m'agenouiller si je suis assis.

À 8 h 15, classe de français puis de latin. À 10 heures, ouf ! récréation. 10 h 30. File indienne, retour en classe jusqu'à midi. Cantine. Étude. Retour en classe. Étude. Ce circuit infernal nous amenait, lessivés, vidés, jusqu'à 19 heures. Et ce n'était pas fini. De retour à la maison, il nous restait encore des leçons à réviser.

Aussi paradoxal que cela puisse paraître, et bien que je trouvasse à l'époque cette discipline difficilement supportable, je suis convaincu que la méthode avait le don de tirer le meilleur de chaque individu et surtout de lui inculquer deux qualités infiniment précieuses : la résistance à l'épreuve et l'envie de se dépasser.

Mon gardien vient de me raccompagner à la maison.

Il flotte sur la ville comme une odeur de soufre. Papa est assis à son bureau. Du poste à galène monte un air classique. Je m'approche. Il lève les yeux vers moi et me tend les bras.

— Ça va ?

J'acquiesce sans conviction. Tout en me serrant contre lui, je jette un coup d'œil sur le bureau. Des piques, des trèfles, des carreaux, des cœurs sont étalés sur toute la surface.

— Tu joues ?

— Je fais une patience…

— En quoi ça consiste ?

Mon père hoche la tête, l'air mélancolique.

— À tuer le temps, mon fils.

Deux mois qu'il est enfermé entre ces murs. Les rares fois où il a été autorisé à sortir, ce fut pour être conduit dans les locaux des services de renseignements. Interrogatoires. Contre-interrogatoires. *Quels étaient vos liens avec Farouk ? À quel rythme jouait-il dans votre club ? Quelle somme perdait-il ? Avez-vous entendu parler de ses transferts de fonds vers des banques étrangères ? Vous-même, combien avez-vous viré d'argent à l'étranger ? Savez-vous que cela porte un nom : fuite de capitaux ? Vous risquez dix ans de réclusion. Vous avez tout intérêt à parler.*

Pauvre père ! Si ses tortionnaires savaient qu'il n'a jamais été capable durant toute sa vie d'épargner le moindre centime. Le surplus, il le jouait ou le distribuait aux amis qui étaient dans le besoin. Le nécessaire, ma mère s'arrangeait pour le détourner en prévision des mauvais jours. Sans cette précaution, Dieu sait comment nous aurions survécu durant tout le temps où mon père fut réduit à l'inaction.

À quelques rues de là, Antonio Pulli connaissait le même sort. Après avoir été tourmenté, harcelé, il vivait cloîtré, surveillé nuit et jour par des militaires et dans la solitude la plus totale ; sa femme et leur fils, Mario, avaient été expulsés du pays. On a tout tenté pour lui arracher des informations sur le fameux « trésor de guerre » du roi. Intimidation, menace. Seule la torture lui fut évitée. Pas un mot. Il nia tout en vrac et fut condamné à ne plus jamais quitter l'Égypte. Une fois, une seule, cette interdiction fut levée pour lui permettre d'assister aux derniers instants de son épouse qui se mourait en Italie.

Aujourd'hui en tout cas, il ne fait pas bon manifester son opinion dans les rues du Caire. Alors, à l'abri des maisons, dans la pénombre des cafés, on se console en échangeant des *nokats*, ces fameuses anecdotes qui permettent, qui ont toujours permis, au petit peuple de survivre vaille que vaille, malgré la faim, malgré la peur, comme si toutes ces calamités ne le concernaient pas.

— Hé ! Tu connais la dernière ? Hier, un renard égyptien s'est présenté à la frontière libyenne et le douanier lui a demandé : « Pourquoi voulez-vous quitter l'Égypte ? »

Le renard :

— Parce que en Égypte on met les chameaux dans des camps de détention !

— Mais vous êtes un renard !

— Oui, mais Dieu sait combien de temps il leur faudra pour s'en rendre compte !

L'anecdote parvient aux oreilles du Conseil de la révolution et fait paraît-il beaucoup rire Nasser. Le peuple, lui, rit jaune…

19

Caffery, l'ambassadeur des États-Unis au Caire, est le premier diplomate étranger à prendre contact avec le nouveau régime. Au lendemain du coup d'État, la première réaction de l'Oncle Sam est de tirer parti de la nouvelle situation en augmentant de façon significative le nombre de ses diplomates, dont certains (mais on l'ignorait encore alors) appartiennent à la CIA. Ce petit monde déploie des trésors de charme, n'hésitant pas à utiliser les méthodes les plus curieuses pour séduire les nouveaux dirigeants égyptiens. Qu'on en juge.

Un matin de septembre 1952, alors que Nasser et les chefs du Conseil de la révolution débattent du projet de construction d'une tour destinée aux télécommunications internationales, l'un des militaires présents fait remarquer :

— Cela ne devrait pas nous poser de problèmes, puisque nous disposons déjà des moyens financiers.

— Comment ? s'exclame le *bikbachi*. Quels moyens ? Le budget n'a rien prévu dans ce sens.

Le militaire affiche un sourire ravi.

— L'argent provient des fonds spéciaux américains.

— *Les fonds spéciaux américains ?*

C'est la première fois que Nasser entend parler de ces fonds spéciaux. On lui explique alors que, quelques jours plus tôt, la CIA a fait porter au général Naguib, par l'intermédiaire d'un officier égyptien qui assurait habituellement la liaison avec les services de renseignement américains, la somme rondelette de 3 millions de dollars. L'opération s'est déroulée dans un appartement du faubourg résidentiel de Meadi, à une trentaine de minutes de la capitale.

Le *bikbachi* tombe des nues.

— Et où se trouve cet argent à présent ?

— Au bureau de la présidence, dans le coffre du général Naguib.

Sans attendre, Nasser bondit de son fauteuil et se précipite chez le général qui confirme l'information tout en lui apportant une nuance : ces 3 millions de dollars ne sont pas un cadeau de la CIA mais du gouvernement américain.

— Dans quel but ? questionne Nasser.

— Ce sont des fonds qui sont généralement placés à la disposition de certains chefs d'État pour leur permettre de financer leur lutte contre le communisme.

Suffoqué, Nasser exige alors que l'argent soit confié à la garde des services secrets égyptiens et ordonne que pas un centime ne soit dépensé sans l'autorisation écrite du Conseil de la révolution.

Dans les mois qui suivent, on voit surgir sur les bords du Nil une étrange tour en treillis de béton. À l'origine, ce devait être une construction strictement fonctionnelle équipée d'un émetteur-récepteur. Mais Nasser en a décidé autrement. Il a souhaité faire un pied de nez à ses bienfaiteurs américains et consacré la totalité des 3 millions de dollars pour ériger une sorte de « folie », un monument dédié à la CIA. Un restaurant tournant est installé au sommet d'où l'on peut apercevoir Le Caire à perte de vue. Très vite, l'édifice est l'objet de tous les sarcasmes. Étant donné l'état désastreux des finances, personne ne comprend que l'on gaspille ainsi les deniers publics. Qui alors peut deviner l'origine des fonds ? Quant à la présence du restaurant, elle fut considérée comme une insulte par la CIA.

Peu de temps avant sa mort, alors qu'il était assis en compagnie de son ami le plus fidèle, Mohamed Heykal, au balcon de l'hôtel Hilton, face à la tour, Nasser chuchota au journaliste : « Chut ! Attention ! On nous écoute. » « Qui nous écoute ? » s'étonna Heykal. Nasser esquissa un sourire et dit en désignant la tour du doigt : « La CIA, mon ami, la CIA. »

C'est dans cette atmosphère très particulière que le colonel, désormais président, se lance dans une série de démarches dont les conséquences seront déterminantes, tant pour l'avenir du pays que pour celui de la région et du monde. Pour les mieux comprendre, une brève remontée dans le temps s'impose.

Trois mois après le coup d'État, fort de l'attitude favorable du gouvernement américain à son égard, Nasser manifeste auprès de la Maison-Blanche son désir d'acheter des armes.

La première réaction des autorités est la surprise. On fait savoir au *bikbachi* qu'au lendemain de l'incendie du Caire, un contrat a déjà été signé avec Farouk pour un montant de 5 millions de dollars. Une liste a même été établie. En la consultant, Nasser constate que les armes commandées ne correspondent aucunement avec les besoins de l'armée. Il est uniquement question d'un matériel destiné à la sécurité intérieure. Farouk, pressentant l'orage, avait dû établir sa commande dans ce sens.

Dans la première semaine du mois d'octobre 1952, Nasser convoque alors Jefferson Caffery, l'ambassadeur des États-Unis, et lui annonce que la liste de fournitures prévues doit être reconsidérée. Il lui explique que l'une des causes de la révolution est l'état déplorable dans lequel se trouve l'armée égyptienne. Ce dont l'Égypte a besoin, c'est d'un armement propre à assurer la sécurité de ses frontières. Si l'Amérique accepte de répondre favorablement à la requête égyptienne, ce serait là une action qui ne manquerait pas d'accroître le prestige des États-Unis, tant dans la vallée du Nil que dans la région. Le *bikbachi* conclut son exposé en déclarant qu'il s'engage formellement à n'utiliser ces armes qu'en cas de légitime défense.

Une huitaine de jours plus tard, le ministère de la Défense américain prie l'Égypte de lui communiquer une nouvelle liste destinée à remplacer la précédente. Ce qui est fait.

Le 5 novembre 1952, Allen Welsh Dulles, alors directeur adjoint de la CIA, arrive au Caire et convie Nasser à dîner en sa compagnie au siège de l'ambassade. La soirée est charmante et l'atmosphère détendue. Dulles se montre tout aussi chaleureux que compréhensif. Il étudie avec la plus grande attention la liste des fournitures réclamées, prend des notes, discute des modalités de règlement et laisse entendre que si les relations entre les deux pays se développaient d'une manière satisfaisante, l'Amérique pourrait parfaitement renoncer à une partie de sa créance. En fin de soirée, Dulles suggère l'envoi aux États-Unis d'une mission égyptienne qui aura pour but de visiter les bases militaires, d'entrer en rapport avec les personnalités responsables et de convenir avec elles des dates de livraison. Nasser quitte l'ambassade, serein.

Dès le lendemain, une mission conduite par Ali Sabri est constituée, et s'envole pour le Nouveau Monde. Plus rien ne semble empêcher la bonne marche des événements.

C'est sans compter avec le grain de sable.

Peu de temps avant la chute de Farouk, les Américains et les Britanniques ont proposé à l'Égypte d'adhérer à un pacte de défense appelé *Middle East Treaty Organisation* (METO), très vite rebaptisé *me too* (moi aussi) plus connu sous le nom de « Pacte de Bagdad ». L'idée était de conclure des traités d'alliance entre l'Angleterre, les États-Unis et l'Irak, le Pakistan, la Turquie et l'Iran, afin d'y implanter des bases militaires anglaises et américaines et de créer ainsi une pression stratégique sur l'Union soviétique.

À peine arrivée sur le sol américain, la délégation égyptienne est happée par le général Olmstead, directeur du Programme d'aide militaire. Avant même d'évoquer la raison essentielle du voyage, Olmstead se lance dans un discours frénétique, défendant avec passion tout l'intérêt que l'Égypte aurait à adhérer au METO. Il précise qu'il s'agit d'ailleurs essentiellement d'un pacte « islamique ». Liant le geste à la parole, le général écarte un rideau, laissant apparaître une grande carte du monde. Elle est parsemée de petites épingles surmontées d'un drapeau américain. S'emparant d'une baguette, Olmstead explique que les drapeaux figurent la présence de bases militaires appartenant aux États-Unis. Puis, il attire l'attention de son auditoire sur une zone peu chargée en marqueurs et assène en frappant la carte de la pointe de sa baguette : « Voyez ? Là il y a un vide que nous devons impérativement combler ! » Le point indiqué n'est autre que la région que devrait couvrir le pacte proposé. Quelque peu sonnés, les membres de la délégation se contentent de hocher la tête avec courtoisie et se retirent.

Le lendemain, Ali Sabri peut enfin aborder le sujet essentiel, la vente d'armes, avec le général Omar Bradley. Commissions et sous-commissions sont créées pour discuter des détails techniques.

Tenu au courant heure par heure, et à mesure que les nouvelles — toutes positives — lui arrivent, Nasser ne doute plus du succès de l'accord.

Sa confiance est si grande, qu'il commence à informer les unités de l'arrivée prochaine d'un armement ultramoderne, *made in USA*. Ce n'est plus qu'une question de jours. Il donne des ordres pour que l'on aménage les aéroports afin que les structures soient en mesure d'accueillir les nouveaux chasseurs à réaction.

Fin novembre. Noël. Fin décembre. Janvier. Pas d'avions et pas le plus petit fusil à l'horizon.

Là-bas, aux États-Unis, Sabri et ses collègues commencent à perdre patience. On leur explique qu'en raison du prochain changement d'administration l'affaire est figée. En effet, nous sommes au début du mois de janvier 1953, Eisenhower est sur le point de succéder à Truman. Rien ne peut être fait avant que le nouveau président ne soit entré en fonction. Mais, leur assure-t-on, la requête égyptienne est déjà sur le bureau du nouveau président et elle sera l'une des premières à être examinées. Bientôt, un autre personnage fait son entrée sur la scène. Son nom : John Foster Dulles. Frère aîné de Welsh Dulles. Trois jours après l'investiture du général Eisenhower, le 23 janvier, il est nommé au poste de secrétaire d'État. Quelques semaines plus tard, en mai 1953, il arrive dans la capitale égyptienne.

Le soir même, il dîne avec Nasser. Très vite, ce dernier aborde le sujet des livraisons d'armes.

— Que se passe-t-il ? Pourquoi ces lenteurs ?

Dulles met quelques instants avant de répondre :

— Churchill…

— Churchill ?

— Il a téléphoné au président Eisenhower et l'a prié avec insistance de ne pas vous vendre d'armes. Selon lui, il serait très mal venu que notre président commence sa législature en vendant un matériel susceptible de causer la mort de *tommies*, dont certains ont servi sous ses ordres pendant la guerre.

Dulles marque une pause avant de poursuivre :

— Je ne vous cache pas que l'argument a porté et que ce plaidoyer a semé le trouble dans l'esprit du président. Il nous a réclamé la liste des armes que vous avez commandées et a constaté qu'il s'agissait d'un type d'armement pouvant être utilisé à l'occasion d'une éventuelle guérilla contre les civils anglais qui, dois-je vous le rappeler, sont toujours présents dans la zone du canal de Suez.

Un temps de silence, puis le *bikbachi* questionne :

— Et maintenant ? Que va-t-il se passer ?

— Eisenhower a rangé votre dossier dans celui des affaires en *stand-by*.

Mauvais tour du sort, bien que ce détail n'eût rien changé, aucun des deux interlocuteurs ne savait à cet instant que la liste remise à Ike était celle que Farouk avait dressée. Foster Dulles ajoute qu'il examinera la requête égyptienne d'un œil favorable et que, dans le même temps, il fera de son mieux pour aider à résoudre les problèmes qui subsistent entre l'Angleterre et l'Égypte.

Le sujet étant clos, le directeur adjoint remet sur le tapis le fameux pacte de défense « islamique » METO. Développant une série d'arguments, il essaie de démontrer à Nasser tout le bénéfice que l'Égypte tirerait en adhérant à ce traité. L'exposé terminé, le *bikbachi* prend la parole à son tour :

— Je vous ai bien écouté, monsieur Dulles, mais un point continue de m'échapper : ce traité est bien un traité de défense, n'est-ce pas ?

Dulles confirme.

— Mais une défense contre qui ?

Dulles paraît surpris :

— Contre l'Union soviétique, bien entendu !

— L'Union soviétique ? Mais nous n'avons jamais eu d'ennuis avec les Russes, et je vous ferais remarquer que plus de 7 000 kilomètres nous séparent de ce pays. Les Russes ne nous ont jamais attaqués. Ils n'ont jamais envahi notre territoire. Ils ne nous ont jamais imposé de base militaire. Je ne pourrais pas en dire autant des Anglais.

— Justement ! Selon les règles du pacte, les Anglais présents chez vous basculeront d'office au sein de cette nouvelle alliance. Vous et eux serez dans le même camp.

Le *bikbachi* ne peut s'empêcher d'éclater de rire.

— Et vous m'imaginez annoncer à mon peuple que les Anglais sont passés du rôle d'occupants à celui d'associés ? Vous me voyez aller dire à mon peuple que je néglige un tueur armé d'un pistolet, embusqué à 90 kilomètres de ma maison, pour me préoccuper de quelqu'un qui brandit un couteau à 7 500 kilomètres de nos frontières ?

Nasser adopte une expression navrée.

— Désolé, *mister* Dulles, mais je ne suis pas disposé à signer le moindre pacte, avant que les

Anglais n'aient définitivement évacué la zone du canal. Sinon l'on croirait que j'ai agi sous la pression. Pour ce qui est du problème des communistes, permettez-moi de vous dire — tout le moins en ce qui concerne mon pays — que vous faites fausse route. Je ne crois pas du tout que les Russes pourraient lancer une attaque contre l'Égypte. Et si celle-ci devait se produire, ce serait sur le front intérieur. Donc, ma priorité et celle de mon gouvernement est de défendre mon front intérieur et non pas mes frontières.

Et comme Dulles garde un silence méditatif, il enchaîne, soudain plus fiévreux :

— Voyez-vous, nous entrons dans une période qui marquera la fin du colonialisme. Le monde de demain verra l'affrontement de deux clans. D'un côté le communisme, de l'autre, le nationalisme. Et si nous y prenons part nous ne ferons que tirer les marrons du feu pour l'un ou pour l'autre. Comprenez aussi que toute alliance entre une grande et une petite puissance débouche sur la domination du plus fort sur le plus faible.

Dulles ne fait aucun commentaire. Il range sa serviette, boit une gorgée d'eau et invite son interlocuteur à passer au salon.

Finalement, les seules armes jamais fournies à l'Égypte se limiteront à une paire de Colt 38 en argent plaqué que Dulles a apportée dans ses valises et offerte au général Naguib. Lorsque Winston Churchill entendit parler de ce cadeau, il téléphona à nouveau au président Eisenhower. Cette fois, pour protester contre le symbolisme contenu dans ce geste. C'était, disait-il, de mauvais goût, et cela risquait d'« encourager les Égyptiens ».

Deux années s'écoulent.

En février 1955, un événement se produit qui ne fait qu'accroître l'impatience et la frustration de Nasser et de son équipe. À l'aube du 28, en réplique aux *feddayin* (résistants) palestiniens qui harcèlent les kibboutzim, un commando israélien s'infiltre à Gaza, alors sous contrôle égyptien. Il fait sauter le château d'eau de la ville et mitraille la gare. Bilan : un officier, une quinzaine de soldats égyptiens et une dizaine de civils surpris en plein sommeil. Alors qu'il se replie, le commando croise des camions chargés de soldats égyptiens. Ils sont criblés de balles sans avoir eu le temps de mettre pied à terre. 22 morts. Il n'y a pas de représailles ; l'état de l'armée égyptienne ne le permet pas.

Cette attaque tombe on ne peut plus mal. Quatre jours auparavant, le 24 février, la Turquie et l'Irak, rejoints par le Pakistan et l'Iran, ont adhéré au fameux « pacte de Bagdad ». Nasser se retrouve dos au mur, conscient que l'Égypte, fragile et dépourvue de toute puissance militaire, risque d'être insensiblement isolée de ses voisins. Il lui faut des armes.

Il tente d'en acheter dans les surplus belges, mais l'affaire tourne court. Il réussit à acquérir quelques mitrailleuses en Italie ; fait des tentatives en direction de la Suède et de l'Espagne. Il réclame des Britanniques qu'ils débloquent les chars antédiluviens que le gouvernement de Farouk a payés d'avance et qui n'ont jamais été livrés. On lui en expédie une quinzaine en précisant que le reste (une centaine) suivra si Nasser met un terme aux critiques qu'il ne cesse de proférer contre le pacte METO.

Dans une ultime tentative, le *bikbachi* fait de nouveau appel aux Américains par l'intermédiaire de Henry Byroade, leur nouvel ambassadeur au Caire : « Comprenez-moi, il en va de la sécurité de mes frontières. Vous n'êtes pas sans savoir que l'agression dont mes hommes ont été victimes il y a quelques jours représente une humiliation de plus pour mes soldats. Vous abreuvez Israël d'armes, parmi les plus sophistiquées, vous lui accordez des aides financières qui se chiffrent en milliards de dollars ; mais vous abandonnez l'Égypte à son sort. »

Byroade transmet le message à John Foster Dulles. Il n'y aura pas de réponse. Ou plutôt, si : le gouvernement américain fait savoir qu'il voit d'un très mauvais œil la future participation de l'Égypte à la conférence des pays non alignés prévue pour le mois d'avril 1955 à Bandung, en Indonésie. En effet, une trentaine de pays asiatiques et africains, indépendants depuis peu, ont décidé de se rassembler et de tout mettre en œuvre pour venir en aide aux autres peuples qui vivent encore sous domination étrangère. Cette démarche va marquer l'entrée du tiers-monde sur la scène internationale.

Le 18 avril, Nasser s'envole pour l'île de Java. Il fait escale à Rangoon en même temps qu'un autre dirigeant dont le combat a éveillé l'admiration des peuples colonisés : Jawaharlal Nehru. À leur arrivée, les deux hommes sont accueillis par le Premier ministre de Birmanie, U'Nu et par son homologue chinois, Chou En-Laï. Très vite, un courant de sympathie s'instaure entre le mandarin et l'homme du Nil.

Le soir même, les deux dirigeants s'isolent en tête à tête. Nasser confie ses préoccupations, économiques, sociales, militaires. Chou En-laï lance en forme de boutade qu'en cas de problème avec l'Occident la Chine est tout à fait capable d'absorber l'ensemble du coton produit par l'Égypte, il suffit simplement d'ordonner à chaque Chinois de rallonger sa veste de cinq centimètres.

Au fil de leurs échanges, le *bikbachi* s'informe : « Croyez-vous que les Russes seraient disposés à me vendre des armes ? »

Chou En-laï promet d'interroger les dirigeants soviétiques, tout en faisant remarquer que s'ils acceptent, il en découlera bien des complications avec l'Occident et les États-Unis en particulier. Cette conférence de Bandung permet à Nasser de poser les jalons de son grand projet : rallier les États arabes à une politique d'indépendance, au sein d'une coexistence pacifique entre Est et Ouest.

Un mois après son retour au Caire, suite à l'intervention de Chou En-laï, les Soviétiques se manifestent par l'intermédiaire de leur ambassadeur au Caire, Daniel Solod. Oui, ils sont prêts à livrer des armes à l'Égypte. Immédiatement. Sans condition aucune. Sans préalable. Néanmoins, la transaction se fera de façon détournée afin de ne pas provoquer de réaction occidentale. La Tchécoslovaquie pourra parfaitement servir de paravent. Rendez-vous est donc pris pour le 22 mai 1955 afin d'établir la liste des armes et les modalités de règlement.

S'engager avec les Soviétiques est loin de ravir le président-colonel. Viscéralement anticommuniste, il eût mille fois préféré se rapprocher de la Maison-Blanche plutôt que du Kremlin. C'est sans doute pourquoi, le 21 mai, veille de la signature de l'accord avec les Russes, il entre en rapport avec Byroade, l'ambassadeur des États-Unis, et lui annonce qu'il a une offre ferme des Soviétiques concernant la fourniture d'armes. Byroade prend acte et avise ses supérieurs le jour même. Dulles réplique d'un haussement d'épaules : « *The guy is bluffing.* » Le gars bluffe. Toujours et encore cette inaptitude chronique des Américains à comprendre, voire à tenter de comprendre le monde qui vit au-delà de leurs frontières.

Quatre mois passent. Le 27 septembre 1955, Nasser se rend au Parc des expositions du Caire afin d'inaugurer la « foire de l'armée ». Une soixantaine d'invités sont présents. Des photographes, bien entendu, et des journalistes. Brusquement, le colonel-président s'immobilise, réclame le silence et déclare d'une voix solennelle :

— L'Occident a refusé de nous accorder le droit de nous défendre, aussi, j'ai accepté de signer un contrat d'achat d'armement avec la Tchécoslovaquie.

Rafales d'applaudissements.

La nouvelle fait au département d'État l'effet d'un coup de tonnerre. Incrédule, Foster Dulles expédie immédiatement un émissaire au Caire. Le personnage est précédé d'une odeur de soufre. Il s'agit de Kermit Roosevelt, fils de Theodore Roosevelt, agent notoire de la CIA. Il a été élu « personnalité de l'année » par *Time Magazine* pour être parvenu, à coups de millions de dollars, à remettre en selle le shah d'Iran, après que celui-ci eut été déboulonné en 1953 par son Premier ministre, Mossadegh, farouche nationaliste. De même, au Guatemala, il a contribué à remplacer le pouvoir démocratique en vigueur par un régime qui n'avait rien à envier à la philosophie de feu le IIIe Reich.

À peine sur le sol égyptien, Kermit fait savoir

que Dulles est absolument hors de lui. Il exige que l'accord signé avec les Tchèques soit immédiatement résilié, faute de quoi les États-Unis rompront toutes relations diplomatiques et établiront un blocus interdisant à tout navire de débarquer des armes. Nasser refuse de se laisser intimider.

Face à cette résistance, Dulles délègue un second émissaire, George Allen. Le bruit court qu'il serait porteur d'une lettre rédigée en forme de sommation. Aussitôt, Nasser décroche son téléphone et appelle Kermit Roosevelt : « Sachez que si ces rumeurs sont fondées, si M. Allen doit me remettre un ultimatum, je sonnerai la cloche posée sur mon bureau et j'inviterai l'huissier de la présidence à reconduire ce gentleman à la porte. Ensuite, j'annoncerai à la presse que les relations diplomatiques entre l'Égypte et les États-Unis sont rompues. »

Roosevelt et Byroade affolés se précipitent à l'aéroport et interceptent George Allen qui vient d'atterrir. Alors qu'il s'apprête à s'adresser aux journalistes, ils l'adjurent, in extremis, de nuancer ses propos. Ce qu'il fait.

Le lendemain, Allen se rend à la présidence avec la prudence d'un homme qui marche sur des œufs.

— Monsieur le président, confie-t-il à Nasser, comprenez que M. Dulles est très ennuyé.

— Eh bien, rétorque le *bikbachi*, il est ennuyé, mais mon peuple est menacé !

Alors, Allen fait volte-face :

— Si vous acceptez d'annuler l'accord avec les communistes, nous serions disposés à prendre la relève et à vous fournir les armes dont vous avez besoin.

Écœuré, Nasser refuse l'offre d'un geste de la main :

— Trop tard, *mister* Allen. Vous direz à votre secrétaire d'État qu'il est trop tard…

Entre-temps, la nouvelle s'est répandue dans le monde. Elle déclenche l'enthousiasme des peuples arabes et sème du même coup la consternation dans le camp occidental.

Le jour même de l'annonce, un correspondant de l'Associated Press écrit : « Jamais un leader arabe n'aura défié aussi ouvertement les puissances occidentales. Après vingt-cinq siècles de domination étrangère, nous pouvons dire que l'Égypte est dorénavant un pays libre. »

Tout à coup, la popularité de Nasser déborde les frontières et gagne l'ensemble du monde arabe. Aux yeux des populations, il est devenu un véritable héros des temps modernes. Les réfugiés palestiniens, entassés sous leurs tentes, exultent. Ils ne doutent pas que le *raïs*, bientôt, jettera les Israéliens à la mer. Des voix remplies d'espoir clament : « L'été prochain ! L'été prochain nous serons rentrés chez nous ! »

Le *bikbachi* vient de laisser entrevoir à ces hommes, si longtemps colonisés, qu'il existe *autre chose*, une autre voie que celle que l'Occident leur impose depuis des décennies. Dans les rues d'Amman, de Beyrouth, de Damas et de Bagdad, on se met à vendre des photos du *raïs*. Des commerçants affichent son portrait dans les boutiques. Des femmes enceintes décident d'appeler leur enfant « Gamal ». Un diplomate américain note, le visage sombre : « Si Nasser se présente aujourd'hui pour la présidence, au Liban, en Syrie ou en Jordanie, dans n'importe quel pays arabe, il sera élu à l'unanimité. »

300 Migs, 50 bombardiers Ilyushin, 200 à 300 chars Staline, des canons, des mitrailleuses, des armes légères, des camions, des poseurs de mines, des torpilleurs... Jour après jour, semaine après semaine, la Russie s'engouffre dans la brèche ouverte par les États-Unis.

Seuls les derniers civils anglais végètent sur les rives du canal. Mais plus pour longtemps. Jour après jour, on voit se succéder des foires-expositions roumaines, hongroises, chinoises ; se construire des ponts *made in* Magyar, débarquer des grues bulgares, des voitures polonaises. Le premier laboratoire de physique nucléaire est construit par l'URSS. La Chine, comme l'avait laissé entendre Chou En-laï, devient le plus gros acheteur de coton égyptien. Les ballets roumains, tchèques, polonais, russes remplacent les troupes parisiennes ou italiennes. Du jour au lendemain, la terre des pharaons a basculé dans le camp de l'Est. Conséquences de cette métamorphose : on ne trouve plus sur le marché le moindre produit en provenance de l'ouest. Ni lames à raser, ni crème, ni boissons — hormis le sacro-saint Coca-Cola — ni vêtements, ni chaussures, pas un seul microsillon (le CD n'est pas encore né), pas un seul magazine (ou alors censuré), le néant. Du coup, le moindre voyageur arrivant d'Europe est noyé de demandes. Qui l'implore de lui ramener une paire de baskets pour son fils, qui un transistor, qui une pièce de rechange pour sa vieille Peugeot.

Ce ratage inaugure la série des rendez-vous manqués de Nasser avec l'Occident. La première pièce d'un jeu de domino a vacillé sur ses bases. Il suffirait d'un souffle pour accélérer sa chute. Ce souffle va prendre la forme d'un haut barrage.

20

« L'Égypte est un don du Nil », écrivait Hérodote, quatre siècles avant Jésus-Christ. Sans ce fleuve, il n'y aurait pas eu de civilisation pharaonique, point de villes, rien qu'une terre aride et désolée. Mais ce fleuve ne représente qu'un filet liquide, enfermé entre deux immenses étendues de désert. Au-delà des rives, quelques kilomètres à peine, les villages ont soif et aucune récolte n'est possible. Qu'une digue craque, qu'une noria s'arrête, c'est un peu de l'Égypte qui meurt. Pour les paysans, l'eau c'est la survie.

Dans les années 50, les terres cultivables ne représentent que 4 % de la surface totale du pays. 4 % dans lesquels sont concentrés 99 % de la population.

La démographie galopante — huitième plaie d'Égypte — est une véritable tragédie : 3 millions d'âmes au début du XIXe siècle ; 5 millions en 1870 ; 9 millions trente ans plus tard ; 24 millions en 1959 ; 70 millions en 2006. 250 000 habitants au Caire en 1800, environ 13 millions à l'aube du troisième millénaire. Il faut nourrir ce peuple, et pour le nourrir, il faut des champs. « Si j'étais le maître de ce pays, pas une goutte d'eau du fleuve ne se perdrait dans la mer. » C'est ce que déclarait déjà le général Bonaparte à Desaix lors de l'expédition d'Égypte.

Sept jours après le coup d'État, soit le 30 juillet 1952, un homme aux cheveux hirsutes fait irruption dans le quartier général de Koubbeh où sont réunis les Officiers libres. Il est reçu par Ali Sabri.

Ce dernier examine l'intrus avec une certaine méfiance. Sa mise n'est pas nette et il semble en proie à une fébrilité peu ordinaire.

— Je m'appelle Daninos, commence l'homme. Adrien Daninos. Ingénieur agronome. Je suis d'origine grecque, né en Égypte. J'aimerais vous soumettre un projet qui serait de la plus grande utilité pour notre pays. Je vous prierai de bien vouloir l'étudier sérieusement.

Si, malgré ses réticences, Sabri invite l'homme à poursuivre, c'est uniquement parce que le nom de Daninos ne lui est pas inconnu. Il est lié à l'une des plus illustres familles grecques implantées en Égypte au début du XIXe siècle. Le père, Albert Daninos, personnage fortuné, a même été promu pacha par le roi Fouad.

— Je vous en conjure, reprend le Grec. Ne faites pas comme d'autres Égyptiens ou Européens qui, lorsque je leur ai soumis mon projet, ont cru que je n'étais pas sain d'esprit. Sachez que toute ma fortune s'élevait à cent feddans et que j'ai tout vendu pour me consacrer à la préparation du plan que je vais vous exposer. Sachez aussi que je me suis rendu plus d'une fois en Europe pour soumettre mon idée aux gouvernements étrangers et les persuader de la mettre à exécution. Toutes mes tentatives ont été vaines. Et je n'ai pas eu plus de succès auprès des ministres de Fouad ou de Farouk. On m'a accusé de démence, à tel point qu'aux yeux de tous j'étais devenu un véritable aliéné... Vous me comprenez ?

Sabri répond par un signe approbateur, mais en vérité, il est dépassé.

— Continuez, je vous prie.

— Depuis une semaine, tout a changé en Égypte. La révolution me redonne un peu d'espoir. C'est pour cela que je me suis permis de venir vous voir.

Daninos dépose un épais dossier sur le bureau de son interlocuteur et enchaîne :

— Voici tout mon travail. Mon seul rêve est de le voir se concrétiser. Cela me consolerait des sacrifices que j'ai dû m'imposer jusqu'ici.

Sabri promet de transmettre le mystérieux projet, mais demande :

— Dites-moi au moins en quoi consiste votre idée.

— Un barrage ! Le plus grand barrage du monde !

— Un barrage ?

Une fois que le Grec s'est retiré, Sabri, mû par un pressentiment, décide de confier le dossier aux ingénieurs du quartier général, parmi lesquels le colonel Mahmoud Younès. Après une étude rapide, et au grand étonnement du Conseil de la révolution, Younès déclare que le projet Daninos n'a rien d'utopique.

Les péripéties qui précèdent la mise en œuvre de ce barrage méritent à elles seules de faire l'objet d'un roman. Lorsque, en 1946, le Grec a fait part de son idée aux ingénieurs de l'époque, tous se sont gaussés. « Comment donc ? lui a-t-on rétorqué. Élever en aval du barrage actuel d'Assouan un réservoir d'une capacité de… 100 milliards de mètres cubes ? Impossible ! » Et on lui fit remarquer qu'en cet endroit précis les berges du fleuve ne sont pas assez hautes pour contenir le volume d'eau.

Daninos ne s'est pas déclaré vaincu. Indifférent aux critiques, il s'est mis en rapport avec un prestigieux ingénieur italien originaire de Milan, un dénommé Gallioli, et l'a prié de venir en Égypte afin d'établir un relevé topographique de la région. Arrivé au Caire en septembre 1947, l'ingénieur se rend compte que le ministère des Travaux publics n'a aucunement l'intention de payer les frais, fort élevés, d'un relevé par photographies aériennes de la zone du réservoir proposé. Armé de cartes, Gallioli décide malgré tout de poursuivre ses investigations. Il va sur les lieux et constate que ceux-ci se prêtent parfaitement à l'édification d'un barrage. Travaillant d'arrache-pied, il élabore les plans, calcule la quantité d'eau à retenir, indique les procédés techniques à utiliser et évalue l'intérêt économique du projet. Le lac artificiel envisagé permettrait de doubler la quantité d'eau fournie annuellement à l'agriculture égyptienne. Sans compter que l'énergie hydroélectrique ainsi obtenue avoisinerait les 14 milliards de kilowatts-heure par an.

Rappelé à Milan et en Argentine par ses affaires, l'ingénieur italien signe un accord avec Daninos, lui confie les résultats de ses études et le charge de convaincre les autorités égyptiennes. L'agronome se fait fort de constituer un groupe d'hommes d'affaires qui financeraient les futures études qu'il restait à entreprendre. Hélas, c'est un échec. Personne n'a voulu prêter l'oreille à ce que l'on considérait être des élucubrations. Jusqu'à ce matin de juillet 1952.

Mais rien n'est joué. Loin s'en faut.

Les dimensions de l'ouvrage envisagé sont pharaoniques : il serait long de 4 000 mètres, avec une épaisseur de 980 mètres à sa base et de 40 mètres à son sommet, et sa hauteur dépasserait les 100 mètres. Il donnerait naissance à un lac artificiel d'une longueur d'environ 500 kilomètres sur 10 kilomètres de large avec une capacité de retenue de 157 milliards de mètres cubes d'eau.

Trois ans après l'irruption du Grec, en 1955, Nasser se met en rapport avec la BIRD, la Banque internationale pour la reconstruction et le développement. Celle-ci répond qu'il lui est impossible de se lancer dans une entreprise de cette taille sans le consentement et l'appui de ses principaux actionnaires : l'Amérique et l'Angleterre.

Le 17 octobre 1955, Ahmed Hussein, ambassadeur d'Égypte à Washington, est chargé de prendre le pouls de l'administration américaine et se retrouve, une fois de plus, face à Foster Dulles. Il lui explique avec force détails combien pour les Égyptiens la construction de ce barrage est vitale, combien ils souhaitent obtenir l'aide des États-Unis. Hussein souligne qu'il est impératif que la décision soit prise rapidement, car tout retard entraînerait une dégradation de l'image du président et du gouvernement.

En novembre 1955, le Dr Abdel Moneim Kaissoum, ministre égyptien des Finances, entreprend un voyage à Londres et à Washington afin de poursuivre les négociations avec les représentants américains et anglais et ceux de la Banque mondiale. On estime alors que le barrage coûtera environ un milliard de dollars, dont 400 millions en devises étrangères. La banque se propose d'investir la moitié de cette somme, à la condition que les Anglais et les Américains avancent l'autre moitié.

Au terme de discussions qui se prolongent

jusqu'au début du mois de décembre, le duo américano-anglais se montre disposé à accorder à l'Égypte une subvention de 70 millions de dollars ; somme qui permettrait de couvrir les frais envisagés pour la première année de travaux.

Nasser a du mal à cacher sa déception. S'engager dans une entreprise qui durera au moins dix ans, avec une réserve budgétaire d'un an, lui paraît extrêmement risqué. Au moindre mouvement d'humeur de ses financiers, l'Égypte se retrouvera coincée, au pied d'un gros tas de rochers.

Une lettre est envoyée au secrétaire d'État dans ce sens. La réponse ne tarde pas : Dulles déclare qu'il lui est impossible de demander au Congrès un engagement à long terme étant donné que, tous les ans, le budget américain fait l'objet d'un vote. Dulles explique aussi que trois nouvelles chambres vont se succéder durant la durée des travaux, et que l'on ne peut anticiper leurs décisions. L'affaire prenait une mauvaise tournure.

À ce problème de Congrès viennent s'ajouter des points de désaccord avec la BIRD. L'organisme exige un droit de regard sur les dettes contractées par l'Égypte auprès de ses créanciers étrangers (les Russes essentiellement). Les intérêts proposés sont de 5,5 % — un pourcentage beaucoup trop élevé. Pour conclure, la banque souhaite se limiter à une déclaration d'intention, plutôt que de signer une lettre formelle d'engagement. Mais, finalement, après plusieurs jours de discussions avec le délégué de la BIRD, Eugène Black, les points litigieux sont aplanis. Le taux d'intérêt est ramené à 5 % et Black se déclare disposé à signer une déclaration d'engagement plutôt qu'une lettre d'intention.

On commence à mieux respirer dans les bureaux de la présidence. Mais la chape de plomb va vite retomber.

Fin mai, Ahmed Hussein s'apprête à rentrer en Égypte pour faire le point des événements avec Nasser. Mais voilà que, la veille de quitter Washington, il est convoqué par le secrétaire d'État adjoint, Herbert Hoover Junior. Il a un message à lui transmettre de la part de Dulles : les États-Unis posent deux conditions au financement du haut-barrage. La première est que l'Égypte s'engage officiellement à ne plus acheter d'armes à l'Union soviétique. La seconde que Nasser use de son influence au Moyen-Orient pour convaincre les pays arabes de conclure la paix avec l'État d'Israël.

Ahmed Hussein reste sans voix.

Pour lui, il ne fait aucun doute que ce revirement est dû à l'influence exercée par le lobby juif auprès des sénateurs et des congressistes américains.

Hoover ajoute d'un air faussement contrit que les États-Unis font l'objet de pressions, de la part des Anglais autant que des Français, pour qu'ils renoncent à soutenir le projet. Les Anglais, parce que les attaques incessantes de Nasser contre le pacte de Bagdad et ses encouragements au nationalisme arabe mettent en péril leurs intérêts au Moyen-Orient. Les Français, parce qu'ils en veulent au *bikbachi* pour le soutien qu'il apporte aux nationalistes arabes d'Afrique du Nord, en Algérie en particulier.

Ahmed Hussein, quelque peu secoué, arrive au Caire, et rejoint son président dans la petite cité balnéaire de Borg el-Arab, à une cinquantaine de kilomètres d'Alexandrie. Nasser y prend quelques jours de repos avant de se rendre à la conférence de Brioni, en Yougoslavie, où l'attendent Nehru et le maréchal Tito.

Hussein fait le récit des derniers rebondissements, expose l'obstacle posé par le renouvellement du Congrès et, surtout, fait part des deux préalables posés par Dulles.

— Voulez-vous que je vous dise le fond de ma pensée, Ahmed ? lance Nasser. J'ai la certitude que même si vous retourniez là-bas et acceptiez toutes leurs conditions, ils ne financeraient quand même pas le barrage.

— Non, monsieur le Président, proteste Hussein. Le vrai problème, c'est...

Nasser l'interrompt.

— Écoutez-moi bien. Je vais vous donner l'occasion de me prouver quelque chose. Retournez en Amérique. Allez dire à Dulles que nous cédons sur tous les points. Vous m'entendez ? Tous les points. Et observez bien sa réaction.

Hussein reste bouche bée :

— Vous ne voulez discuter aucune des conditions ?

— Non, aucune. Allez simplement leur dire que nous avons tout accepté.

Hussein ne peut que s'exécuter.

En chemin pour Washington, il profite d'une escale à Londres pour faire une déclaration à la presse. Ainsi que le lui a recommandé Nasser, il annonce que l'Égypte se plie à toutes les propositions occidentales en vue de la construction du haut-barrage.

Foster Dulles, aussitôt informé de la déclaration de Hussein, n'est pas long à comprendre. Il n'est pas sans savoir que Nasser a la réputation d'être un excellent joueur d'échecs. Il vient d'en avoir la preuve. Son adversaire le place tout à coup dans une position extrêmement délicate. Qu'importe, il connaît la réplique.

Dans les heures qui suivent, alors que l'ambassadeur égyptien est introduit dans le bureau du secrétaire d'État, son porte-parole, Lincoln White, remet aux journalistes convoqués d'urgence une déclaration officielle : l'Amérique a décidé de ne plus participer au financement du haut-barrage.

Dans le bureau de Dulles, Hussein, qui ignore tout, se voit remettre une copie de l'annonce.

— Voici, Excellence, le document que nous avons l'intention de diffuser. J'en suis navré, mais mon gouvernement n'a plus l'intention de donner suite à ce projet.

Immédiatement, les propos de Nasser résonnent dans la tête de Hussein : « J'ai la certitude que même si vous retourniez là-bas et acceptiez toutes leurs conditions, ils ne financeraient quand même pas le barrage. »

Hussein balbutie :

— Pourriez-vous au moins me donner les raisons de cette volte-face ?

— Bien sûr. Après mûre réflexion, nous avons estimé que l'économie égyptienne est beaucoup trop fragile pour supporter une entreprise de cette envergure. Le prêt risque de ne jamais être remboursé.

Le diplomate veut protester, mais Dulles ne lui en laisse pas le temps.

— Nous sommes convaincus aussi que celui qui aidera à bâtir ce barrage s'attirera la haine du peuple égyptien, car pour le peuple le fardeau se révélera écrasant. Cette opération est beaucoup trop lourde, elle dépasse de loin les ressources de l'Égypte, surtout si l'on prend en compte les dépenses liées à vos achats d'armes. Nous ne voulons pas être haïs par l'Égypte, monsieur l'ambassadeur. Non. Nous préférons laisser ce privilège à l'Union soviétique.

Les Américains... Une fois de plus, piteux visionnaires, ou pas visionnaires du tout.

Pourtant, tout laisse à penser que s'ils avaient fait preuve de plus de clairvoyance, jamais l'Égypte ne se serait jetée dans les bras de l'ours soviétique. En 1957, au cours d'un entretien avec Benoist-Méchin, Nasser expliquera qu'à son arrivée au pouvoir, il était entièrement en faveur des États-Unis. Il parle l'anglais. Il lit leurs magazines. Il était en admiration devant leurs réalisations techniques, et l'*american way of life*, et naïvement convaincu de leur anticolonialisme. Et puis, à force de les fréquenter, de négocier avec leurs représentants, il a fini par se décourager. Il s'est senti constamment brimé, morigéné, humilié. Persuadé au bout du compte que lui et les États-Unis n'arriveraient jamais à se comprendre.

La récolte de 1956 avait été désastreuse. Il fallait trouver, coûte que coûte, de quoi nourrir la population. Vingt millions de *fellahs* affamés pouvaient se livrer aux pires excès. Un mois auparavant, Nasser avait demandé à l'ambassadeur des États-Unis si l'Amérique était en mesure de lui vendre du blé. « Certainement, lui avait répondu l'ambassadeur. — À quel prix ? — Au cours du marché mondial. — Payable comment ? — En dollars. — Livrable dans quel délai ? — Un mois à six semaines. »

Nasser avait trouvé ces conditions pour le moins sévères. Mais pris à la gorge, il s'était résigné à les accepter. L'affaire allait être conclue, lorsque l'ambassadeur soviétique lui demanda audience. « J'ai appris que vous cherchiez à acheter du blé. La Russie peut vous en vendre. — À quel prix ? — Vingt pour cent au-dessous du cours du marché mondial. — Payable comment ? — En coton, par tranches échelonnées. — Livrable dans quel délai ? — Nous avons un convoi en route pour Colombo. Nous pouvons donner l'ordre de le dérouter, si l'affaire vous intéresse. Les premiers chargements de blé peuvent être débarqués dans trois jours à Alexandrie. »

Comment pouvait-il repousser cette proposition ? La radio de Moscou, dans ses émissions en langue arabe, aurait immédiatement fait savoir à tous les Égyptiens que leur chef bien-aimé avait préféré acheter du blé américain, au prix du cours mondial et payable en dollars, plutôt que du blé russe, à vingt pour cent moins cher et payable en coton.

L'Amérique… Elle n'aura jamais su lire une carte du monde, encore moins celle du Moyen-Orient.

Ce soir-là, quand il apprend la nouvelle du refus américain, le *bikbachi* est en avion, de retour de Brioni, en compagnie de Nehru. Il serre les dents. Il se souvient qu'il est originaire de Haute-Égypte. Du village de Beni Morr. Beni Morr qui signifie « Les amers ». Nasser est un

Saïdien. Et comme pour tous les Saïdiens, la vengeance est chose sacrée.

Nous sommes le 18 juillet 1956. Dans une semaine, l'Égypte fêtera l'anniversaire de la révolution.

21

Rome, juillet 1956.

— Tiens, dit Farouk avec un sourire espiègle. C'est pour toi...

Irma Capece Minutolo saisit avec empressement le chèque que lui tend le roi et affiche aussitôt une moue boudeuse.

Elle s'attendait à lire un nombre d'une dizaine de zéros et elle découvre un libellé : « 365 jours. » Un chèque tiré sur la « Banque du bonheur ».

C'est que les temps sont durs pour l'exilé de Rome. La rente de Farouk diminue jour après jour et il est forcé de réduire considérablement son train de vie. Et pourtant, le charme qu'il exerce sur les femmes ne semble pas en être affecté. Car, bien que ventripotent, détrôné, presque chauve, masqué derrière ses sempiternelles lunettes noires, le souverain continue de fasciner la gent féminine.

Récemment encore, son charme a opéré alors qu'il se trouvait à Cannes, sur le yacht du producteur américain Sam Spiegel. La soirée avait été organisée en l'honneur de la très jeune princesse Sharmini. Originaire de Ceylan, la princesse était intervenue auprès des autorités de son pays pour que Spiegel obtienne les autorisations de tournage de l'un de ses chefs-d'œuvre : *Le Pont de la rivière Kwaï*.

À cette époque, Sharmini passe pour faire partie des dix plus belles femmes du monde. En la voyant ce soir-là, Farouk a du mal à ne pas s'agenouiller devant la magnifique créature, drapée dans un sari noir brodé de fils d'or. Aussi incroyable que cela puisse paraître, Sharmini elle aussi frissonne sous l'œil du monarque.

« Je fus immédiatement subjuguée, dira-t-elle, et pourtant la royauté ne m'est pas chose étrangère. Mais Farouk, lui, était vraiment surprenant. Il était gros, vêtu d'un smoking trop serré, mais il se dégageait de lui une formidable assurance ; celle d'un jeune homme, beau, mince, aux yeux magnifiques. »

Au grand dam de Sam Spiegel, le roi exige de s'asseoir au côté de la princesse. Aussitôt, le producteur se voit déjà en train d'annoncer aux tout-puissants parents de la princesse que leur fille s'est envolée en compagnie d'un ex-roi égyptien.

Le lendemain, Farouk fait envoyer une immense corbeille de fleurs. Il téléphone. Mais l'objet de ses désirs a disparu. Le producteur américain a jugé plus prudent d'expédier Sharmini à Nice, et lui a loué une suite à l'hôtel Negresco sous un nom d'emprunt. Farouk ne devait jamais plus la revoir. Mais ce charme, ce magnétisme va aller décroissant à mesure que l'exil se prolonge et que les moyens financiers du souverain se réduisent.

Barbara Skelton, la « femme fatale » qui, jadis, avait été sa maîtresse, écrivit dans ses Mémoires : « Désormais, j'étais considérée comme faisant partie de la famille de Farouk. C'est ainsi que je me suis retrouvée à maintes reprises dans le rôle de baby-sitter, chargée de veiller sur Irma lorsque le roi s'en allait faire ses virées nocturnes. Parfois, lorsque je débarquais dans l'après-midi, je tombais sur Farouk en train de dévorer une énorme côte d'agneau grillée alors qu'il était censé suivre un régime. Il avait perdu son humour et riait de moins en moins. On ne l'invitait que très occasionnellement. »

En vérité, le monarque avait été mis au ban de la société romaine, non à cause de ses mœurs, mais parce qu'il n'amusait plus personne. On le trouvait ennuyeux ; c'était sans doute réciproque, à une nuance près : pour Farouk, l'ennui était devenu l'expression suprême de l'indifférence.

22

Alexandrie, 26 juillet 1956, 19 heures.

La place Manchia, anciennement place Mehemet Ali, est noire de monde. L'air est infiniment doux pour un mois de juillet. La foule s'impatiente. Elle veut voir l'homme qui a entamé un bras de fer avec le monde occidental. Son héros. Soudain, un cri. Une main désigne l'estrade surélevée. Le voilà ! Le *raïs* est là ! Nasser ! On hurle le nom du chef. Des youyous montent vers le ciel où pointent les premières étoiles.

Oui. C'est bien Nasser. Il semble parfaitement détendu. Il salue d'un grand geste de la main, puis s'empare du micro.

— Citoyens… En ce jour, nous accueillons la quatrième année de la révolution. Nous avons passé quatre ans dans la lutte. Nous avons lutté pour nous débarrasser des traces du passé, de l'impérialisme et du despotisme ; des traces de l'occupation étrangère et du despotisme intérieur. Aujourd'hui, nous sommes plus forts que jamais. Nous avons lutté et nous avons triomphé.

Tonnerre d'applaudissements. Nasser poursuit :

— En regardant l'avenir, nous sentons très bien que notre lutte n'a pas pris fin. Il n'est pas facile, en effet, d'édifier notre puissance au milieu des visées impérialistes et des complots internationaux. Il n'est pas facile de réaliser notre indépendance politique et économique. Nous avons encore devant nous toute une série de combats à livrer avant de pouvoir vivre dignement.

La foule scande : « Nasser ! Nasser ! Nous sommes avec toi ! »

Lui sourit. Son sourire n'a jamais été aussi fauve qu'en cet instant.

Il enchaîne :

— Depuis que l'Égypte a proclamé sa politique d'indépendance, le monde entier a les yeux braqués sur nous. Tout le monde tient compte de l'Égypte et des Arabes. Autrefois, nous perdions notre temps dans les bureaux des ambassadeurs et des envoyés extraordinaires ; mais aujourd'hui, alors que nous nous sommes unis pour former un front national, ceux qui nous dédaignaient ont commencé à nous craindre. La voix de l'Égypte est devenue plus forte dans le domaine international et la valeur des Arabes plus grande.

Le *bikbachi* fait le compte rendu de la dernière conférence à laquelle il vient de participer, celle de Brioni, en Yougoslavie. Il souligne le ralliement du président Nehru et de Tito à sa politique de neutralité. Ensuite, il aborde le problème de l'indépendance économique de l'Égypte, les problèmes de production, le revenu national et la volonté d'engager le pays sur une voie autre que celle de la prière et de la mendicité. Puis, c'est l'affaire des achats d'armes.

— En 1952, nous avons commencé à parler de l'armement. Ils nous ont dit : « Vous n'aurez rien, si vous ne signez pas le pacte de Défense commune », ce qui voulait dire qu'une mission militaire britannique ou américaine viendrait ici, chez nous, et s'occuperait des affaires de l'armée égyptienne. Nous avons répondu que nous n'aimons pas les missions militaires et que nous les connaissons pour avoir un seul objectif, celui d'affaiblir l'armée. Nous leur avons dit que nous voulons acheter les armes avec notre argent et que nous ne voulons pas les avoir à titre d'assistance ; mais ils ont refusé. Ils n'ont voulu nous donner les armes que contre signature du mandat établissant notre esclavage et portant atteinte à notre souveraineté.

Un temps de silence. La voix monte d'un ton :

— Alors, nous avons acheté les armes… en Russie ! Oui, je dis en Russie et non en Tchécoslovaquie ! Nous avons conclu avec la Russie un accord pour nous fournir les armes et la Russie a accepté de nous fournir les armes et ainsi a été réalisée la transaction. Après cela, quelle histoire ! On a dit : « Ce sont des armes communistes. » Je demande : Y a-t-il des armes communistes, et des armes non communistes ? Les armes, dès qu'elles arrivent sur le sol égyptien, s'appellent des armes égyptiennes ! Ensuite, ils nous ont dit qu'ils avaient un plan pour l'équilibre des forces dans le Moyen-Orient. Mais quel est cet équilibre qui fait qu'on donne un fusil à 70 millions d'Arabes pour deux fusils à un million de sionistes et un avion pour les uns et deux pour les autres ! Et puis, qui vous a faits nos tuteurs ? Qui vous a demandé de vous occuper de nos affaires ?

Le ton employé, le langage n'ont rien en commun avec ce que les Égyptiens ont connu jusqu'à cette heure. Cet homme est de leur terre. Il est de leur chair. C'est la première fois depuis des siècles que le peuple égyptien est dirigé par un Égyptien. Quelqu'un qui leur parle comme ils parlent. *Baladi*. Le langage de l'homme de la rue, celui du petit repasseur, du *bawab*, du moins-que-rien.

À force d'avoir été asservi et trompé de toutes les manières — et en dernier lieu par les partis politiques qui se jouaient de lui à coups de phrases ronflantes —, le *fellah* avait fini par douter de tout et, le fatalisme oriental aidant, par ne plus s'intéresser à rien. Sans doute crevait-il de misère, mais il se résignait à crever en silence. *Mektoub*. Les murs de boue de son taudis, le regard doux et vague de sa *gamoussa*, sa bufflesse, le minaret de sa mosquée constituaient sa raison de vivre et son horizon. La patrie égyptienne était pour lui une abstraction sans visage et lorsque passait à toute vitesse le cortège étincelant des Cadillac royales, il ne huait pas, il ne sifflait pas ; il ne haïssait même plus : il se détournait avec cette expression de mépris que des siècles de prostration avaient gravée sur son visage hiératique.

Mais ce soir, les choses sont différentes. Ce soir, la légion des anonymes a trouvé son interprète. À leurs yeux, Nasser n'est pas leur président, il est leur père, leur frère, celui qui a pris leurs douleurs et leurs frustrations pour les jeter à la face du monde.

Il fait un geste pour tenter de ramener le silence et enchaîne :

— Après cela a commencé la lutte du canal, et chacun de vous sait combien nous avons sacrifié et combien nombreux sont ceux qui sont morts sur le champ d'honneur au cours de ces batailles du canal. Le pacte de Bagdad, aussi, ils n'ont pas réussi à y joindre aucun des pays arabes ; car le nationalisme arabe a, là aussi, triomphé. La lutte se trouve partout dans tout le monde arabe. Lutte contre l'impérialisme de la France en Afrique du Nord. L'Amérique et tous les pays du pacte Atlantique ont oublié les principes qu'ils ont au début proclamés et mobilisent toutes leurs forces pour combattre les Algériens. Mais là aussi le nationalisme arabe triomphera !

Puis, il évoque le haut-barrage :

— Lorsque M. Eugène Black vint au Caire, il nous déclara que la BIRD était une banque internationale, qui ne s'occupait pas de politique. En effet, j'ai commencé à trouver en Eugène Black l'homme qu'il nous fallait, je voyais en lui un Ferdinand de Lesseps, et ma mémoire me reporte à l'année 1854. Pour que de Lesseps se désiste de certains avantages, l'Égypte a payé. Puis, l'Angleterre a acheté des actions du canal pour quatre millions de livres. La Compagnie du canal se considère depuis comme Compagnie internationale, c'est-à-dire un État dans l'État. L'histoire se répète et il n'est pas possible que nous la laissions se répéter. Nous sommes tous là, aujourd'hui, pour mettre une fin absolue à ce sinistre passé et si nous nous tournons vers ce passé, c'est uniquement dans le but de le détruire.

Il se tait brusquement. Son regard parcourt la foule. On sent que les mots qui vont suivre seront chargés de gravité.

Les doigts de Nasser enserrent plus fermement son micro et il annonce :

— Nous ne permettrons pas que le canal de Suez soit un État dans l'État ! La pauvreté n'est pas une honte, mais c'est l'exploitation des peuples qui l'est. Nous reprendrons tous nos droits, car tous ces fonds sont les nôtres, et ce canal est la propriété de l'Égypte ! La Compagnie est une société anonyme égyptienne, et le canal a été creusé par 120 000 Égyptiens, qui ont trouvé la mort durant l'exécution des travaux. Eugène Black est venu en Égypte dans le même but que de Lesseps. Les 35 millions de livres que la compagnie encaisse, nous les prendrons, nous, pour l'intérêt de l'Égypte. Il y a quatre ans, ici même, Farouk fuyait l'Égypte ! Moi, aujourd'hui, au nom du peuple, je prends la compagnie ; ce soir, notre canal égyptien sera dirigé par des Égyptiens !

L'hystérie s'est emparée de la foule.

Alors Nasser éclate d'un rire, d'un fou rire que *La Voix des Arabes* retransmet au monde ébahi.

Londres, ce soir-là, au même instant.

Au 10 Downing Street, les invités d'Anthony Eden finissent de dîner. Il y a là le roi Fayçal d'Irak et son ministre, Nouri Saïd, nombre d'hommes politiques et de chefs militaires britanniques. On a beaucoup parlé du Moyen-Orient. On s'est interrogé aussi sur ce que pourraient être les réactions de Nasser après le rejet de sa demande d'aide au financement du haut-barrage.

— Échec et mat ! lance Eden en souriant. Notre colonel de pacotille est échec et mat !

Fayçal approuve, tout en s'étonnant de l'incroyable faveur dont Nasser bénéficie dans le monde arabe. Il entame un commentaire :

— Je me demande, dit-il, par qui il sera remplacé après sa chute.

Mais il est interrompu par l'arrivée impromptue d'une secrétaire. L'air confus, elle s'approche d'Anthony Eden et lui remet un télégramme. Une effrayante pâleur envahit les joues du Premier ministre.

— Que se passe-t-il ? s'inquiète l'un des invités. Une mauvaise nouvelle ?

Eden garde le silence un moment avant d'annoncer d'une voix rageuse :

— Comment a-t-il pu oser ? Comment ?

Le roi Fayçal interroge à son tour :

— Que se passe-t-il, Sir ?

— Il se passe, Votre Majesté, que Nasser vient d'annoncer qu'il nationalise le canal !

L'incrédulité la plus totale s'empare des invités. C'est impossible ! Eden confirme. Le premier instant de stupeur passé, le Premier ministre anglais se penche vers Nouri Saïd.

— Qu'en pensez-vous ?

— Un seul champ d'action s'offre à vous, réplique l'Irakien : frappez, frappez tout de suite, et frappez fort. Sinon, il sera trop tard. S'il réussit son coup, sa popularité déjà grande sera centuplée !

— De toute façon, note Eden en recouvrant son calme si *british*, c'est une folie. L'Égypte n'est absolument pas capable d'exploiter le canal. Elle ne dispose ni des pilotes ni des administrateurs compétents. En quelques mois, tout s'effondrera.

Eden se trompe. Une trentaine de minutes plus tard, un nouveau télégramme l'informe que Nasser a ordonné à tous les experts étrangers affectés à la gestion du canal de ne quitter leur poste sous aucun prétexte.

— C'est une attitude inqualifiable ! rugit-il. On prend en otage des citoyens anglais !

Il se lève. S'excuse auprès de ses hôtes et se précipite sur son téléphone. Lorsqu'il revient dans la salle à manger, son visage a l'air plus détendu. Il vient de convoquer tous ses ministres pour une réunion d'urgence.

— Nous l'aurons ! lance-t-il avec un sourire. Il comprendra que l'on n'improvise pas en politique.

Nouri Saïd approuve, la mine sombre :

— Je l'espère. Car si vous le laissez faire, il aura notre peau à tous !

Si Anthony Eden avait été mis dans le secret des pensées de Nasser, jamais il n'eût prononcé le mot « improvisation ». Au contraire, la démarche du *bikbachi* fut longuement mûrie, étudiée, analysée sous tous les angles. Il a commencé à y réfléchir dès que son ambassadeur lui a fait part des conditions humiliantes que la Maison-Blanche cherchait à lui imposer. Même les allusions répétées à de Lesseps dans son discours n'ont rien eu de fortuit.

Dès son retour de Brioni, il s'est isolé dans son bureau et a établi par écrit la liste des conséquences d'une éventuelle nationalisation du canal de Suez.

L'ensemble était intitulé : « Si j'étais Eden ».

1. Eden se comportera d'une manière violente.

2. Sa violence prendra la forme d'une action militaire. Il se montrera violent parce qu'il sent que sa position est faible. La violence n'est pas la force. Que peut-il entreprendre ? Une invasion massive ? Improbable. Peut-être tentera-t-il de se frayer de force un passage par le canal de Suez, en faisant pénétrer des navires de guerre dans le canal. J'ai prévu ce qu'il fallait faire devant une telle situation. Très simple. Je ferai avancer un convoi en sens inverse afin qu'ils se retrouvent face à face et bloquent le canal. Pourront-ils faire marche arrière ?

3. Les chances qu'il entreprenne une action violente seront de 80 %. Cela dépend de l'importance des troupes prêtes à une intervention rapide que les Anglais peuvent faire venir de la Méditerranée, d'Aden, de Chypre ou de Malte.

4. Très probablement, Eden essaiera d'entraîner la France dans son sillage, à moins que

la France ne s'avise d'y pousser Eden. Mais à coup sûr, la France participera à toute opération engagée contre nous.

5. Les États-Unis garderont le silence et, sous la table, donneront leur bénédiction à leurs alliés. Après tout, ce sont eux les responsables. Quelqu'un pourrait-il étudier les effets des prochaines élections américaines sur l'attitude des dirigeants actuels ?

6. La position des Russes sera décisive. Les préviendrons-nous ? Leur ferons-nous la surprise ? Si nous les prévenons cela signifiera-t-il que nous leur demandons la permission d'agir ? Si nous leur en faisons la surprise cela veut dire qu'ils ne se sentiront pas obligés de nous appuyer. Ou peut-être, si nous les prévenons, tenteront-ils de nous dissuader avec tous ces calculs très prudents qui sont les leurs... Mieux vaut ne rien leur dire. Estimation de leur position : intervention directe en cas d'invasion ? Hors de question. Appui politique ? Oui.

7. Les Nations unies. Parlons-en au Dr Fawzi, [ministre égyptien des Affaires étrangères].

8. Les possibilités du succès de l'intervention. Très difficile. Mais quelles sont-elles ? Peuvent-ils attaquer Alexandrie par la Libye ? Cela nécessiterait des forces très importantes car ils seraient obligés de continuer jusqu'au Caire. Pourront-ils bombarder Alexandrie depuis la mer comme le fit l'amiral Seymour en 1881 ? Totalement impossible. L'opinion publique

mondiale ne le permettrait pas et, de toute façon, cela ne les mènerait à rien. Débarquement, occupation du canal ? Possible. Il nous faut renforcer le front oriental.

9. Évacuation du Sinaï. En parler avec Hakim [le maréchal Amer]. N'y maintenir que les troupes indispensables.

10. Israël. Participation d'Israël totalement exclue. Eden n'accepterait pas l'opération. Israël pourrait essayer mais Eden refusera. Il préférera que l'opération demeure purement européenne.

11. Garde nationale. Où la concentrer ? Poser la question à Kamal el-Dine Hussein [commandant de la Garde nationale].

12. Moment approprié pour l'intervention ? Elle doit être immédiate. Elle doit se présenter comme une réaction directe. Si Eden atermoie, la pression exercée contre lui ne pourra que s'accroître.

13. Pouvons-nous gagner du temps ? Préparer des lettres pour Tito, Nehru et Sukarno.

14. Israël tentera-t-il seul sa chance et attaquera-t-il la Syrie ou la Jordanie ? Message aux Syriens et aux Jordaniens... mieux vaut se tenir tranquille. Nous avons besoin d'une estimation détaillée effectuée par la Commission des estimations de notre Intelligence Service.

Conclusion et sommaire. Moment du danger le plus grand : 80 % au début d'août, décroissant chaque semaine grâce aux activités politiques. Comment pouvons-nous faire tourner en notre faveur la situation ? Fawzi peut s'en charger. Pour ce qui est de noyer le poisson, c'est un expert. Seconde semaine d'août, danger 60 %. Troisième semaine, 50 %. Quatrième semaine, danger 40 %. Fin septembre, danger 20 %.

Pouvons-nous gagner deux mois par des manœuvres politiques ? Si nous réussissons nous serons tirés d'affaire. Beaucoup de choses dépendront de Fawzi.

Ces notes sont soumises le même soir et par téléphone au journaliste Mohamed H. Heykal. Le 24 juillet, il demande à l'ingénieur Mahmoud Younès de lui rendre visite et l'informe sous le sceau du secret de sa décision de nationaliser le canal. Il lui confie pour mission d'établir sous quarante-huit heures un rapport technique détaillé sur l'opération envisagée. Le matin du 26 juillet, Younès lui remet les plans complets de prise en charge de l'administration du canal.

— Vous vous rendrez à Ismaïlia immédiatement, lui dit Nasser. Vous écouterez à la radio le discours que je vais faire ce soir à Alexandrie. Dès que je mentionnerai le nom de De Lesseps, vous passerez à l'action.

De Lesseps, le nom de code… Le président redoute tellement que Younès ne l'entende pas qu'il juge plus prudent de le répéter trois fois.

Ce soir du 26 juillet 1956, la vallée du Nil semble prise de folie. Un immense sentiment de fierté s'est répandu à travers le pays. Le peuple est persuadé qu'une main invisible vient de briser les chaînes qui l'entravent depuis si longtemps. On s'en doute, l'ambiance est tout autre dans les capitales occidentales.

Dans les jours suivants, à Londres, à la tribune des Communes, et à Paris, au palais Bourbon, MM. Eden, Lloyd, Mollet et Pineau laissent éclater leur colère à l'égard de ce « nouveau Hitler », cet « insolent pillard », cet « apprenti dictateur aux abois ».

Au Caire, l'entourage du *bikbachi* s'étonne devant tant de hargne : La compagnie du canal est égyptienne, on l'a nationalisée, et alors ? Que perd la France ? Ses porteurs de parts ? Ils seront indemnisés à un excellent taux. La liberté de navigation ? L'Égypte a tout à perdre si elle n'est pas garantie. Il n'y a dans cette opération ni annexion de territoire ni sang versé. L'indépendance d'aucun peuple n'est menacée. De plus, dans l'affolement général, tout le monde perd de vue un élément majeur : la concession du canal a été accordée à M. de Lesseps pour une durée de cent ans. Il ne reste donc plus que treize ans. À partir de 1968, le canal serait de toute façon revenu à l'Égypte de plein droit. Elle en aurait pris possession sans être redevable d'un sou d'indemnité aux actionnaires de la Compagnie. À bien y réfléchir, on pourrait se dire que cette nationalisation représente pour eux une bonne affaire.

Alors, pourquoi tout ce bruit ?

De Gaulle n'a-t-il pas nationalisé les ressources énergétiques de la France ? Et les usines Renault ? De l'autre côté de la Manche, n'a-t-on pas nationalisé la Banque d'Angleterre, les mines de charbon et l'aviation civile ?

Le 29 juillet, Eden organise une rencontre avec des représentants des gouvernements français et américain. Foster Dulles, rongé par un cancer, délègue l'un de ses collaborateurs, Robert Murphy.

Maurice Couve de Murville, alors ambassadeur de France à Washington[1], prévient Dulles : « Je connais Nasser, j'ai passé plusieurs années au Caire. Soyez très prudent dans votre discussion. »

L'ambassade d'Égypte à Londres se retrouvant en quelque sorte punie et privée de renseignements sur ce qui se trame, Nasser téléphone à son ami Mohamed Heykal et lui demande si, par hasard, à travers les agences de presse, il a accès à quelques fuites. Heykal répond par la négative et promet au président de le rappeler dès qu'il aura la moindre information.

— Inutile, répond le *bikbachi*, je vais au cinéma. À quoi bon s'énerver ? J'apprendrai bien assez tôt ce que ces messieurs auront décidé.

Et Nasser se rend avec son épouse au cinéma Metro. Ce soir-là, on y joue *Viva Las Vegas*, avec Cyd Charisse, dont le président est un fan.

1. Entre 1950 et 1954.

Quelques heures plus tard, la conférence organisée par Eden s'achève. Décision est prise de geler les avoirs égyptiens à l'étranger. Une table ronde réunissant les vingt-deux nations utilisatrices du canal est prévue pour le 16 août, en Angleterre, dans la ville de Lancaster. Foster Dulles y représentera les États-Unis. Christian Pineau, la France. L'Égypte est invitée à y participer.

Conseillé par Nehru et Tito, Nasser accepte l'invitation. Après tout, cette énième conférence lui permet de gagner du temps. Souvenons-nous de ses notes : *Moment du danger le plus grand : 80 % au début d'août, décroissant chaque semaine grâce aux activités politiques.*

C'est sans compter avec l'état d'énervement dans lequel se trouve le Premier ministre britannique. Au cours d'une émission télévisée, quelques jours avant l'arrivée du président égyptien, il se livre à une véritable diatribe.

— Voici ! conclut-il en brandissant une feuille noire devant les caméras. Voici, le casier judiciaire du colonel Nasser !

Mis au courant, ce dernier se contente de hausser les épaules : « De Premier ministre qu'il était, le voilà devenu comédien. »

Et il annule son voyage. Souvenons-nous : il est Saïdien.

Le 16 août, la table ronde de Lancaster s'achève sur une déclaration — soufflée par Foster Dulles — qui propose la gestion et le contrôle de la voie maritime par un organisme international. Nasser fait savoir qu'il n'en est pas question.

Des missions sont expédiées au Caire pour tenter de raisonner le *bikbachi*. En vain. Il déclare aux délégués, conduits par Robert Menzies, le Premier ministre australien : « Vous pensez qu'une administration internationale mettrait fin aux ennuis et moi je pense au contraire qu'elle en serait le commencement. »

Menzies a la maladresse de répliquer en se penchant sur le bureau de Nasser :

— Monsieur le président, détrompez-vous ! Votre refus d'une administration internationale marquera le commencement de *vos* ennuis !

Nasser se fige. D'un geste sec, il repousse les dossiers disposés devant lui et lance à l'Australien :

— Vous me menacez ? Parfait, messieurs ! J'en ai fini. Tout est terminé.

Panique. Les autres délégués tentent d'apaiser l'atmosphère. Menzies se reprend comme il peut :

— Je suis désolé. Mon intention n'était pas de proférer une menace à votre encontre.

Mais le *bikbachi* s'est fermé définitivement. Le caractère fier et susceptible de l'homme de Haute-Égypte a pris le dessus.

— Me dire que le refus d'une administration internationale marquera le commencement de *mes* ennuis, c'est une menace ! Je ne négocierai jamais sous la menace !

Exit Menzies et ses collègues.

Le 28 août, lors d'une conférence de presse tenue à Washington, Foster Dulles fait ce commentaire ambigu : « Le canal de Suez ne constitue pas pour les États-Unis une préoccupation majeure. »

Eden manque de s'étrangler.

Le 22 octobre, dans le plus grand secret, Selwyn Lloyd, représentant britannique, Christian Pineau, ministre des Affaires étrangères français, et Ben Gourion, secondé par Moshe Dayan, se réunissent dans une villa de Sèvres. Le plan qu'ils élaborent se résume en trois points :

1. Le 29 octobre, les Israéliens attaqueraient en premier l'Égypte. Ce sera l'opération « Kadesh ».

2. La France et le Royaume-Uni interviendraient pour la forme en exigeant un cessez-le-feu.

3. La France et le Royaume-Uni attaqueraient à leur tour et occuperaient la zone du canal.

C'est l'opération « Mousquetaire ».

On peut s'interroger sur l'implication israélienne dans ce projet. Elle est loin d'être aussi incongrue qu'il n'y paraît. Avec le départ d'Égypte des forces britanniques, Israël se trouve désormais face à face avec l'armée de Nasser. La force tampon qui restait une garantie de sécurité pour l'État d'Israël a disparu. En outre, il y a les raids des *feddayin* qui harcèlent les kibboutzim. La tension que créent ces opérations n'a cessé de croître avec le nombre des victimes qui est passé de 137 à 238 morts par an entre 1951 et 1955. À ceci s'ajoute l'annonce faite par Nasser de son intention de resserrer le blocus du golfe d'Aqaba, situé à l'est de la péninsule du Sinaï, et à l'ouest de la péninsule Arabique, seule voie d'accès aux navires israéliens vers la mer Rouge.

Fidèle à sa stratégie de « guerre préventive », l'État hébreu est prêt à s'impliquer.

Le 25 octobre, comme s'il n'y avait jamais eu d'accord secret, la question de Suez arrive devant le Conseil de sécurité des Nations unies. Au terme de neuf jours consécutifs de débats, on adopte à l'unanimité six principes, prélude à un arrangement. Une table ronde est prévue pour le 29 octobre à Genève.

Au sortir de la conférence, Dag Hammarskjöld, le secrétaire général de l'ONU, s'approche du Dr Fawzi, ministre égyptien des Affaires étrangères, et lui murmure :

— Il est heureux qu'après le train de représailles militaires que les Britanniques ont envisagées contre vous, le wagon de tête ait dépassé la station.

Hammarskjöld se trompe. Le train vient seulement d'entrer en gare.

Le 29 octobre 1956 à 20 h 30, l'opération « Mousquetaire » commence. Les blindés israéliens se lancent en territoire égyptien.

23

29 octobre, 21 heures.

Alors que Nasser est chez lui, en train de fêter l'anniversaire de l'un de ses fils, un messager accourt : *Israël a attaqué.*

Il quitte sa famille, convoque ses collaborateurs. Ordre est donné aux forces égyptiennes chargées de protéger le canal de quitter leur position et de faire mouvement vers le Sinaï.

La zone du canal se retrouve entièrement sans défense.

Le 30 octobre, Eden et Mollet, comme ils en étaient convenus, annoncent en fin d'après-midi à leurs Parlements respectifs qu'ils ont lancé aux deux belligérants un ultimatum leur enjoignant de se retirer à 15 kilomètres de part et d'autre du canal de Suez et de permettre l'installation de contingents franco-britanniques à Port-Saïd, Ismaïlia et Suez, faute de quoi ces bases seront occupées par la force.

Le délai limite d'acceptation de l'ultimatum est de douze heures.

Nasser n'y comprend rien. Pourquoi cette exigence alors que les Israéliens sont encore — à ce stade des opérations — à quelque 60 kilomètres de la voie d'eau ? Appliquer les conditions de l'ultimatum reviendrait à sonner le rappel des troupes égyptiennes qui se trouvent au Sinaï, à leur faire passer la voie d'eau et à les positionner à 15 kilomètres de la rive Ouest. Quant aux Israéliens, l'ultimatum les invitait purement et simplement à poursuivre leur progression jusqu'à 10 milles du canal de Suez. Absurde !

Mais il ignore tout des tractations secrètes de Sèvres.

De toute façon, il est hors de question de céder à l'ultimatum.

Le 31, à 17 h 50, on peut apercevoir les premiers Canberra de la Royal Air Force dans le ciel égyptien. Les Mystère français ne sont pas loin.

À 18 h 15, une pluie de bombes commence à se déverser sur les aérodromes, clouant au sol les premiers appareils achetés à l'Union soviétique.

Les forces franco-britanniques avaient prévu deux jours de bombardement intensif pour anéantir l'aviation égyptienne. Un seul fut suffisant. L'Égypte ne disposait alors que d'une trentaine d'avions, dont la plupart n'étaient pas opérationnels. Les blindés sont ramenés en hâte du Sinaï et, vaille que vaille, tentent de tenir tête. Dans le même temps, on saborde des péniches remplies de ciment et de vieille ferraille. Le canal est obstrué. Plus un seul bateau ne pourra le franchir. Du haut des minarets de la plupart des pays arabes, les muezzins appellent à la guerre sainte.

Les sirènes mugissent.

Très excité, je me précipite au balcon pour essayer d'apercevoir les avions de chasse anglais et français. Je ne suis pas le seul. Dans la rue, la plupart des passants ont le nez en l'air. On a peint les phares des voitures en bleu, afin, m'a-t-on expliqué, que les véhicules soient moins visibles, la nuit, vus du ciel. La nuit, ce sont des cris que l'on entend, toujours les mêmes : « *Taffil nour !* », éteignez les lumières !

J'ai neuf ans. Je ne comprends pas grand-chose à cette guerre. Je vois bien néanmoins que mes parents sont fiévreux. Le visage de mon père rayonne : « Les Français et les Anglais vont arriver, commente-t-il. C'est une bonne chose. » Et dans le même temps, il secoue la tête comme pour afficher sa désapprobation : « Mais c'est humiliant. Ils auraient pu s'y prendre autrement. » Je ne saisis pas très bien cette contradiction. Peu importe ! La guerre pour moi signifie une seule chose : le collège a fermé ses portes.

Au fil des jours, j'arriverai à mieux cerner le commentaire de mon père. Chrétiens, Juifs, Grecs, Italiens, dans leur très grande majorité, ces gens installés en Égypte depuis des générations ont pressenti que l'arrivée au pouvoir de Nasser ne présageait rien de bon. Mais, soudain, face à cette attaque, voilà qu'ils se sentent totalement solidaires de l'homme qui, hier encore, était à la source de leurs inquiétudes. À leurs yeux, ce n'est pas Nasser que l'on attaque, mais une terre, la terre d'Égypte. La famille Sursock, dont le palais est situé face un pont stratégique, est sollicitée par l'armée. Elle accorde volontiers que l'on installe des canons antiaériens dans le parc et quelques tanks. Hélène Sursock se démène auprès des hôpitaux pour que ceux-ci soient prêts à accueillir les premiers blessés.

Nasser, lui, s'est retiré dans son vieux bureau, celui du temps où il n'était que président du Conseil de la révolution. Pour lui, les troupes franco-britanniques ne sont pas suffisamment nombreuses pour occuper un territoire aussi vaste que l'Égypte. Plus elles avanceraient, plus elles seraient vulnérables. Quoi qu'il en soit, il attend le débarquement. Les lambeaux de l'armée égyptienne se battront vaille que vaille. S'il le fallait, il déplacerait le QG en Haute-Égypte et entamerait la guérilla. Se rendre, jamais ! En tout cas pas à un adversaire tel que Anthony Eden.

Ainsi qu'il devait le déclarer : « Si Eden était venu avec la flotte britannique et avait tenté d'envahir l'Égypte, je pense que les Égyptiens auraient pardonné et oublié, une fois tout terminé. S'il était venu même avec les Français, nous nous serions dit qu'il avait peut-être besoin d'un allié. Mais impliquer les Israéliens dans une aventure dirigée contre les Arabes était idiot. Nous haïssions depuis longtemps la politique britannique, mais alors nous avons commencé à mépriser la politique britannique. J'ai horreur d'employer le mot mépriser. C'est le seul qui convienne. Je peux parvenir à un accord avec un ennemi que je hais, mais pas avec celui que je méprise. »

À Washington, le président Eisenhower est saisi d'une colère froide, estimant avoir été trompé. Aux Nations unies, une motion américaine, votée le 30 octobre par sept voix contre deux, celles de la France et de la Grande-Bretagne, est aussitôt frappée de veto par ces deux pays.

« Sommes-nous ou non en guerre avec l'Égypte ? » demandent les députés travaillistes à M. Eden, qui commence par déclarer : « Je ne suis pas du tout disposé à donner des détails à cette assemblée », puis, pressé de questions, admet que les hostilités ont commencé.

« En prenant cette décision, s'écrie M. H. Gaitskell, leader de l'opposition travailliste, le gouvernement a commis un acte de folie désastreuse, dont nous regretterons pendant des années les conséquences tragiques. Oui, nous le regretterons tous, parce qu'il aura fait un mal irréparable au prestige et à la réputation de notre pays. Par cet acte, monsieur, vous n'avez pas seulement négligé, vous avez positivement attaqué les trois principes qui ont dirigé la politique étrangère britannique : la solidarité avec le Commonwealth, l'alliance anglo-américaine et le respect de la charte des Nations unies… »

Ces propos résonnent étrangement. On croit entendre les protestations qui s'élevèrent au moment de l'invasion de l'Irak par les États-Unis en 2003.

Mais pendant que l'on discute au Parlement britannique, les opérations militaires se poursuivent : bombardement intensif des aérodromes égyptiens, des camps, des points stratégiques, des installations de radio pour faire taire *la Voix des Arabes*, et « nettoyage » des quartiers de Port-Saïd où les parachutistes ont pour mission d'occuper le port vers lequel l'armada franco-britannique se dirige.

Près de un million de tracts destinés à l'armée égyptienne sont balancés au-dessus du territoire :

« Imaginez que vos villages soient bombardés. Imaginez que vos femmes, vos enfants, vos mères, vos pères et vos grands-pères s'enfuient de leurs maisons et abandonnent leurs biens. Voilà ce qui vous arrivera si vous vous cachez derrière vos femmes dans les villages... Si vous ne les évacuez pas, il n'y a pas de doute que vos villages et vos maisons seront détruits. Vous avez commis une faute : vous avez placé votre confiance en Nasser. »

L'Histoire se répéterait-elle à l'infini mais en avançant masquée ? Août 2006, des tracts identiques sont déversés sur le sud Liban, et toujours et encore la mort d'innocents...

Le 2 novembre, saisie de la question, l'Assemblée générale de l'ONU vote une résolution exigeant l'arrêt immédiat des combats et le retrait des forces israéliennes du Sinaï. Ben Gourion accepte le cessez-le-feu, mais refuse toute restitution du Sinaï.

Appliquant leur plan d'intervention, les troupes britanniques et françaises sont parachutées en toute hâte sur la ville de Port-Saïd. Contre toute attente, la ville résiste non sans panache, contraignant les parachutistes à livrer des combats de rue. Les ordres arrivés du Caire par radio enjoignent de poursuivre la lutte à outrance. Des camions munis de haut-parleurs exhortent les habitants à résister jusqu'au dernier. On distribue des armes à la population civile. Surpris, Sir Charles Keightley, responsable des troupes d'assaut britanniques, est obligé de modifier ses plans. « Il est clair, désormais, écrit-il à son gouvernement, le 5 novembre 1956, que Port-Saïd ne pourra plus être pris et nettoyé par les seuls parachutistes et qu'il faudra procéder à un débarquement de forces terrestres. »

À Whitehall et à Matignon, on guette le coup de téléphone du Caire annonçant que le peuple égyptien a renversé le dictateur. Mais, à mesure que se poursuit l'intervention franco-britannique, les réactions internationales se font de plus en plus hostiles. La monnaie britannique est attaquée sur toutes les places boursières, les États-Unis laissent faire.

Le 5 novembre, l'URSS annonce qu'elle s'emploiera à mettre fin à l'intervention, y compris, précise le Kremlin, par l'utilisation de l'arme nucléaire. Washington sort alors de sa réserve et Eisenhower ne mâche pas ses mots pour exprimer clairement que « la plaisanterie a assez duré ».

De plus en plus isolé, Anthony Eden voit se profiler la crise politique. Le 6 novembre, alors que l'armada franco-britannique se présente devant Port-Saïd, il accepte le cessez-le-feu. Les Français sont contraints de le suivre. Les troupes plient bagages et repartent bredouilles. Sous la pression des États-Unis, Ben Gourion à son tour se résigne à retirer ses blindés du Sinaï et de Gaza.

Le triomphe du président-colonel est total. Il n'en demeure pas moins que les bombardements de Port-Saïd auront tué plus d'un millier de civils.

« *You're a bunch of murderers !* Vous êtes une bande d'assassins ! » s'exclame en pleine Chambre des communes la députée du *labour*, Mrs. Bessie Braddock. Eden est blême.

Au lendemain de ce fiasco, dans les colonnes de *France Observateur*, le journaliste Claude Bourdet tire les conclusions : « Tout va très bien, n'est-ce pas, monsieur le Président du Conseil ? Le régime du colonel Nasser est plus solide qu'il ne l'a jamais été. Les sentiments des Égyptiens et des autres peuples arabes à l'égard de la France, hier au pire ambigus, sont plus que de la haine. Dans tout le Proche-Orient, il n'y aura plus un institut français, plus une école française, on n'y achètera plus un produit français, on n'y emploiera plus un de nos techniciens. C'est de tous les pays arabes, maintenant, que les insurgés algériens peuvent attendre de l'aide.

« Les Français d'Égypte vont subir le contrecoup stupide, injuste, mais inévitable. Leurs vies seront brisées. Leurs biens paieront les destructions et le dommage que d'autres qu'eux ont causés. Tout va très bien. Les États-Unis sont décidés à mettre la France à genoux et en ont les moyens. Le rêve d'indépendance un instant caressé par M. Pineau s'évanouit. Même les Russes préfèrent avoir affaire à Eisenhower qu'à un irresponsable petit Bonaparte d'Arras. Tout va très bien. »

Le journaliste dit vrai. Dans les mois suivants, le gouvernement égyptien ordonne la fermeture des écoles anglaises et françaises ; elles rouvriront, mais sous la tutelle directe du ministère de l'Instruction publique.

Nous voyons la police embarquer le recteur des jésuites, le père Pruvot, « pour interrogatoire ». Il est libéré très vite, grâce à l'intervention des plus hautes personnalités gouvernementales. Et pour cause, tous leurs enfants sont inscrits au collège. À travers ce qu'on appellera en Égypte « l'agression tripartite », un coup mortel aura été assené à l'influence culturelle française dans le pays. On a sabordé la France en Égypte.

24

Eden démissionne le 9 janvier 1957. Malade et déconsidéré. Par sa maladresse, il a fait du *bikbachi* un héros, le porte-étendard incontesté des Arabes. Néanmoins, le président-colonel a dû faire une concession : débloquer le détroit de Tiran — la « Porte des pleurs », *Bab el Mandab* en arabe — qu'il avait scellé un an auparavant, permettant aux navires israéliens d'y circuler à nouveau.

Entre novembre et décembre 1956, un diplomate canadien, Lester B. Pearson, a proposé que les Nations unies créent une force de maintien de la paix sous ses auspices pour séparer les combattants. Il s'est évertué à donner vie à cette nouvelle force. Des efforts qui lui vaudront le Prix Nobel de la paix.

C'est donc une situation de « ni paix ni guerre » qui s'ouvre à présent. Elle durera dix ans. De toute façon, Nasser n'a ni les moyens ni le désir de faire la guerre. L'énorme effort financier que nécessite la construction du haut-barrage hypothèque toute l'énergie du pays.

Le 9 janvier 1960, il pose la première pierre de cet ouvrage titanesque en présence du roi du Maroc, de M. Novikov, ministre russe de l'Industrie et du président syrien Choukri el-Kouatli.

Malheureusement Nasser ne verra jamais l'accomplissement de son projet pharaonique. Il mourra quatre mois trop tôt. Le 15 janvier 1971, c'est à son successeur, Anouar el-Sadate, qu'incombera l'honneur d'inaugurer l'édifice. Nikita Khrouchtchev sera à ses côtés, mais non l'inspirateur de l'idée, le Grec Adrien Daninos. À partir du jour où les ingénieurs soviétiques se sont attaqués au projet, Daninos en a été écarté. Nasser s'était tout de même montré magnanime à son égard. Il l'avait fait convoquer dans son bureau et lui avait expliqué que la nouvelle situation était dictée par les intérêts politiques et financiers de l'Égypte. À titre de gratification, il lui avait offert une somme de 30 000 livres. Malheureusement, l'homme était criblé de dettes. Une fois celles-ci remboursées, il sombra à nouveau dans la précarité. Nasser lui octroya alors une pension qui lui permit de survivre vaille que vaille. L'ingénieur visionnaire mourut à quatre-vingt-neuf ans, le 23 septembre 1976, au Caire, oublié de tous.

Situé en amont d'Assouan, long de près de 4 kilomètres, d'une hauteur de 111 mètres et d'une largeur de 980, l'ouvrage aura nécessité la contribution de 30 000 travailleurs et onze années de travaux. Il en a fallu dix de plus aux anciens Égyptiens pour ériger les 2,5 millions de blocs que représentent la pyramide de Kheops. Muraille géante, le haut-barrage a donné naissance à un lac artificiel (baptisé Nasser comme il se doit) de 6 500 kilomètres carrés, soit onze fois la taille du lac Léman.

Pourtant, ce monstre de pierre n'a pas apporté que des bienfaits. S'il a permis d'augmenter très sensiblement la surface des terres cultivées (1 million d'hectares), d'accroître la production électrique de cinquante pour cent, les terrains en aval ne reçoivent plus le limon, cet engrais naturel qui faisait la richesse du Nil. En conséquence, le *fellah* doit recourir à des fertilisants s'il veut obtenir un rendement satisfaisant. Et enfin, dernier des maux et non des moindres, en l'absence de crues, le Nil ne chasse plus le sel venu de la mer remontant des eaux souterraines, ce qui menace à terme de stériliser une haute partie des terres irriguées.

On le voit, le haut-barrage est en quelque sorte à l'image du *bikbachi*, capable d'engendrer le meilleur mais aussi le pire.

La Syrie... Pas un mois ne se passe sans que des incidents de frontière ne surviennent avec Israël. Hanté par l'éventualité d'une guerre, le gouvernement syrien consacre plus de la moitié de son budget annuel au renforcement de son armée. En fait, l'enjeu principal de cet affrontement permanent est la maîtrise de l'eau de la région, essentiellement l'eau du Jourdain ; le lac de Tibériade ayant été octroyé à Israël lors du partage de 1947.

De plus, au lendemain de l'attaque sur Suez, près de trois cent mille Palestiniens chassés de leurs terres ont été contraints de trouver refuge en Syrie. En réponse à cet exode forcé, Damas a installé des batteries d'artillerie sur les hauteurs du Golan.

Avec les Turcs aussi, les relations sont très tendues. Les Syriens n'ont toujours pas fait leur deuil de l'annexion du sandjak d'Alexandrette (région qui correspond à peu près à l'ancienne principauté d'Antioche) dont la France, au cours de son mandat en Syrie, avait généreusement fait cadeau à Ankara. Le conflit est d'ailleurs toujours d'actualité.

Au cours du mois d'avril 1957, l'armée turque s'étant livrée à d'inquiétantes manœuvres sur les frontières syriennes, Damas a appelé l'Égypte au secours et Nasser a répondu en envoyant un bataillon à Lattaquieh.

Comme si tous ces aléas politiques ne suffisaient pas à son malheur, la Syrie se débat dans les affres d'une crise économique sans issue.

Dans le courant du mois de décembre 1957, deux délégués militaires arrivent en Égypte. Ils appartiennent au parti Baasiste. C'est le parti socialiste de la renaissance arabe, fondé à Damas dans les années 40, par Michel Aflak, déjà évoqué. Les Baasistes furent tour à tour anti-britanniques, puisque la Grande-Bretagne occupait l'Égypte, la Palestine, la Jordanie, l'Irak et la Libye ; antifrançais, puisque la France occupait l'Afrique du Nord ; anti-espagnols, puisque l'Espagne était présente au Rif ; anti-turcs, à cause de l'annexion d'Alexandrette ; anti-iraniens, à cause de l'incorporation du district d'Ahvaz à l'Iran, et anti-américains, à cause des interférences américaines au Proche-Orient. Anti-occidentaux, les Baasistes furent aussi anti-soviétiques, et Michel Aflak, qui estimait que « le communisme traite le mal par le mal », se fit — à l'instar de Nasser — l'avocat du non-alignement. À ses yeux, s'aligner sur l'un ou l'autre des deux camps en présence ne pourrait que nuire aux Arabes.

La requête des deux hommes est simple : ils souhaitent sans tarder l'union de la Syrie et de l'Égypte.

En vérité, ce n'est pas la première fois que Damas courtise Le Caire.

Déjà, en septembre 1955, le président de la République syrienne, Choukri el-Kouatli, adressait dans son discours inaugural son salut « aux dirigeants et défenseurs de l'Égypte, engagée contre Israël dans la bataille acharnée qui est celle de la nation arabe tout entière ». Il ajoutait : « Les agressions coupables qu'Israël commet dans diverses régions auront pour résultat de troubler la paix sur les différentes lignes d'armistice que nous considérons comme faisant partie d'un même front arabe. »

Israël, objet de tous les ressentiments. Cicatrice jamais refermée dans le cœur de cet Orient qui ne cesse de se chercher…

Le 17 avril 1956, Kouatli renchérit : « Les cieux libres de la patrie arabe libérée doivent être dominés par un seul drapeau : celui de l'unité arabe tout entière ! » Cet idéal d'un rassemblement de tous les nationalismes arabes en un puissant État, le Syrien en est le protagoniste depuis longtemps. Il est convaincu aussi que l'autorité égyptienne permettrait de mettre fin aux dissensions politiques et militaires internes.

Il n'en demeure pas moins que, lorsque les deux délégués syriens débarquent dans son bureau, Nasser commence par faire la sourde oreille. Il estime que cette demande de fusion est improvisée, sans plan d'ensemble, sans logique et uniquement inspirée par la situation fragile dans laquelle se trouve la Syrie.

Damas insiste. Le 31 décembre 1957, c'est le président Kouatli en personne qui vient en Égypte pour tenter de venir à bout des réticences du *bikbachi*.

« Il n'y a plus une minute à perdre, déclare-t-il. C'est maintenant ou jamais. »

Nasser finit par céder et dès le lendemain, 1er février 1958, les deux chefs d'État paraphent un accord qui scelle la fusion des deux États sous le nom de « République arabe unie ». Le 3,

Kouatli propose la candidature de Nasser à la présidence de cette nouvelle nation. Le 21, un plébiscite confirme l'adhésion populaire et, à une écrasante majorité, le *bikbachi* est élu. Le 24, il se rend à Damas, où il est accueilli en triomphe.

Très vite, tout ce monde va déchanter. Un an plus tard, les Syriens sont moroses. Tous espéraient des réalisations chimériques. Chacun, pour des raisons différentes, s'était lancé dans l'union. Les *beys* richissimes et les propriétaires fonciers voyaient un moyen d'éviter le socialisme. Les classes moyennes souhaitaient se libérer des abus du militarisme syrien. Pour les déshérités et le prolétariat naissant, l'ordre venu d'Égypte devait apporter une refonte totale de l'édifice social. Les étudiants et les intellectuels pensaient que la nouvelle République serait la première étape vers la réunification complète du monde arabe. Tels étaient quelques-uns des miracles que quatre millions de Syriens attendaient d'un seul homme. La tâche était immense, sa réalisation exigeait un temps infini. D'autre part, le rôle de Nasser était particulièrement délicat. Il aurait déclaré à une délégation syrienne : « Si nous vous envoyons des Égyptiens, vous direz qu'ils viennent pour gouverner ; si nous n'envoyons personne, vous nous accuserez de nous désintéresser de la Syrie ! »

C'est courant 1959 que Nasser rencontre pour la première fois un personnage qui le marquera profondément : Che Guevara. Celui-ci est arrivé au Caire pour y étudier les méthodes égyptiennes de réforme agraire. Depuis peu, il a été naturalisé cubain par Castro et nommé ministre de l'Industrie. Les deux hommes abordent différents sujets, jusqu'au moment où le Che pose cette question :

— Combien d'Égyptiens ont été obligés de quitter le pays depuis la révolution ?

— Très peu, répond Nasser. Et pour la plupart, il s'agit d'« Égyptiens blancs ». C'est-à-dire, des individus détenteurs d'autres nationalités. Notre but est de liquider les privilèges, mais non pas les individus.

Guevara affiche sa déception.

— Cela signifie, commente-t-il, qu'il n'est pas arrivé grand-chose lors de votre révolution. Je mesure la profondeur de la transformation sociale au nombre de gens qui sont touchés par elle et qui pensent qu'ils n'ont plus leur place dans la nouvelle société.

À en juger par les actions que Nasser va entreprendre dans les deux années qui suivront, on se dit que les propos du Che ont dû certainement le marquer.

Il reverra Guevara pour la dernière fois en février 1965. Ce n'est plus le même homme. Le révolutionnaire déçu, découragé, se lance dans une surprenante autocritique à l'égard de lui-même mais aussi de la révolution cubaine : « Nous avons commis des erreurs, et il est possible que j'en sois responsable. Nous avons nationalisé quatre-vingt-dix-huit pour cent de tout ce que nous avons trouvé. Jusqu'aux boutiques des coiffeurs. Et aujourd'hui, nous découvrons que nous aurions dû laisser certains départements en dehors de ce plan de naturalisation. »

Et d'ajouter que le plus grand problème de la révolution cubaine est de trouver des personnes suffisamment qualifiées pour diriger les entreprises passées sous tutelle de l'État. Quant aux responsables qui ont été nommés, ils ont vite fait d'oublier leur ferveur révolutionnaire dans les bras de ravissantes secrétaires, dans de somptueuses voitures, dans des villas avec l'air conditionné, bardés de privilèges. On a même découvert un fonctionnaire propriétaire de pas moins de… dix-sept téléviseurs dans sa maison !

Sans le savoir, le Che vient de dresser le tableau de la future société égyptienne. Celle-là même que Nasser va mettre en place.

Trois mois plus tard, c'est au tour de Castro de croiser le chemin du *bikbachi*. La rencontre a lieu à New York. Castro ayant préféré quitter le palace où on l'avait logé, c'est dans une modeste chambre d'un hôtel d'Harlem que les deux hommes se retrouvent. À peine sont-ils réunis, que Castro tend une boîte à son hôte. Nasser l'ouvre et s'étonne. Elle est vide. L'intérieur est couvert d'une peau de crocodile.

— J’avais cru que c’était des cigares, observe-t-il, amusé.

Castro se confond en excuses.

— Pardonnez-moi, j’ignorais que vous fumiez le cigare. Je vais faire le nécessaire pour que l’on vous en fasse parvenir au plus tôt. C’est que j’ai cru bien faire en vous offrant une boîte tapissée de peau de crocodile. Vous en avez beaucoup en Égypte, n’est-ce pas ?

Nasser éclate de rire.

— C’est vrai. Nous en possédons quatre.

— Quatre ? s’exclame Castro éberlué. Mais comment diable pouvez-vous être certain du nombre !

— Tout simplement parce qu’ils sont tous au jardin zoologique du Caire...

1961. Le mariage entre la Syrie et l’Égypte est rompu par un coup d’État fomenté par des officiers, avec l’appui de la bourgeoisie conservatrice. C’est qu’en réalité, visant tous les deux à l’unité du monde arabe, baasisme et nassérisme étaient aux antipodes sur presque tous les points : au socialisme doctrinaire du Baas, Nasser opposait un socialisme pragmatique. Les baasistes étaient partisans d’une direction collégiale, de consultations entre la direction et la base ; Nasser était un leader charismatique, qui imposait ses décisions. Nasser était un militaire : le Baas se voulait avant tout civil. Avec la naissance de la RAU, les baasistes espéraient que Nasser instaurerait en Syrie un régime démocratique ; ce fut le contraire.

Aussi le Baas syrien approuva-t-il le coup d'État du 28 septembre 1961 qui mit fin à l'union syro-égyptienne. Tout est fini. Et pourtant, l'Égypte continuera de s'appeler République arabe unie jusqu'en 1971, date à laquelle elle deviendra la République arabe d'Égypte.

Nasser ne l'avoue pas, mais il est soulagé. Il n'a jamais vraiment cru à cette union impromptue. En revanche, ce coup d'État qui a impliqué la bourgeoisie syrienne le tétanise. Dans une crise de paranoïa aiguë, il imagine que la même chose pourrait se produire chez lui, en Égypte. Sa décision est prise : les nantis égyptiens doivent disparaître. Il faut les laminer de toute urgence.

Il crée dès 1961 la Commission dite de « liquidation de la féodalité ». Une machine infernale. Une quarantaine de chefs de famille sont enlevés *manu militari* à leur domicile et jetés en prison. Des officiers se présentent à Guizeh, au palais des Sursock. Ils viennent arrêter Khalil. Il n'est pas là ? Peu importe ! On embarque son frère, Habib. Les scellés sont apposés sur les portes de la demeure. Les occupants n'ont que quelques heures pour plier bagage et débarrasser les lieux. La splendide demeure des Sursock est confisquée, sans compensation, aucune.

Au fil des semaines, on assiste à une extraordinaire série de confiscations des biens ; sans indemnisation, si ce n'est une symbolique pension « alimentaire », sans jugement, avec une trivialité digne des jours staliniens les plus noirs.

« Quoi ! s'écriera l'une des victimes de ce hold-up, car c'en est un, on voudrait que je reçoive une pension alimentaire comme une femme divorcée ? »

Toutes les grandes familles, province après province, sont frappées. Saisies des propriétés, des comptes en banque, séquestres aveugles. Près de 600 « capitalistes réactionnaires », c'est-à-dire les grandes familles traditionnelles égyptiennes, celles-là même qui avaient tant œuvré pour le pays, ces chrétiens, ces Juifs, ces musulmans aussi, partie intégrante du patrimoine, tous sont mis à genoux. Aucun procédé n'est épargné : modification de l'impôt progressif qui atteint le barème exorbitant de 90 % aux revenus excédant 10 000 livres par an. Augmentation des taxes sur la construction des immeubles de luxe. Nationalisation de toutes les banques, compagnies d'assurances, sociétés anonymes, compagnies de navigation, industries lourdes, légères, moyennes, industries textiles ; les concessions accordées à la Compagnie de gaz Lebon et à la société des tramways du Caire sont abolies et transférées à un organisme public ; aucun ministère, aucun secteur privé ou d'État n'est autorisé à entreprendre des démarches en vue d'obtenir des crédits de l'étranger, sauf autorisation préalable des ministères de l'Économie et du Trésor.

L'opération n'a pour seul résultat que de décapiter la source vive de l'économie, les industriels, les investisseurs, les hommes d'affaires. Tous les projets sont avortés, aucune entreprise ne voulant en supporter les charges. Le népotisme fait loi. Il devient même une institution. La bureaucratie n'est plus qu'un ogre à l'appétit sans limite. Fou. Nasser est devenu fou. Il a non seulement décapité l'intelligentsia, mais annihilé ce brassage ethnique qui faisait toute la force et la richesse culturelle de l'Égypte.

En septembre 1962, voilà que le *bikbachi* se retrouve embarqué dans une entreprise qui va se révéler désastreuse et oblitérer encore plus l'économie égyptienne.

Le 26 septembre, un coup d'État a lieu au Yémen, conduit par le général Al-Sallâl, alors qu'il vient à peine d'être promu commandant en chef des forces armées par l'imam Badr. Le même jour, la République arabe du Yémen est proclamée. Nasser applaudit. Il a toujours haï ces dynasties princières et monarchiques qui étalent leur opulence au cœur de la péninsule Arabique.

L'imam — que tout le monde a cru mort — s'est réfugié dans le nord du pays auprès de tribus qui lui sont restées fidèles. C'est de cette région qu'il va entamer une lutte sans merci pour tenter de recouvrer son pouvoir. Le Yémen entre de facto dans la guerre civile. D'un côté les républicains, de l'autre les royalistes soutenus par le roi Fayçal d'Arabie Saoudite.

Sans hésiter, Nasser annonce son soutien sans condition au nouveau régime. Le 21 octobre, il conclut un pacte d'assistance avec le gouvernement républicain du colonel Al-Sallâl, proclame que le socialisme arabe va mettre fin à la dynastie saoudienne, et s'implique militairement. Un corps expéditionnaire fort de 50 000 hommes est envoyé au Yémen. L'occasion est trop belle pour les Anglais qui se rangent tout naturellement du côté des monarchistes et leur fournissent une aide technique extrêmement efficace.

Cette guerre, le Vietnam égyptien, se prolongera cinq années durant. À cette situation s'ajoute un facteur de première importance : l'émergence politique des Palestiniens. La génération palestinienne montante des camps de réfugiés refuse de plus en plus les solutions institutionnelles et n'aspire qu'à reprendre la lutte contre Israël. Ceux d'entre eux qui ont fait leurs études dans des universités arabes ne se sentent pas en osmose avec l'idée du panarabisme ; ils aspirent à un horizon politique plus proche de leur identité. C'est le cas de Yasser Arafat, ancien étudiant au Caire où il fut déjà responsable de l'Organisation des étudiants palestiniens. Le 28 mai 1964, à Koweït, il fonde le Mouvement de libération de la Palestine, l'OLP, et proclame : « Je finirai peut-être en martyr, mais, c'est sûr, l'un ou l'autre de nos garçons ou de nos filles brandira le drapeau de la Palestine sur les murs de Jérusalem, sur les minarets de Jérusalem et sur les églises de Jérusalem. »

Israël/Palestine. Cette plaie jamais refermée, qui suppure depuis soixante ans, prétexte à tous les extrêmes, à toutes les folies meurtrières, à toutes les déchirures et que les dirigeants du monde conservent volontiers béante, bouche ouverte sur la mort.

Nasser a de plus en plus de difficulté à canaliser cet élan palestinien qui se renforce tous les jours un peu plus. Et l'attitude américaine n'est pas pour lui venir en aide. Toujours le même aveuglement.

En mai 1964, Lindon Johnson, à l'occasion de la visite de Levi Eshkol, le président du Conseil israélien, affirme que son pays défendra coûte que coûte l'intégrité du territoire hébreu. En novembre 1964, il suspend l'aide alimentaire à l'Égypte. En mars 1965, le voilà qui déclare publiquement que les États-Unis sont prêts à armer massivement Israël en cas de course aux armements. Cette politique a pour résultat d'éloigner encore plus l'Égypte de Washington et de la rendre plus dépendante que jamais de l'aide soviétique. À tout ceci s'ajoute une situation économique désastreuse. Le plan de développement industriel s'est révélé beaucoup trop ambitieux et le pays est au bord de la faillite.

Le *raïs* est pris entre le marteau et l'enclume. Un abîme est en train de s'entrouvrir sous ses pas.

25

Avril 1960.

J'ai treize ans. Je me réveille dans le lit royal. Est-ce un rêve ?

La petite couronne sculptée sur la porte qui me fait face scintille suffisamment pour me convaincre que je suis bien dans la réalité. Je me relève et jette un coup d'œil à l'extérieur. Le pont est désert. Le soleil s'élève lentement sur l'horizon, entre les palmiers et les marches du désert. Demain nous serons à Louxor.

Vite, il faut que je m'habille. Le temps presse. Le capitaine m'a promis de me laisser la barre pendant quelques minutes.

Ce bateau, le *Kassed Kheir*, est somptueux. Tout blanc. Une cinquantaine de mètres de long. Une cheminée. Deux roues à aubes. Deux ponts. Deux suites, celle roi et celle de la reine. Une dizaine de cabines, parmi lesquelles celles dévolues aux princesses. Sur les flancs, de part et d'autre, se détachent les emblèmes de la monarchie encadrés par un cordon ocre. C'est à Liverpool que ce yacht a vu le jour aux alentours de 1926, commande du roi Fouad aux chantiers britanniques. Ainsi, le monarque pouvait remonter le Nil jusqu'en Haute-Égypte. Conçu pour voguer uniquement sur les eaux fluviales, ce fut en pièces détachées que le navire arriva en Égypte, où des ingénieurs britanniques avaient été chargés de le remonter.

Farouk en a hérité après la mort de Fouad et, depuis 1952, le *Kassed Kheir* dormait, amarré quelque part sur le Nil, en proie aux toiles d'araignées et aux vents poussiéreux du désert.

Fin 1959, mon père, jamais en reste d'idées folles, s'est adressé au gouvernement et lui a proposé de louer le yacht abandonné pour le transformer en hôtel-restaurant et night-club. Rares étaient ceux qui imaginaient alors que l'on pourrait transporter, via le fleuve, des touristes jusqu'en Haute-Égypte. Après maintes et maintes tergiversations, sa demande est acceptée. Seulement voilà, certains de nos rêves sont rarement à la mesure de nos moyens. Une fois l'accord obtenu, force est de constater que la situation financière de mon père lui interdit de se lancer en solitaire dans une entreprise de cette taille. Le coût des transformations qui permettraient d'accueillir des passagers est énorme. C'est alors qu'il fait appel à son vieil ami, l'ancien électricien du palais devenu deuxième personnage d'Égypte : Antonio Pulli.

Celui-ci, enfin autorisé à circuler librement dans Le Caire, se morfond, dans la solitude et le spleen. Il est immédiatement séduit par le projet. Non seulement il va lui permettre de retrouver une occupation, mais en plus, il va lui donner l'occasion de se replonger dans une parcelle de ce passé dont la révolution l'a privé.

À l'instar des nuits du Scarabée, celles du *Kassed Kheir* sont restées gravées dans la mémoire de ceux qui les ont connues. Au restaurant est accolée une boîte de nuit où vont se produire tour à tour des artistes qui ont pour nom Jacques Brel ou Charles Aznavour.

Aujourd'hui encore, je revois l'image du Belge, pleurant ses *Ne me quitte pas* et caricaturant les *Flamandes*. Pour l'adolescent que j'étais, la vision de cet homme accroché à sa guitare comme un naufragé à sa bouée, suant et bavant, avait quelque chose de terriblement impressionnant. J'étais hypnotisé, voire envoûté. Ces mots giflés, la violence des métaphores, ce génie de la syntaxe, je les percevais déjà et ils n'ont jamais quitté ma mémoire.

À force de supplications, j'étais parvenu à arracher à ma mère l'autorisation d'assister tous les soirs au tour de chant. Tous les soirs de plus en plus possédé. Un jour, un jour, me suis-je dit, j'écrirai. J'ignorais quoi alors, mais j'écrirais. « Je veux être Chateaubriand ou rien », clamait Victor Hugo. Moi c'était Brel.

Un après-midi, alors qu'il était assis sur le pont, le regard fixé sur les eaux du Nil, j'eus l'audace d'aborder le Belge. Je serais incapable de me souvenir des propos échangés, tant l'émotion était grande. Une chose, une seule m'est restée gravée. Alors que je balbutiais mon admiration pour « Ne me quitte pas », que je considérais alors comme étant une immense chanson d'amour, il est parti d'un éclat de rire : « Une chanson d'amour ? C'est tout le contraire, petit ! C'est l'expression de la plus ignoble des décadences, la chute, l'humiliation, la désintégration d'un homme qui aime une femme qui ne l'aime plus. » Et d'ajouter : « Je ne connais pas une seule femme qui continuerait d'éprouver un sentiment amoureux, pour un type qui se traînerait à ses pieds d'une façon aussi lamentable ! Allons ! » Il mima en grimaçant : « L'ombre de ta main, l'ombre de ton chien », et conclut : « Quelle horreur ! »

Des années plus tard, je l'ai revu, le Belge. Ma passion pour lui m'avait amené à enregistrer une chanson dans la même maison de disques que lui, Barclay, et en m'entourant — inconscience oblige — de son arrangeur et chef d'orchestre, François Rauber. Nous avons renoué le dialogue interrompu huit ans plus tôt. Il n'avait rien oublié de son séjour sur le *Kassed Kheir*, rien oublié non plus de notre brève discussion. Il me rappela que ce jour-là — détail qui avait complètement quitté ma mémoire —

un marchand de tissus ambulant s'était approché de nous pour lui vendre sa camelote. Et Brel lui avait acheté quelques mètres d'étoffes. Une fois de retour à Bruxelles, il les avait offerts à sa mère qui en avait fait une robe. C'est dans cette robe qu'elle fut enterrée.

Le 9 octobre 1978, il s'éteignait à l'hôpital de Bobigny. Le soir même, incapable de fermer l'œil, je lui ai écrit. En 1983, par l'intermédiaire d'un ami, je faisais la connaissance d'un acteur-chanteur qui connut une grande époque de gloire : Jean-Claude Pascal. Il était en fin de course, mais s'apprêtait à enregistrer un dernier album. Sorte de baroud d'honneur. Il m'a proposé d'écrire tous les textes. J'ai naturellement accepté et, dans la foulée, je lui ai demandé de dire ma lettre que j'avais intitulée « Écoute Jacques ». François Rauber, l'arrangeur attitré de Brel, a bien voulu composer la musique de fond pour un orchestre symphonique. Nous nous sommes retrouvés avec la plupart des musiciens du Belge dans le studio où il avait l'habitude d'enregistrer, avenue Hoche. L'album n'eut aucun succès. Mais je n'en ai eu cure. Du *Kassed Kheir*, à Paris, la boucle était bouclée.

Bien que la révolution fût derrière nous, les *moukhabarat*, les services secrets mis en place par Nasser, continuaient d'espionner les faits et gestes de la population et les personnes suspectes à leurs yeux. Mon père faisait toujours partie de cette seconde catégorie. Toutes les lettres que nous recevions de l'étranger étaient passées au crible, accolées d'une bande rouge sur laquelle était inscrit : « Ouvert par la censure ». Et bien entendu, notre ligne téléphonique était sur écoute. À ce propos, une anecdote est restée gravée, qui reflète bien le climat pervers dans lequel nous étions plongés. Mon demi-frère vivait alors au Liban où il gérait un magasin de musique. Étant donné que toute importation de disques était prohibée, c'est à lui qu'incombait la tâche d'enregistrer sur bande magnétique (les CD n'existaient pas encore) les dernières nouveautés qu'il faisait parvenir à mon père. C'est uniquement grâce à cela que l'on pouvait entendre sur le *Kassed Kheir* les chansons à la mode. Un matin, deux officiers en civil se présentent à notre domicile et somment mon père de les suivre sur-le-champ. Une heure plus tard, il est introduit dans le bureau d'un haut responsable des *moukhabarat*.

— Alors ! Cher monsieur, on complote !

Abasourdi, mon père se fait répéter l'accusation.

— Ne jouez pas au plus fin ! Nous sommes au courant de tout.

— Au courant de quoi ?

— Vous vous apprêtez à faire rentrer des bombes dans le pays !

— Des bombes ? Mais c'est insensé ! De quelles bombes parlez-vous ?

Avec l'air triomphant de celui qui tient sa proie, le responsable fait signe à l'un de ses sbires qui met aussitôt en marche un appareil enregistreur. Et voilà qu'à travers les haut-parleurs résonne une discussion qui s'était déroulée entre mon demi-frère et mon père quelques jours auparavant.

Mon père écoute jusqu'au bout. Rien. Il n'entend rien qui se rapporte de près ou de loin à une histoire de bombes.

— Désolé, je ne comprends pas, lance-t-il à son interlocuteur.

L'autre laisse exploser sa colère.

— Et en plus vous niez l'évidence ! Ça peut vous coûter très cher, vous le savez !

— Mais puisque je vous dis que je ne comprends rien ! Où est-il question de bombes ?

Le responsable fait un nouveau signe à son sbire. Celui-ci rediffuse un passage.

Mon père : — Alors ? Quand penses-tu que les bandes seront prêtes ?

Mon frère : — Elles sont prêtes. J'attends de trouver quelqu'un qui puisse les transporter au Caire.

Mon père : — Très bien. Préviens-moi dès que tu auras trouvé la personne.

Le sbire appuie sur stop.

— Alors ? fulmine le responsable. Vous persistez ?

Et il scande dans un français des plus approximatifs :

— *Les bambes ! Les bambes !*

Si la situation n'était aussi tragique, mon père eut certainement éclaté de rire.

— Vous voulez dire les BANDES ? Il s'agit de bandes magnétiques. De chansons enregistrées. Des BANDES !

L'autre écarquille les yeux.

— Des bandes ?

— Mais oui ! Des bandes... pas des bombes !

Et mon père d'expliquer par le menu le sens de la conversation.

Égypte de Nasser. Égypte devenue folle.

Un orchestre — cela existait encore — jouait tous les soirs les airs à la mode pour la crème de la société cairote. Les « Bell Boys ». Parmi les musiciens se trouvait un jeune guitariste gréco-arménien au nom qui ne s'invente pas : Alexis Sarkis Garbis Kouyoumdjian, que nous surnommions — c'était plus simple — Alec. Lui aussi fit partie de ce creuset mystérieux d'où furent issus les Dalida, les Claude François et autres. Exilé à Paris dans les années 70, devenu compositeur international, il écrira, entre autres, des chansons qui feront le tour du monde interprétées par l'un de ses compatriotes : Demis Roussos. Entre-temps, il aura eu la sagesse de changer son nom en Alec Costandinos.

Parler des couchers de soleil qui flamboyaient sur les berges du Nil ? Du silence millénaire qui nous enveloppait alors que nous descendions le fleuve sur ce bateau à aubes à moitié vide (une dizaine de touristes au plus s'étaient inscrits pour la première croisière) ? Aucun mot ne pourrait décrire les sensations vécues.

En 1964, mon père déposait le bilan. La plupart des riches familles juives et chrétiennes égyptiennes avaient été contraintes d'émigrer, soit pour la France, soit pour le Canada, soit pour les États-Unis ou le Liban. L'économie du pays était réduite à l'état de décombres. Ce n'était pas le petit peuple engoncé dans son costume national de l'époque : le pyjama, qui aurait pu s'offrir un dîner dans un restaurant de prestige. Le *Kassed Kheir* fut racheté par le Club Méditerranée. C'est en 1975, à Paris, en entrouvrant un magazine, que je tombai sur une photo du navire en flammes. Le yacht des Mille et Une Nuits repose désormais au fond du Nil, en face du temple de Louxor.

À l'image de l'autre Égypte.

Antoine Pulli ne s'est jamais résigné à quitter le pays. Il a acheté une pâtisserie dans la banlieue du Caire, à Héliopolis, « Home made cake », et a passé le restant de son existence à vendre à la bourgeoisie des éclairs au chocolat et des tartes meringuées. Je l'ai revu régulièrement chaque fois qu'il lui arrivait de passer par Paris pour rendre visite à son fils, Mario. Lors de son dernier séjour, je l'ai adjuré d'écrire ses Mémoires. Il a refusé : « Si je devais le faire, l'intégrité m'obligerait à écrire le meilleur, mais aussi le pire, et le pire, je me refuse à en parler ».

C'était en 1982. Je ne devais plus jamais le revoir. Il est mort quelques mois plus tard, seul. Le corps a été découvert par un voisin qui s'inquiétait de ne plus le croiser.

26

Rome, 18 mars 1965.

Restaurant L'île de France.

Elle s'appelle Anna Maria Gatti. Elle a vingt-deux ans, elle est coiffeuse. C'est à ses côtés, dans ce restaurant français sur l'Aurelia Antica, que Farouk a souhaité passer cette soirée. Sans doute doit-il être un peu las d'écouter Irma Capece Minutolo faire ses vocalises et ressasser ses rêves de gloire.

Le souverain lorgne sur son assiette vide. Il vient d'avaler une douzaine d'huîtres suivies d'un homard à la Thermidor.

C'est ennuyeux. Il a encore faim.

Il claque dans ses doigts. Le maître d'hôtel se précipite.

— Oui, Votre Altesse ?

— Un agneau rôti.

— Bien. Et quelle garniture souhaite Sa Majesté ?

— Des pommes de terre rissolées et des flageolets. Beaucoup de flageolets !

— Parfait, Majesté... Pour le dessert, puis-je vous suggérer des crêpes Suzette ?

Farouk fronce les sourcils.

D'accord, sa vie n'a rien de celle d'un mollah, mais tout de même. Tout le monde sait que les crêpes Suzette sont flambées au cognac !

Le souverain secoue la tête.

— Non. Une coupe Mont-Blanc.

Le maître d'hôtel se retire.

Derrière ses lunettes noires, Farouk observe la belle Anna Maria.

Une de plus...

Une femme... une gamine... Un corps... Un de plus. Il ne lui fera même pas l'amour. D'ailleurs, a-t-il jamais vraiment aimé faire l'amour ? Sa seule jouissance a toujours été dans l'impression de posséder, de prendre. Pas le corps. La tête. L'âme dénudée de l'autre. Oui. Tout le reste, mais pas le corps. Kleptomane des âmes.

Où est passée « Fafette », Farida, sa première reine ? Que fait-elle ? Aux dernières nouvelles, elle vivrait entre Beyrouth et Paris et se serait découvert une passion pour la peinture. On dit même qu'elle s'apprête à exposer ses œuvres. C'est bien. C'était quelqu'un de bien, Fafette.

Et Narriman ?

Voilà quelques mois qu'elle s'est remariée. L'homme s'appelle Ismaïl Fahmy. Un ex-comman-

dant de l'armée de Nasser. Aujourd'hui médecin. A-t-elle enfin trouvé le bonheur ?

Il a fini son agneau, avalé ses flageolets et les pommes de terre. Maintenant c'est au tour de la crème de marron, noyée sous un magma de chantilly.

L'oubli s'installe... Plus d'images du passé. Ne plus lire ces torchons qui ont tant sali sa vie. Plus de ces portraits malsains, de ces caricatures cruelles. Rien. Plus de voix. Ou alors, uniquement celle de ce croupier qui, un soir, à Deauville annonçait : 6 à la banque. Farouk avait un 8. Un grand moment.

Quoi donc ? On s'imaginait que, parce qu'il était né fils de roi, il aurait dû être un Bismarck ou un Metternich ? Le monde est stupide. Et ceux qui n'ont jamais eu de destin tracé à l'avance ignorent tout de la difficulté d'être.

L'Angleterre...

« Vous comprendrez que devant tant de délits, Votre Majesté n'a d'autre choix que d'abdiquer ! »

Quel salaud ! ce Lampson... Il revoit encore son visage grimaçant. L'arrogance faite homme...

Brusquement, Farouk porte la main à sa gorge. Il étouffe. La bouche s'en trouve en quête d'air. Les 140 kilos s'affaissent. Le front heurte la table.

Une voix terrorisée crie au secours. C'est celle d'Anna Maria. Le maître d'hôtel se précipite, le barman aussi. Les deux hommes traînent, plus qu'ils ne portent, le corps du monarque et l'allongent sur un divan pourpre. Le barman dénoue fébrilement la cravate, déboutonne le col de la chemise, et tente un massage cardiaque. De son côté, Anna Maria s'est ruée vers le téléphone et a composé le numéro du domicile de Farouk. La gouvernante lui répond qu'elle se charge d'appeler une ambulance. Celle-ci arrive une vingtaine de minutes plus tard. Farouk suffoque, mais il est toujours vivant. Un médecin dénude son bras et lui injecte une piqûre d'adrénaline. On emporte l'agonisant dans la nuit. Direction l'hôpital San Camillo.

Lorsque l'ambulance pile devant l'entrée des urgences, Farouk est mort. Il est 2 h 15 du matin. Deux semaines auparavant, son médecin personnel, le docteur Luigi Donato, l'avait fait hospitaliser dans une clinique de Lausanne. Motif : artériosclérose et hypertension grave. Parmi les objets du défunt, on recense deux billets de mille dollars, un billet de cinq cents, une carte diplomatique, un flacon de pilules, une gourmette, une montre-bracelet, un petit coran et un revolver de calibre 6,35 chargé.

De la foi, de la peur et un peu d'or.

Deux mois plus tôt, le 11 février, il fêtait ses quarante-cinq ans.

C'est Emilio de Carlo qui s'occupe de tout. Dans un premier temps, il appelle le jeune Fouad et ses sœurs.

Le lendemain, ils sont à Rome. On les conduit à la morgue. Fouad vient d'avoir treize ans.

Le roi est mort. Non. Papa est mort.

Fadia, elle, a vingt-deux ans. Elle s'est mariée en février, à Londres, avec un jeune homme d'origine russe de deux ans son aîné, Pierre Orloff. Au grand dam du roi, le mariage fut célébré dans la tradition orthodoxe.

Elle a sauté dans le premier avion. Fawzia, vingt-cinq ans, est elle aussi au rendez-vous. Ferial, l'aînée, vingt-sept ans, se mord les lèvres. *Papa est mort.*

La cérémonie funèbre sera brève. On a enveloppé la dépouille dans un drapeau égyptien que Farouk avait emporté dans son exil. Un imam récite les prières traditionnelles. Le cortège funèbre traverse les rues de Rome. Quelques vagues personnalités diplomatiques l'accompagnent.

Farida, sa première épouse, qui a débarqué de Beyrouth regarde droit devant. Non loin, Irma Capece sèche ses larmes. Elle a perdu son mécène. Elle dira avoir perdu l'homme de sa vie. Mais la vie est si courte.

Narriman n'est pas là.

Le cercueil est placé provisoirement dans une crypte du cimetière municipal. À présent, il faut convaincre les autorités du Caire de bien vouloir respecter les dernières volontés du roi : être enterré en terre égyptienne.

Emilio de Carlo entame les démarches. Un véritable parcours du combattant. Finalement, après maintes tergiversations, Nasser donne son accord, mais exige que l'enterrement se déroule dans la plus grande discrétion. C'est à bord d'un avion de ligne égyptien que l'on rapatrie le corps. L'appareil atterrit aux alentours de minuit à l'aéroport d'Almaza.

Deux sœurs de Farouk, Fawzia et Feïka, ainsi que leurs maris, Ismaïl Sherine et Fouad Sadek, attendent au pied de la passerelle.

On installe le cercueil dans un camion militaire qui s'ébranle aussitôt en direction de l'est de la capitale. Le Caire dort. Rien ne bouge. Seuls quelques aboiements de chiens percent le silence.

Le camion pénètre dans la nécropole que domine l'éperon calcaire du Mokattam. C'est un magma de coupoles poussiéreuses, de mosquées, de sépultures en dur appelées improprement « tombeaux des califes ». Ici sont enterrés les chefs mamelouks, mais aussi les trois fils de Mehemet Ali, parmi lesquels Ibrahim pacha.

De nos jours, l'endroit est connu sous le nom de « Cité des morts ». Cour des miracles. Symbole éclatant de la misère qui sévit toujours et encore. Des lieux d'habitation improvisés se sont élevés parmi les tombes et servent de refuge à tout un peuple de déshérités, d'exclus, de miséreux ; les laissés-pour-compte de la société égyptienne. Deux heures du matin. Mosquée Imam el-Safii Türbesi. La famille du souverain eût préféré que Farouk fût enterré dans la mosquée El-Rifaï, au côté de son père. Mais les autorités s'y sont opposées. Il faudra attendre le règne de Sadate pour que ce vœu soit exaucé.

Éclairé par des lampes à pétrole, le petit groupe se recueille, tandis qu'une personnalité religieuse, convoquée à la hâte, récite la prière des morts. Les militaires et les agents des services secrets font les cent pas à l'extérieur. Le mausolée d'Ibrahim pacha a été descellé. Un trou a été creusé, prêt à recevoir Farouk. Enveloppée dans un linceul, lui-même recouvert du drapeau égyptien, la dépouille est couchée dans la fosse, alignée en direction de La Mecque.

Les fossoyeurs commencent alors leur besogne. Des pelletées de terre recouvrent progressivement l'enfant-roi.

Tout est fini.

Ce salaud de Lampson ne viendra plus tourmenter l'âme du *kid*. Le Wafd ne hantera plus ses nuits, ni les Frères musulmans, ni les Officiers libres. Personne ou presque ne le pleurera.

27

Le Caire, fin octobre 1966.

— Gamal, que se passe-t-il ? Vous vous sentez bien ?

Nasser lève les yeux vers Sadate d'un air surpris.

— Avions-nous rendez-vous ?

— Non. C'est vendredi et j'ai pensé que je pouvais m'autoriser à vous rendre une visite amicale. Et puis, pour tout vous dire, je suis inquiet. Très inquiet. J'ai le pressentiment que quelque chose vous tourmente.

Nasser invite son hôte à s'asseoir et reste un moment silencieux avant de murmurer :

— Vous avez du flair, Anouar. En effet. Je suis très préoccupé. Pour être bref, depuis quelque temps, je suis confronté à une vérité douloureuse : le pays est gouverné par une bande de voleurs, de prévaricateurs, de trafiquants d'influence.

Sadate acquiesce.

— Cette vérité, Gamal, voilà des mois déjà qu'elle m'est apparue.

— La situation ne peut plus durer ! Je ne peux pas rester président et me voir accusé de toutes les injustices, de toutes les dérives qui découlent de cette situation. Alors que…

Le *bikbachi* marque une pause avant de lâcher :

— Alors que c'est en fait Abdel Hakim Amer qui gouverne et n'en fait qu'à sa tête. J'en arrive à me dire qu'il vaudrait mieux que je démissionne et que je me consacre à la seule tâche de président de l'Union socialiste arabe. Je suis tout disposé à abandonner la présidence à Amer et prêt à répondre de tout ce qui aura précédé mon départ.

Sadate conserve le silence. Il sait la condition dans laquelle se trouve le pays, les agissements de Amer. Amer, devenu une sorte de potentat de l'ombre, maître de la seule force capable de renverser le pouvoir : l'armée. Une armée qu'il a choyée, à qui il a accordé tous les privilèges, même les plus fous. Sadate a observé aussi le comportement frénétique de la Commission pour la liquidation de la féodalité, la férocité des hommes qui l'entouraient, il a été témoin de la suppression de toutes les libertés.

Il reprend la parole :

— Gamal, à mon avis vous auriez tort de démissionner. Ce serait de la folie ! En agissant ainsi, vous laisseriez le champ libre à Amer et à ses sbires qui auraient alors la maîtrise totale de l'Égypte. Vous n'êtes pas sans savoir que notre « maréchal » a le don de mal choisir ses collaborateurs. Nous savons vous et moi que ceux-ci sont indirectement responsables de l'échec de notre union avec la Syrie. Et Amer continue de les soutenir aveuglément, j'allais dire de manière « tribale ». Savez-vous ce qu'il nous a répondu lorsque nous lui avons laissé entendre qu'il serait souhaitable de révoquer le commandant des forces aériennes, Sidki Mahmoud ? « Pour destituer Mahmoud, il faudra me passer sur le corps ! »

Sadate prend une courte inspiration.

— Je crois sincèrement qu'il serait préférable que vous le convoquiez et que vous ayez avec lui une conversation privée. Alors peut-être parviendrez-vous à trouver une solution.

Nasser secoue la tête et réplique comme s'il se parlait à lui-même :

— Tout va trop mal… Anouar. Je sens que nous marchons à la catastrophe.

Quelques jours plus tard, Sadate retourne voir Nasser. Cette fois on le fait patienter. Le président reçoit un visiteur.

Ce n'est qu'une vingtaine de minutes plus tard qu'il est introduit à son tour.

— Savez-vous qui vient de sortir ? lance Nasser, avec une tension dans la voix. Notre ministre de la Guerre. Chams Badran. Vous souvenez-vous de notre conversation de l'autre jour, lorsque je vous ai dit que le pays était gouverné par des gangsters ?

— Bien sûr.

— Eh bien, les choses ont atteint leur sommet. Chams Badran vient de me présenter une requête en bonne et due forme de la part d'Abdel Hakim Amer.

— Et alors ?

— Mon cher Anouar, Amer exige ni plus ni moins que d'être nommé Premier ministre.

Sadate réprime un sursaut.

— Et savez-vous pourquoi ? Parce qu'il est las de constater que tout le monde se plaint ! Quelle ironie ! Serait-il aveugle à ce point pour ne pas se rendre compte que si nous en sommes là, c'est à cause de lui, uniquement à cause de lui, à cause de son attitude et de celle de ses hommes ?

— Et qu'avez-vous répondu à Chams ?

— J'ai répondu que je ne voyais absolument aucune objection à lui accorder la place de Premier ministre. Mais à une seule condition... qu'il abandonne son poste à la tête des forces armées.

Sadate fronce les sourcils.

— Tout ceci est absurde ! Nous nageons dans la folie. Je continue de penser que vous devriez en finir et exiger de mettre une fois pour toutes les choses à plat. Il faut crever l'abcès. Venant de vous, Amer acceptera l'inacceptable.

Il y eut un long silence, puis :

— Non, Anouar. Tout cela est mal engagé. Tout va dans le mauvais sens.

Le *bikbachi* ignore à ce moment-là combien il a raison.

Le 4 novembre, il décide de signer un pacte d'assistance militaire avec la Syrie.

Neuf jours plus tard, le 13 novembre, 3 soldats israéliens sont tués aux abords de la frontière syrienne. Le Moyen-Orient retient son souffle. Que va faire Israël ? Levi Eshkol qui a succédé à Ben Gourion préfère ne pas tester tout de suite la solidité du pacte syro-égyptien et choisit de frapper ailleurs. Un raid est lancé sur le village jordanien de Samou. Bilan : 18 morts et 134 blessés. L'Égypte ne réagit pas. Le roi Hussein laisse éclater sa colère et clame haut et fort que lorsque son pays est attaqué, les « prétendus leaders de l'arabisme » restent muets. Nasser n'est pas dupe. C'est bien lui qui est visé par l'allusion. Il encaisse et ronge son frein. Il pressent aussi probablement que les Syriens seront la prochaine cible israélienne. En effet, le 6 avril, au cours d'un accrochage aérien, 6 Mig syriens sont abattus au-dessus de Damas.

Cette fois encore, Nasser ne bronche pas. Mais les événements vont se précipiter.

Le 8 mai 1967, le *raïs* reçoit de Damas une note l'avertissant que l'état-major israélien prépare une attaque imminente contre la Syrie. Le 11, une dépêche de l'*Associated Press* rapporte qu'un responsable israélien a parlé d'une opération contre Damas. Le 12, le *New York Times* écrit : « Certains dirigeants israéliens sont décidés à frapper la Syrie pour couper court à la vague de terrorisme. » Ce même jour, le général Rabbin confie à un journal britannique : « Tant que le gouvernement de Damas ne sera pas renversé, aucun régime ne se sentira en sécurité au Proche-Orient. »

Entre le 10 et le 15 mai, plusieurs « sources » en provenance de l'Europe de l'Est font savoir au Caire et à Damas que les Israéliens ont fait parvenir à Moscou l'avertissement suivant : si les raids entrepris par les Palestiniens via la Syrie se poursuivent, une action punitive sera entreprise contre Damas. Plus préoccupant encore : l'agence Tass publie le 13 mai une note d'où il ressort que Moscou tient de source sûre qu'une attaque israélienne contre la Syrie est prévue pour le 17 mai.

Le monde arabe devient fébrile, et une soudaine nervosité s'empare de Nasser. La tension qui l'habite culmine le jour où Moscou lui signale qu'il aurait intérêt à ne pas trop laisser s'affaiblir son prestige dans le monde arabe, qu'une élimination du gouvernement syrien par les Israéliens serait une grave défaite pour lui, et pour l'URSS de surcroît.

Mais la pression vient aussi d'une partie de l'armée, inspirée par le personnage qui était venu réclamer à Nasser la nomination de Amer au poste de Premier ministre : Chams Badran, ministre de la Défense.

Badran et Amer sont en effet persuadés que l'armée sous leur coupe est plus que jamais prête au combat, qu'elle est devenue invincible.

Le 14 mai, lors de la fête de l'indépendance, Yitzhak Rabin déclare que « son pays n'ignore pas que la Syrie est derrière toutes les activités de sabotage, et réagira si le terrorisme se poursuit et la réaction (d'Israël) sera alors bien différente des modestes représailles entreprises dans le passé contre la Jordanie ».

Le 16 mai, comme s'il accordait crédit au message de l'agence Tass laissant croire qu'une attaque israélienne contre la Syrie est prévue pour le lendemain, Nasser fait un pas décisif. Un pas de plus vers l'abîme. Il exige le retrait des forces de l'ONU stationnées depuis 1956 à la frontière du Sinaï. « Afin, dit-il, que l'Égypte soit en mesure d'agir contre Israël dans le cas où une agression serait commise contre un pays arabe. »

Le 17 au soir, le secrétaire général, U Thant, fait savoir (avec une incroyable docilité) qu'il ne peut que se plier aux exigences du *raïs*. Le lendemain, 18 mai 1967, les forces du général Fawzi font mouvement vers les secteurs abandonnés par les casques bleus. La tension est à son comble. Que se passe-t-il donc dans la tête du joueur d'échecs ? Qu'espère-t-il ?

Le soir du 20 mai, le *raïs* convoque le Comité exécutif suprême, composé de Zakaria Mohieddine, Hussein El-Chafe'i, Ali Sabri, Sidki Soleïman (Premier ministre en fonction), Anouar el-Sadate et, bien entendu, « Robinson », Abdel Hakim Amer. En quelques mots très brefs, il dresse un tableau de la situation :

— À présent que nos troupes ont remplacé celles de l'ONU, et qu'elles sont concentrées dans le Sinaï, il y a cinquante pour cent de chances pour qu'une guerre éclate. En revanche, si j'ordonne, comme en 1956, la fermeture du détroit de Tiran à la navigation israélienne, la guerre est sûre à cent pour cent.

Il se tait, plonge son regard dans celui du maréchal Amer et questionne :

— Si je prenais cette décision, nos forces armées seraient-elles en mesure de faire face à une attaque israélienne ?

Amer fait mine de se trancher le cou du plat de la main :

— Sur ma tête, j'en réponds ! Tout est parfaitement au point. Jamais nous n'avons été aussi prêts.

Nasser examine les visages autour de lui et réitère sa question. Tous, à l'unanimité, lui font la même réponse que le commandant en chef.

— Parfait. Et pour ce qui est du détroit de Tiran ? Quelle est votre opinion ? Prenons-nous le risque de le fermer ?

Un homme, un seul, parmi les six, répond par la négative. C'est Sidki Soleïman, le Premier ministre.

— Expliquez-vous, dit Nasser. Pourquoi êtes-vous opposé à cette démarche ?

— Parce qu'elle est dangereuse, monsieur le Président, mais surtout parce qu'elle est prématurée. Notre situation économique est au pire, une nouvelle guerre lui porterait un coup fatal. Tous les grands projets industriels sont arrêtés faute de moyens. Et l'aide soviétique a été réduite de manière très significative. Croyez-moi, je pense vraiment qu'il serait plus sage de reporter à plus tard le blocus de Tiran. Vous vous doutez bien que sa fermeture ne manquera pas de provoquer chez les Israéliens une réaction aussi violente que celle des Franco-Britanniques à Suez.

Le *raïs* allume sa énième *Craven A* de la matinée et ses prunelles s'assombrissent.

Son ministre dit vrai. Mais là-bas, aux portes de l'Égypte, le monde arabe attend un geste, l'affirmation d'une autorité face aux Israéliens. Les Palestiniens exigent que le héros les arrache enfin à leur ghetto de boue et leur restitue leurs droits. Les ennemis de Nasser sont prêts à le critiquer, à le montrer du doigt, à le traiter de lâche au cas où il persiste dans son immobilisme. Déjà des voix montent, porteuses de ces mots lapidaires : « Fini, le *raïs* est fini. » Le seul qui n'attend rien est le peuple égyptien. Usé, lassé, il s'est fait une raison. Après tout, cela fait deux mille ans que la situation dure, alors...

Que faire ? Déplacer son cavalier en C3 ou prendre la tour en H3 ?

En réalité, à ce moment précis de l'histoire, Nasser est devenu le jouet d'événements qui échappent à son contrôle. Au fil des années, il s'est hissé au rang de symbole absolu du monde arabe et, en tant que tel, on exige de lui qu'il combatte l'ensemble des « forces du mal », pour le compte du nationalisme arabe. Pour reprendre les mots de Mohamed Heykal : « le *raïs* n'était plus qu'un lion enchaîné ».

Le 22 mai 1967, Nasser annonce le blocus du détroit de Tiran.

Le secrétaire général des Nations unies, M. U Thant, se précipite au Caire. On discute, on palabre. Nasser lâche du lest. C'est d'accord, annonce-t-il, en attendant un règlement à l'amiable avec les Israéliens, nous laisserons passer les cargaisons à destination d'Eilat, mais à la condition que les navires ne transportent pas d'armements ou de matériels stratégiques.

« Pas question ! proteste le Premier ministre israélien. Ce blocus viole les règles internationales et constitue une agression contre Israël ! » Sa protestation est immédiatement relayée par le président Johnson.

Tous ceux qui approchent Nasser en ces heures de tension notent sa nervosité extrême. Peut-être voit-il se profiler les cavaliers de l'Apocalypse. Faire demi-tour ? Ranger les armes ? Bluffer jusqu'au bout ?

Bluffer, oui… Et puis, il compte sur sa bonne étoile. Il s'accroche à celle qui a brillé au-dessus de lui en 1948, lorsqu'il livrait combat en Palestine, à Falouga. La position qu'il tenait alors aux limites de la ville était indéfendable. Il en était parfaitement conscient. Un matin, un lieutenant israélien s'était avancé vers les lignes de défense égyptiennes et avait demandé à lui parler. « Vous êtes encerclés, lui avait-il dit, je vais passer à l'assaut demain. Vous feriez mieux de vous rendre plutôt que de faire tuer vos hommes pour rien. » Nasser avait alors répliqué avec une incroyable inconscience : « Je vous conseille de ne pas attaquer, vous feriez une sottise, car j'ai une chance inouïe. Vous vous en mordriez les doigts. » Bien évidemment, le lieutenant israélien ne put s'empêcher de sourire devant un argument aussi fragile. Le lendemain, à l'aube, il passa à l'attaque. Selon le propre aveu de Nasser, ce fut un miracle. Il n'a jamais pu expliquer comment les troupes qu'il commandait réussirent à repousser les Israéliens et à leur infliger de lourdes pertes. Le surlendemain, le lieutenant exprima à Nasser le souhait de venir chercher ses morts sur le *no man's land* qui les séparait. Nasser donna son accord. « J'aurais dû vous écouter, lui dit alors le militaire israélien. Vous avez en effet une chance incroyable !

You're a lucky man ! Vous n'aviez pas une chance sur cent de vous en tirer. »

Peut-être qu'en cette veille d'apocalypse, Nasser rêve à l'étoile de Falouga.

Le 25 mai, Chams Badran, le ministre de la Défense, s'envole pour Moscou avec l'intention de réclamer de nouvelles armes. M. Kossyguine lui demande ce que ferait l'Égypte dans le cas où la VIe Flotte américaine interviendrait. Badran répond avec un humour grinçant : « Nous l'anéantirons grâce à l'arme absolue que vous nous avez fournie ! » Il fait alors allusion à un bombardier, le TU-16, dont tout le monde sait qu'il est incapable de voler à plus de 500 kilomètres à l'heure. Les Russes n'apprécient pas, signent tout de même un accord d'achat d'armements, mais aucune date de livraison n'est précisée.

Avant de repartir pour l'Égypte, Badran fait l'objet d'une mise en garde de la part de Kossyguine : « Attention ! Que les choses soient claires. Prévenez le président Nasser et dites-lui bien que si c'est vous qui déclenchez les hostilités, la Russie ne vous soutiendra pas. »

Le 28 mai 1967, Nasser tient une conférence de presse devant des centaines de journalistes de tous les pays. Il a vieilli de cent ans ; la voix est âpre, le sourire habituellement éclatant ressemble plus à un rictus. Personne ne sait alors que le colonel est malade depuis plusieurs années. C'est en 1958 que son médecin d'alors, le docteur Anouar el-Moufti, a diagnostiqué les premiers symptômes du mal : le diabète. Un diabète trop longtemps ignoré. C'est une affection pernicieuse qui vous ronge à votre insu. Elle commence par miner les membres inférieurs, et fait ensuite peser la menace de l'hypertension artérielle, d'une angine de poitrine, d'un infarctus du myocarde. À ce tableau clinique s'ajoutent les troubles oculaires et l'altération des reins.

Un check-up, établi quelques mois auparavant dans une clinique de Moscou, a diagnostiqué un durcissement irréversible des vaisseaux fémoraux. Nasser décide alors de renoncer à ses soixante-dix à quatre-vingts cigarettes quotidiennes : « J'éprouve, dira-t-il, ce que l'on ressent en se séparant d'un ami très cher. Fumer était le seul luxe que je me permettais, et désormais à cela aussi il me faut renoncer. » De même, il s'est mis à observer, avec plus ou moins de régularité, une diète glucidique. Mais il est trop tard.

Le 30 mai, le roi Hussein de Jordanie atterrit au Caire, et signe avec le *raïs* un accord de défense.

Le lendemain, Moshe Dayan et Menahem Begin entrent au gouvernement de Jérusalem. Begin, c'est le faucon d'entre les faucons. Né en Pologne, religieux ultra orthodoxe, opposé à Ben Gourion, qu'il juge trop complaisant vis-à-vis des Britanniques, il a toujours milité pour un sionisme pur et dur. En 1946, c'est lui qui planifie le dynamitage de l'hôtel King David, à Jérusalem, provoquant la mort d'une centaine de personnes, civiles et militaires. En 1947, il est à la tête de l'Irgoun, l'organisation nationaliste juive. Le 9 avril 1948, à midi, il fait irruption en compagnie de ses hommes, ainsi que des membres des groupes Stern et Etzel, dans le petit village palestinien de Deir Yassin. C'est un village paisible et sans histoire, situé à l'extérieur de la zone assignée par les Nations unies à l'État juif. En quelques heures, tout est fini. Sur les 750 habitants désarmés, une centaine est massacrée froidement. Parmi elles, des femmes et des enfants. Deir Yassin sera rasé à coups de bulldozers. Rayé de la carte.

La personnalité de Moshe Dayan est à l'opposé de celle de Begin. Dayan est né en Palestine, dans un kibboutz, celui de Deganya. Membre du parti de gauche, le *Mapai*, c'est avant tout un militaire. Durant la Seconde Guerre mondiale, il fut intégré dans la 7e Division d'infanterie australienne qui livra combat aux forces de Vichy, en Syrie. C'est là qu'une balle ennemie lui faucha l'œil gauche. À l'issue de la guerre, Dayan sera décoré par… l'armée britannique. En ce mois de juin 1967, il vient d'être nommé ministre de la Défense, c'est à lui qu'incombe la charge de mettre les armées arabes au pas.

Le 2 juin, Nasser se rend au QG des forces aériennes. Il a une longue discussion avec celui qui en a la responsabilité, Sidki Mahmoud, et le met en garde : « En cas d'attaque israélienne, sachez que c'est l'aviation qui subira le premier choc. » « N'ayez aucune crainte, réplique Mahmoud, impavide, nos pertes ne dépasseront pas 10 %. »

Le *bikbachi* hoche la tête, met au point un plan de guerre et, avant de se retirer, lance une nouvelle mise en garde, cette fois au maréchal Amer : « Nous serons attaqués entre le 4 et le 5 juin. Sois prêt. »

Là-haut dans le ciel, quelque part au-dessus de la péninsule du Sinaï, des avions américains AWACS sont en train de répertorier la position des unités égyptiennes. Elle est transmise aux Israéliens le matin du 3 juin 1967 vers 10 heures.

Le 4, seuls quelques fous pensent que la paix est encore possible.

Le 5, vers 4 h 30 du matin, Amer décide d'entamer une tournée d'inspection aérienne au-dessus du Sinaï. Ordre est alors donné, à toutes les batteries antiaériennes Sam, de se placer en veilleuse. À 5 heures, l'attaque israélienne est déclenchée…

Amer est toujours dans les airs. Les fusées Sam restent clouées sur leur rampe.

C'est par les ondes que Sadate apprend le déclenchement des hostilités. Il est confiant. Sa première pensée est : « Nous allons leur donner une leçon qu'ils ne seront pas près d'oublier. » Comment en douter ? Le plan établi par Nasser est brillant, les équipements plus que suffisants. Il prend le temps de déjeuner, de se raser avant de se rendre au quartier général.

Il est 11 heures du matin.

Arrivé à l'entrée du bunker, il remarque la voiture de l'ambassadeur russe qui vient de démarrer. « Que fait-il ici ? se demande Sadate. Peut-être est-il venu nous féliciter ? »

Il entre dans la salle des opérations et lance aux officiers présents :

— Alors ? Quelles sont les nouvelles ?

— Nous avons déjà abattu une quarantaine d'appareils ennemis !

— Splendide !

Il aperçoit Amer. Il le salue. L'autre ne semble pas l'entendre. Il réitère. Pas de réponse. C'est à ce moment que Nasser fait irruption dans le bunker. À son tour, il interroge son commandant en chef. Silence, puis l'impensable nouvelle tombe :

— C'est un désastre, balbutie Amer.

Sans attendre, le maréchal se lance dans un discours incompréhensible où il est question d'une intervention de l'aviation américaine. Entre deux bégaiements, on apprend qu'une heure à peine après le déclenchement des hostilités, il a convoqué l'ambassadeur russe pour lui demander d'obtenir un cessez-le-feu.

Nasser est atterré. D'un geste rageur de la

main, il écarte Amer et réclame les premiers rapports. Ils sont consternants, cauchemardesques.

Dans l'heure qui a succédé l'attaque israélienne, toute l'aviation égyptienne s'est retrouvée anéantie, rasée au sol. Les colonnes de blindés, privées de couverture aérienne, ont été pilonnées sans merci. De plus, sans concertation aucune, Amer a donné l'ordre de battre en retraite. Un ordre irréfléchi, improvisé, que tous les experts qualifieront de suicidaire. Au Caire, un seul mot circule sur les lèvres : « Victoire ! »

Jehane Sadate, l'épouse d'Anouar, se démène auprès du Croissant rouge, dans les hôpitaux, en vue d'accueillir les blessés. Lorsqu'elle rentre chez elle en milieu d'après-midi, elle trouve son époux assis dans un fauteuil du salon. Pensif.

— Anouar ! s'écrie-t-elle, j'ai de bonnes nouvelles. Les infirmières sont prêtes. Tout est en place.

Sadate ne lui répond pas. Il ne la regarde même pas. Elle persiste :

— Cette fois nous ne perdrons pas un seul instant. Je peux t'assurer que jamais nos blessés n'auront été mieux soignés !

Il reste confiné dans un mutisme inquiétant.

— Anouar ! Que se passe-t-il ? C'est ton cœur ?

Sadate avait été victime d'un infarctus quelque temps auparavant.

Il secoue la tête et révèle d'une voix lugubre :

— Nous avons perdu la guerre…

— Perdu la guerre ? Mais elle vient à peine de commencer !

Son époux se décide enfin à lever les yeux sur elle.

— Jehane, c'est fini. Nous n'avons plus d'aviation. L'infanterie israélienne est entrée à El-Arich. Nos soldats fuient, pieds nus, devant leur avancée. Ils vont se faire massacrer. Tout est fini.

Il ajoute très vite :

— Tout est de la faute de Amer. Il n'a pas tenu compte du plan convenu.

Alors qu'il s'exprime, de la fenêtre entrouverte montent des cris de joie : « Victoire ! Victoire ! Nous combattrons ! »

La radio annonce la destruction de 80 appareils israéliens. Jehane éclate en sanglots.

Le 6 juin, les chars israéliens commandés par le général Ytzhak Rabbin — futur martyr de la paix — s'emparent de la bande de Gaza. Le lendemain, ils ne sont plus qu'à 40 kilomètres du canal de Suez.

Simultanément, *Tsahal* livre bataille contre les Jordaniens dans la vieille ville de Jérusalem. Le 8, elle conquiert la partie arabe de la ville. Comme dans un jeu de quilles, c'est au tour de Jéricho, puis de la Cisjordanie, amenant Hussein, le « petit roi », à cesser les combats.

La rive orientale du canal de Suez est atteinte le 8 au soir. Le 9, les Israéliens marchent sur la Syrie. Lorsque les affrontements cessent, Israël contrôle toute la péninsule du Sinaï, la bande de Gaza, la Cisjordanie, la totalité de Jérusalem et le site stratégique des hauteurs du Golan en Syrie.

Bilan des pertes humaines : 20 000 morts pour l'Égypte, 6 000 pour la Jordanie et 500 pour la Syrie, contre 780 Israéliens. Pour les Palestiniens, une nouvelle aube tragique se lève. Plusieurs villages arabes du secteur de Latroun, route stratégique d'accès à Jérusalem, sont rasés. La peur des Israéliens et les destructions de maisons ont créé une nouvelle vague de réfugiés que l'on appellera, pour les distinguer de ceux de 1948, les « personnes déplacées ». Elles sont d'une part syriennes (plusieurs milliers d'habitants du Golan) et d'autre part palestiniennes. Officiellement, pour les Israéliens tous ces départs ont été « volontaires », et Israël n'a fourni qu'une aide « logistique » pour faciliter les déplacements de population. Le nombre de ces « personnes déplacées » s'élève à plusieurs centaines de milliers qui viendront s'ajouter aux 900 000 exilés par la guerre de 1948.

Les équipements soviétiques détruits ou capturés sont évalués à 500 millions de dollars. Le glas a sonné pour le *raïs*...

Il a déclaré un jour : « Pour être un homme politique, il suffit de savoir ce que veut le peuple et de le crier plus fort que lui. » L'heure est venue d'appliquer cet aphorisme.

28

9 juin 1967.

La voix est blanche. Tremblante.

— Nous avons subi un désastre. Le plus humiliant de notre histoire. J'en assume pleinement l'entière responsabilité. J'ai décidé de renoncer définitivement à toute fonction officielle et à tout rôle politique. Je retourne dans le peuple pour y accomplir mon devoir de simple citoyen et transmets tous mes pouvoirs à mon camarade, Zakaria Mohieddine.

Nasser se tait. L'Égypte tout entière est comme pétrifiée.

Puis, un murmure. Presque un chuchotement. Le murmure se transforme en rumeur, et la rumeur en clameur. Elle s'élève, assourdissante, au-dessus de la vallée du Nil.

— NON ! RESTE !

Soudain, surgie on ne sait trop comment, une marée humaine déferle dans les rues du Caire. On se précipite vers les bâtiments de la radio et de la télévision pour tenter de mettre fin à l'émission.

Bientôt, ce sont des milliers de personnes qui se rassemblent dans les rues, sur les places pour crier leur soutien à leur président. « Nasser ! Nous sommes avec toi ! Ne nous quitte pas ! »

La maison du *bikbachi* est encerclée. Deux cent mille, un demi-million de voix crient leur désespoir. Des femmes se sont mêlées aux cortèges qui remontent les avenues.

« Ne nous abandonne pas, Gamal ! Reste ! Reste ! Nous avons besoin de toi ! »

À ce moment-là, personne ne prête l'oreille aux propos que tient Golda Meir répondant à un journaliste qui mentionne la nouvelle tragédie qui frappe les Palestiniens, autres victimes de cette défaite : « Le peuple palestinien ? Il n'existe pas. »

Au Caire, un miracle populaire vient de faire du désastre un triomphe.

Tous les témoins qui vécurent ces jours d'embrasement populaire le disent : il ne fut en aucune façon prémédité, organisé, orchestré, comme le furent par le passé la plupart des manifestations en faveur du gouvernement. Ce soir-là, le peuple égyptien se sent véritablement orphelin. Qu'importe la défaite, qu'importent ces images d'une armée en déroute, cet homme qui manifeste le désir de l'abandonner, c'est un peu de sa chair qu'on lui arrache. On ironise souvent lorsque l'on évoque la réaction quasi hystérique des Égyptiens en cette nuit du 9 juin, mais c'est ne pas tenir compte d'un élément majeur : Nasser et son peuple partageaient les mêmes gènes.

10 juin 1967. Le *bikbachi* a repris sa démission, mais il ne manifeste aucune satisfaction, encore moins de triomphalisme. La tâche qui se profile est surhumaine : l'armée israélienne occupe un cinquième du territoire égyptien, contrôlant à la fois une rive du canal (ce qui annule les bénéfices de l'opération de 1956) et la production pétrolière du Sinaï. De Port-Saïd, d'Ismaïlia et de Suez, des centaines de milliers de réfugiés se sont repliés vers Le Caire, le delta et la vallée du Nil pourtant déjà surpeuplés.

Le pays est exsangue. L'armée est cassée, et surtout profondément humiliée. Elle fait penser désormais à celle dont le maréchal Aziz el-Masri disait : « Que voulez-vous, cette armée, ce sont les Anglais qui nous l'ont faite, et ils n'avaient pas intérêt à ce qu'elle soit trop dangereuse ! »

Et puis, il y a aussi ce conflit interne qui ronge le *raïs :* ses rapports avec son vieil ami, son frère d'armes, Robinson.

Ce dernier, gardé par trois cents hommes des forces spéciales, ne sort pratiquement plus de sa somptueuse villa de Guizeh ; un luxe qui offre un contraste saisissant avec la simplicité de la maison de Nasser. Il a très mal vécu que le *raïs*, présentant sa démission, lui ait préféré Zakaria Mohieddine. Il lui en veut aussi de n'avoir pas pris les devants en passant à l'offensive le premier. Pourtant, il n'est pas sans avoir été mis au courant de la mise en garde soviétique : « Attention ! Que les choses soient claires. Prévenez le président Nasser et dites-lui bien que si c'est vous qui déclenchez les hostilités, la Russie ne vous soutiendra pas. »

Le 11 juin, le Premier ministre offre sa démission, imité par tous les membres du gouvernement et tous les chefs d'armée. Tous, sauf Amer. Et pour cause, vers 15 heures, voici qu'un groupe d'officiers demande à être reçu par Nasser. Ils sont venus présenter une requête : maintenir le maréchal dans ses fonctions.

Simultanément, un informateur prévient le *bikbachi* qu'un détachement des forces appartenant à la police militaire a quitté la caserne d'El-Helmeyah où il est cantonné pour marcher vers sa maison. L'information se révélera erronée. Mais, dans l'instant, elle inquiète suffisamment Nasser pour qu'il décide de se barricader chez lui et de récupérer son revolver. Son inquiétude est d'autant plus grande que sa garde présidentielle est absente. Mobilisée pour rejoindre le front, elle n'est pas encore revenue de la ville d'Ismaïlia où elle avait été contrainte de battre en retraite.

Nasser décroche alors son téléphone et tente

plusieurs fois, sans succès, de joindre Amer. En désespoir de cause, il compose le numéro de Mahmoud Fawzi, le chef d'état-major. Nouvelle surprise : Fawzi lui annonce qu'une heure auparavant, six cents militaires, conduits par quatre lieutenants généraux, se sont présentés au quartier général pour exiger que le maréchal Amer conserve son poste. Son vieil ami serait-il assez fou pour tenter de le renverser ? Dans le doute, il faut agir et vite ! Le *bikbachi* ordonne aussitôt que les lieutenants impliqués soient relevés de leurs fonctions et procède à une série de nominations : Fawzi est promu commandant en chef des forces armées, en lieu et place du maréchal. Abdel Moneim Riad le remplace à l'état-major. Ahmed Ismaïl prend la tête du commandement du front.

Lorsque Amer apprend la nouvelle de sa destitution, il laisse exploser sa colère. Le 15 juin, il fait irruption chez Sadate. Il a le teint blafard, le visage secoué de tics nerveux.

— Comment ! Comment a-t-il pu me traiter de la sorte ? Moi qui me suis toujours conduit avec lui comme un frère ! Comment est-ce possible ?

Jehane Sadate, qui est présente, essaye de le calmer.

— La question n'est pas de savoir si Nasser vous aime ou pas, mais de sauver l'Égypte. Écoutez mon conseil, je vous parle comme une sœur : pourquoi n'iriez-vous pas vous détendre quelque temps en famille, chez vous, dans votre maison d'Astal en Haute-Égypte ? Laissez passer l'orage et ensuite vous aurez tout loisir de vous réconcilier avec votre vieil ami. Vous ne gagnerez rien à essayer de contraindre Nasser de vous reprendre, bien au contraire. Faites ce que je vous dis, Hakim, je vous en supplie.

Amer ne décolère pas.

— Je ne suis pas le seul responsable de la défaite ! Nous avons tous commis des fautes.

— Là n'est pas la question. Que cela vous plaise ou non, c'est à vous que le peuple attribue la responsabilité de cette débâcle. Il faut accepter ce genre de choses quand on occupe de hautes fonctions. Si quelque chose va mal au Croissant rouge, vous pourrez toujours aller dire aux gens que le responsable est Mme X ou M. Y ! Non, toute la faute retombera sur moi, Jehane Sadate. Il en est de même pour vous.

Quinze jours après cette conversation, on apprenait que le maréchal déchu avait essayé de pénétrer les bâtiments de la radio pour défendre sa cause devant le peuple. Dans les jours et les semaines qui suivirent, il se met à plaider haut et fort pour un retour au régime des partis, un rétablissement de la démocratie, un rapprochement avec l'Occident, les États-Unis en particulier. Sur sa lancée, il rédige une lettre de démission — alors qu'il n'est plus en fonction — pour exprimer ouvertement *ses* idées, instillant dans le pays un sentiment de malaise.

Pourtant, sourd aux supplications de son entourage, Nasser refuse de sévir.

Un mois, puis deux s'écoulent. Amer poursuit sa campagne de déstabilisation.

Le 10 août, de passage au Caire, le délégué soviétique au Conseil de sécurité, Iakov Malik, met en garde le *bikbachi* : selon les informations qu'il détient, un coup d'État serait imminent.

Le 14 août, le colonel-président s'arrache enfin à sa torpeur. Par l'intermédiaire de son conseiller le plus proche, l'éditorialiste Mohamed Heykal, il propose à Amer de venir dîner. Le maréchal commence par refuser. Il se méfie. Il hésite. Ne serait-ce pas un piège qu'on lui tend ? Tant qu'il est dans sa villa transformée en forteresse il se sent en sécurité. Finalement, le 24, il fait savoir qu'il accepte l'invitation. Peut-être pense-t-il alors que le *raïs* va lui tendre la main et le rétablir dans ses fonctions.

Cinq officiers, parmi lesquels Zakaria Mohieddine et Sadate, ont eux aussi été conviés à cette réunion qui a des allures de dernier repas.

Quelques minutes avant l'arrivée de Amer, le président leur annonce :

— Mes amis, je vous ai conviés ici ce soir, parce que je souhaite que vous soyez les témoins de ce qui va suivre.

À 20 h 40, le maréchal arrive à son tour à bord d'une voiture blindée.

À peine a-t-il pris place dans un fauteuil, que Nasser se lance dans un réquisitoire impitoyable. Les unes après les autres, il énumère les fautes graves commises par son ex-commandant en chef, son incompétence, ses erreurs de jugement et conclut en brandissant les différents pamphlets qui circulent dans la capitale et dont on sait que Amer est l'instigateur. Le maréchal nie tout en vrac. On lui cite le nombre d'officiers et de militaires dont il s'entoure, les armes entassées dans sa villa. Il persiste. Il ne reconnaît aucune des accusations portées contre lui. Il vitupère. Il se débat. Il ne sait pas à ce moment-là que son sort est déjà scellé.

Sa villa de Guizeh a été envahie par un détachement conduit par Mahmoud Fawzi, le commandant en chef des forces armées en personne. La garde prétorienne du maréchal a été renvoyée dans ses cantonnements. L'arsenal réquisitionné. Des gardes ont été disposés autour de la demeure, prêts à cueillir le maréchal dès son retour.

Vers 2 heures du matin, comme s'il venait d'être frappé par un pressentiment, il décide de mettre fin à l'affrontement qui l'oppose à celui qui fut son frère d'armes, et se dirige vers la porte. Une fois à l'extérieur, il se rend compte que le véhicule blindé dans lequel il est arrivé n'est plus là. Il a été remplacé par une voiture civile, elle-même cernée par des gardes. Alors il comprend.

Lorsqu'il fait demi-tour, Nasser a disparu. Excédé, il est allé se réfugier dans son bureau en compagnie de Zakaria Mohieddine et de Hussein El-Chafe'i.

Amer n'a plus que Sadate pour seul interlocuteur. Les deux hommes vont discuter jusqu'à l'aube, Sadate essayant de réconforter tant bien que mal le commandant destitué. Vers 4 heures du matin, Amer se lève d'un seul coup et va s'enfermer dans les toilettes. Il en ressort quelques minutes plus tard en annonçant qu'il vient d'avaler une capsule de cyanure. Fausse alerte.

À 6 heures du matin, le maréchal est toujours vivant. Zakaria Mohieddine réapparaît et lui annonce qu'il est aux arrêts. Des militaires se saisissent de lui et le ramènent à sa villa, désormais sans défense.

Quelques jours plus tard, il est transféré dans une villa isolée, cerclée de fils barbelés, quelque part sur le canal d'Al-Mariouteya.

Le 14 septembre, à 20 heures, on apprendra qu'il s'est suicidé. Aux dires du Dr Batata, le médecin chargé de veiller sur lui pendant sa détention, le maréchal aurait eu une sorte d'attaque et se serait écroulé. En examinant sa dépouille, les médecins légistes auraient retrouvé « des comprimés fixés avec du sparadrap en haut de sa cuisse gauche ».

Des voix murmurent qu'il se serait procuré du poison par l'entremise du chef des services de renseignements, le colonel Nasr. Personne n'est dupe : il s'agit bien d'un suicide forcé.

Le maréchal, Robinson, l'ami des jours d'infortune, sera enterré dans son village natal d'Astal, sans fanfare, ni cérémonie officielle d'aucune sorte. Aucun membre du gouvernement, aucun militaire ne fut présent. Personne.

— Anouar ! aurait déclaré Nasser à Sadate, qui aurait pu croire une chose pareille ! Amer, vous, moi, tellement solidaires, tellement proches. Qui aurait cru qu'il mourrait sans qu'aucun d'entre nous n'assiste à ses funérailles…

C'était pourtant l'exigence du *bikbachi*. On a respecté ses ordres. Il a, paraît-il, craint que, profitant de l'enterrement, la famille du maréchal manifeste sa colère à son encontre…

29

Septembre 1967.

La question israélo-égyptienne est portée devant les Nations unies. L'URSS commence par proposer une résolution demandant le retrait d'Israël « de tous les territoires occupés ». Les États-Unis refusent cette formulation. Les discussions reprennent et finalement, le 22 novembre 1967, les membres du Conseil adoptent la résolution 242. Celle-ci exige le retrait des armées israéliennes des territoires occupés, la cessation de l'état de belligérance entre Israël et les Arabes, le respect et la reconnaissance de l'intégrité territoriale de tous les États de la région. Elle rappelle la liberté de navigation sur les voies d'eau internationales, demande le règlement de la question des réfugiés et la création de zones démilitarisées. L'Égypte, le Liban et la Jordanie acceptent la résolution. La Syrie refuse, ainsi que les Palestiniens, opposés à voir leur sort réduit à l'expression vague de « question des réfugiés » (le terme palestinien n'est pas utilisé dans le texte de résolution). De son côté, Israël décide de favoriser une certaine interprétation du texte. S'appuyant sur sa version en langue anglaise, le gouvernement de Golda Meir fait remarquer que la résolution 242 exige le retrait israélien « de territoires occupés » *(from territories occupied in the recent conflict)* et non « des territoires occupés ».

1968 s'ouvre sur une Égypte en proie aux déchirements. Par deux fois, en février et en novembre, étudiants et ouvriers se livrent à des manifestations. Le peuple vit mal la modeste peine infligée par le tribunal militaire (quelques années d'emprisonnement) aux généraux de l'aviation accusés d'avoir fait preuve d'incurie et d'incapacité.

Des tracts circulent au mois de mars, réclamant un « Parlement libre » et dénonçant « l'insuffisante correction des erreurs commises ». Nasser cède du terrain. Les peines sont lourdement aggravées.

Dans le courant du mois de novembre, à Mansourah, ville du delta qui fut longtemps un bastion du Wafd, de nouvelles émeutes éclatent. Des paysans se mêlent aux collégiens. La fièvre gagne Alexandrie. La foule se porte vers le club du gouvernorat et séquestre le gouverneur de la ville. Bientôt, le mouvement gagne Le Caire, où des frondeurs clament des slogans exigeant le retour des libertés et tournent en dérision les prétendues réformes du pouvoir.

Le *raïs* tente tant bien que mal de gérer la crise, mais désormais il doit aussi lutter sur un autre front. Contre un ennemi autrement plus impitoyable que le peuple égyptien : la maladie. Au cours de l'automne 1968, il est victime d'effroyables douleurs à la jambe droite. Le diabète a continué de faire son travail de sape et l'artériosclérose s'est installée définitivement, minant ses membres inférieurs.

Sur les conseils de ses médecins, il entreprend une cure de trois semaines dans une station thermale de Géorgie, et à son retour, s'accorde quelques jours de convalescence dans sa maison d'Alexandrie. Son éminence grise, Mohamed Heykal, le rejoint.

Nous étions assis tous deux sur la plage, racontera Heykal dans un éditorial publié dans le journal *Al-Ahram*, quand Nasser me regarda et me dit : « Je pense sérieusement à une question dont je voudrais discuter avec toi. Si les douleurs ne s'atténuent pas, comment pourrai-je continuer mon travail ? Dans ce cas, ne devrais-je pas démissionner ? » Heykal tente de dissuader le président et lui conseille d'organiser mieux son travail. Gamal réplique : « Comment pourrais-je accomplir ma tâche alors que je suis si fatigué ? Ce n'est pas juste à l'égard du peuple. En vérité, une seule chose m'empêche de démissionner : je crains que mon geste ne soit interprété dans le monde arabe comme le signe que j'ai désespéré des chances de victoire. »

Vers la fin de 1968, Nasser est harcelé à la fois par les raids israéliens à l'intérieur de son territoire et par des mouvements populaires où il est taxé de dictateur et de capitulard. Alors, en mars 1969, pour tenter de redorer son blason ô combien terni, il décrète que le cessez-le-feu de 1967 n'a plus de sens et déclenche ce qu'il appelle la « guerre d'usure ». Une erreur de plus. La reprise du conflit vaut à l'Égypte de subir des attaques quasi quotidiennes de l'aviation israélienne. Les raids font une quarantaine de morts par jour. Un bombardement sur la ville d'Abou Zaabal, dans la périphérie du Caire, fait à lui seul plus de quatre-vingts victimes, toutes des civils.

Nasser ploie. Il est laminé, tant moralement que physiquement. Le 11 septembre 1969, il est victime d'une crise cardiaque.

À l'exception de quelques personnes dont il était indispensable qu'elles fussent au courant, personne n'en est informé. Son porte-parole se contente d'annoncer qu'il souffre d'une mauvaise grippe et qu'il sera absent de son bureau pendant six semaines. On tente aussi de cacher la vérité à Tahia, sa femme. Mais guère longtemps. Elle comprend tout lorsqu'elle constate que l'on installe un ascenseur dans la maison.

Des médecins étrangers sont requis au chevet du *raïs*. Dans le plus grand secret, le Dr Schazoff, ministre de la Santé russe et cardiologue éminent, délègue au Caire une équipe d'experts médicaux. Leur diagnostic est en tout point conforme à celui du médecin personnel du président, le Dr El-Gawy Habib. Contre le mal qui le ronge, aucun traitement — sinon un repos absolu.

Le repos ? Il n'en est pas question. Comment pourrait-il ?

Le 20 décembre 1969, avant de s'envoler pour le Maroc participer à une conférence des dirigeants arabes, comme si tout à coup il avait pris conscience de sa fragilité, il convoque Anouar el-Sadate et le nomme vice-président.

Dans les premiers jours de 1970, les raids en profondeur de l'aviation de Moshe Dayan se transforment en pilonnage. De toute évidence, le gouvernement de Golda Meir (qui a remplacé Levi Eshkol, mort en 1969) tente de briser définitivement Nasser. Le *raïs* en est conscient. Il sent la lassitude s'aggraver parmi son peuple. Si l'on en croit son entourage, il est bouleversé par les destructions qui s'accumulent, les pertes qu'il ne peut empêcher.

Le 22 janvier 1970, au lendemain d'un raid israélien sur l'îlot de Chadwan, il part en grand secret pour Moscou où il reste deux semaines pour subir des examens médicaux et surtout, il somme les Soviétiques de lui livrer des fusées Sam 3, boucliers indispensables pour faire face aux bombardements de l'aviation israélienne, « faute de quoi, il menace de laisser tomber les Palestiniens et tous les accords privilégiés qui le lient à l'URSS ». Brejnev cède.

Sitôt les premiers missiles livrés, Israéliens et Égyptiens se lancent dans une course de vitesse. Pour les Israéliens, il s'agit d'empêcher leurs adversaires de mettre en place ces batteries à proximité du canal. Si les Égyptiens deviennent maîtres de l'espace aérien, rien ne les empêchera de traverser la voie d'eau. Au prix de plusieurs milliers de morts dans leurs rangs, les Égyptiens parviennent quand même, non sans courage, à disposer les batteries Sam. Dès lors, la défense antiaérienne impose pour la première fois de lourdes pertes à l'ennemi.

Le 16 février 1970, recevant l'envoyé spécial du *Monde*, Éric Rouleau, Nasser déclare qu'il ne verrait aucun inconvénient à faire la paix avec Israël, dès lors que les réfugiés palestiniens obtiendraient le droit de choisir entre leur rapatriement en Israël et des compensations, conformément à la résolution votée en 1948 par l'Assemblée générale des Nations unies. Il y a aussi l'occupation des territoires arabes. La résolution du Conseil de sécurité, votée le 22 novembre 1967, propose une solution à ces deux problèmes et offre à Israël des garanties concernant son droit à une existence souveraine, à la sécurité et à la paix. Mais ses propos ne recueillent aucun écho, ni côté israélien ni côté occidental.

En septembre 1970, une nouvelle épreuve l'attend. Elle se révélera fatale. Elle ne concerne ni son adversaire israélien, ni les problèmes intérieurs, ni sa maladie. Le mal cette fois vient de la Jordanie.

L'une des conséquences de la défaite de juin 1967 fut l'arrivée en masse de milliers de nouveaux réfugiés dans ce pays. Jour après jour, les *fedayin*, les commandos palestiniens, se sont repliés de l'autre côté du Jourdain, faisant d'Amman la capitale de la résistance, et de la Jordanie sa base arrière. Une situation très vite devenue insupportable pour le roi Hussein, qui, au contraire, cherche à parvenir à un compromis avec Israël.

De leur côté, les soldats jordaniens ne supportent plus les atteintes répétées à la souveraineté jordanienne et l'omniprésence des Palestiniens. Une série d'actions fomentées par Arafat va entraîner l'ensemble des protagonistes vers un point de non-retour.

Le 1er septembre, le roi Hussein échappe de justesse à un attentat. Le 6, c'est le détournement sur Amman de quatre avions de ligne par le Front de libération de la Palestine. Le 16, Hussein, encouragé par Israël et les États-Unis, décrète la loi martiale et dès le lendemain, il lance ses Bédouins contre les 40 000 *fedayin* commandés par Yasser Arafat. C'est la guerre.

Très vite, Nasser est sollicité pour jouer le rôle de médiateur. Il accepte. Et c'est avec le peu d'énergie qui lui reste qu'il va s'efforcer de raisonner le chef de l'OLP et le petit roi de Jordanie.

— Aucun de vous ne peut se débarrasser de son adversaire. C'est une réalité à laquelle vous devez vous soumettre.

Au roi, il déclare :

— Vous affirmez être en mesure d'éliminer tous les Palestiniens. D'accord ! Si vous dites pouvoir le faire, c'est que vous le pouvez. Mais sachez que le prix qu'il vous en coûtera sera trop élevé. Comment pourrez-vous gouverner un pays après une guerre civile qui aura fait vingt ou trente mille morts ! Vous régnerez sur un royaume de spectres !

Et, s'adressant à Arafat :

— N'imagine pas que tu pourras lutter à armes égales avec une armée moderne. Si le roi Hussein décide de vous liquider, il en a les moyens. Ne surestime pas sa force. Vous devez coexister !

Il finit par convaincre les deux parties de se réunir au Caire sous son égide et celle des autres dirigeants arabes. La date est fixée pour le 23 septembre.

Entre-temps, les tankistes de la 1re division blindée jordanienne, placés sous les ordres de Chérif Zeid Ibn Chaker, cousin du roi, bombardent sans discontinuer les camps de réfugiés, faisant des milliers de morts et plus de 10 000 blessés. Militants brûlés vifs, camps de réfugiés passés au napalm... Cette tragédie s'inscrira dans les mémoires palestiniennes sous le nom de « Septembre noir ».

Le 23 septembre 1970 à midi, Arafat, dont la tête est mise à prix par le roi Hussein, arrive au Caire enveloppé dans un manteau, le crâne recouvert d'un couvre-chef emprunté à un Koweïtien.

On assiste alors à un spectacle consternant, à la limite du vaudeville. Hussein n'est toujours pas là. Nasser insiste pour que la conférence ne s'ouvre pas sans lui.

Kadhafi, le Libyen, vocifère :

— À quoi bon ? Il est fou ! C'est un malade mental !

Le roi Fayçal d'Arabie manque de s'étrangler.

— Comment oses-tu parler ainsi d'un souverain arabe ?

— Mais où donc se trouve son père ? ricane Kadhafi. N'est-il pas à Istanbul, dans un asile d'aliénés ? Il est fou. Bien sûr qu'il est fou ! C'est un héritage de cette famille-là. Ils sont tous fous !

Le Libyen fait ici allusion à la maladie mentale dont le père de Hussein, le roi Talâl, a été victime, entraînant sa renonciation au trône en 1952 en faveur de son fils.

Le roi Fayçal demande à Nasser d'intervenir :

— Comment pouvons-nous accepter qu'un de nos collègues traite de fou un roi arabe qui doit prendre part à nos discussions ?

Le président Nasser tente de minimiser les propos du Libyen. Mais celui-ci n'en démord pas :

— Oui, par Dieu, Hussein est fou ! Je propose que nous convoquions ici même une équipe de médecins qui l'examinera, et qui nous dira si j'ai tort ou raison.

Gamal s'efforce de détendre l'atmosphère :

— Fou, dit-il, il me semble que nous le sommes tous. Je propose plutôt que ces médecins que tu veux convoquer nous examinent avant d'examiner Hussein et qu'ils nous disent qui d'entre nous est fou et qui ne l'est pas.

Le roi Fayçal approuve d'un mouvement de tête.

— Tout à fait d'accord, président Nasser, mon frère, mais dans ces conditions, j'insiste pour que l'on m'examine en premier. Avec un peu de chance, on découvrira que je suis le plus fou de tous. Ainsi me sera épargné le supplice d'assister à de pareilles discussions !

Enfin, le 25 septembre, le roi Hussein se décide à rejoindre les conférenciers. Raide, le visage fermé, il traverse la salle, encadré par deux officiers armés jusqu'aux dents.

Yasser Arafat lui jette un regard noir. Lui aussi est armé. Et Kadhafi de même.

Le Palestinien pointe son doigt sur Hussein et se met à hurler :

— Ce criminel ! Voyez ce criminel ! D'abord, il nous tue, nous massacre et ose venir ici !

On le sent prêt à sauter à la gorge du petit roi.

On l'entoure, on le calme.

Profitant d'un moment de silence, Fayçal se dresse, promène son regard autour de lui et déclare :

— Mon Dieu, nous nous trouvons dans un arsenal, et avec tous ces énergumènes ! Je refuse de m'asseoir auprès de quiconque porterait un revolver.

Son avertissement reste lettre morte.

S'armant d'une infinie patience, Nasser ouvre les débats.

Le 27 septembre, au terme d'échanges hystériques, il réussit miraculeusement à réconcilier les frères ennemis. Un accord est signé entre eux. Un cliché immortalise l'événement. On y voit, main dans la main, celui qui a fait massacrer une dizaine de milliers de Palestiniens, et le chef de l'organisation qui cherchait à l'éliminer. Miracle et cynisme de la politique.

Derrière eux, les mains posées sur les épaules de l'un et de l'autre, Nasser sourit. Il est vidé, mais il doit encore accomplir une dernière tâche : raccompagner chacun de ses hôtes jusqu'à l'aéroport. Le dernier à partir sera l'émir du Koweït.

Nasser lui fait un signe d'adieu mais, au lieu de regagner la voiture qui l'attend à quelques mètres du pavillon officiel, il demeure figé, comme cloué au sol. La douleur lancinante qui ne l'a pas quitté de la journée est devenue intolérable. Elle transperce non seulement ses jambes, mais tout son être, au point qu'il n'ose plus faire un pas de plus.

Son aide de camp s'inquiète.

— Rapprochez la voiture..., halète Nasser. Et appelez le docteur El-Gawy.

Une vingtaine de minutes plus tard, il est de retour chez lui. Sa femme, Tahia, est frappée par l'extrême fatigue qui se dégage de son visage.

— Je vais m'allonger dans ma chambre, annonce-t-il. Lorsque le médecin sera là, faites-le monter.

Le praticien arrive presque immédiatement. Il examine le président et diagnostique une nouvelle crise cardiaque. Sans attendre, il fait appeler en consultation les docteurs Fayez et Zaki, les deux sommités qui l'avaient déjà soigné après son premier infarctus. Le diagnostic est confirmé. Sans trop y croire, le Dr Fayez conseille à Nasser de prendre plusieurs semaines de repos. Sinon...

— Impossible ! Ou alors plus tard. Après avoir rendu visite aux gars qui sont stationnés sur le canal.

On met en place un équipement médical. Vers 17 heures, les battements de cœur du *raïs* se stabilisent.

Tout à coup, il tend la main vers le transistor posé sur sa table de chevet, le met en marche et fait signe aux médecins de se taire. C'est l'heure des informations. La voix familière du speaker s'élève dans la pièce. Il écoute jusqu'au bout, puis éteint le poste en disant : « Je n'ai pas entendu ce que j'espérais. »

Le Dr Fayez l'adjure de rester tranquille.

— Dieu merci, répond Nasser. À présent, je me sens beaucoup mieux.

Ce furent ses dernières paroles. Personne ne saura jamais ce qu'il espérait entendre ce jour-là.

Ses yeux se sont fermés et son bras est retombé mollement contre son flanc. Immédiatement, l'équipe médicale s'affaire. On tente de le ranimer. Les hommes qui attendent à l'extérieur, devinant la gravité de la situation, se glissent à pas feutrés dans la chambre pour observer d'un œil atterré ces hommes qui s'efforcent de ramener leur chef à la vie.

Une série d'électrochocs secoue violemment son corps. Les médecins savent le combat perdu, mais se refusent à baisser les bras. Plus rien, aucune science, ne peut remettre en marche le cœur de Nasser. D'ailleurs, le *raïs* est mort depuis longtemps déjà. Un 5 juin 1967.

Anouar el-Sadate vient d'arriver.

Il se penche sur le lit où repose la dépouille et, incrédule, colle sa joue contre celle de son président.

— Ce n'est pas vrai ! hurle-t-il.

Des larmes coulent le long des visages. Quelqu'un récite des versets du Coran. Mohamed Heykal est là, lui aussi.

Il balbutie :

— Oh Dieu, c'est impossible !

Le Dr El-Gawy remonte le drap sur le visage du mort. On va prévenir la femme du *raïs*. Elle entre, s'approche du lit, découvre le visage et l'embrasse. Tous les hommes présents se retirent discrètement.

La grande chambre est fraîche. Les volets sont clos. Il n'y a plus qu'une épouse en deuil, un époux mort. Et dehors, une Égypte orpheline...

Épilogue

23 novembre 1965.

Le *SS Esperia* fend les eaux. Direction le port de Beyrouth. Mon cœur a cessé de battre. Il s'est arrêté au moment où les premières pulsations des machines ont fait vibrer les entrailles du navire. Grâce à quelques *bakchichs*, nous avons réussi à franchir le barrage douanier sans être fouillés. Nul voyageur quittant l'Égypte n'était autorisé à emporter plus d'une dizaine de livres égyptiennes. Autant dire : rien. Seuls étaient permis les vêtements et les objets personnels. Aucun bijou, fussent-ils d'une valeur sentimentale. En 1939, les nazis avaient imposé aux Juifs désireux de fuir l'Allemagne les mêmes conditions draconiennes.

Accoudée au bastingage, ma mère a l'œil fixé sur la ligne d'horizon. Pleure-t-elle ? En silence peut-être ; silence ponctué par le bruit des vagues contre la coque. Où vais-je ? Où allons-nous ? Il se peut qu'au regard de Nasser et de ses compagnons nous étions devenus ces barbares que guettent des sentinelles accoudées à la nuit, dans un désert imaginaire. Il a suffi d'un homme pour que tout bascule. En Espagne, au XVe siècle, il a suffi d'une femme. Le Caire, Cordoue, Alexandrie, Grenade. En Espagne, aux yeux d'Isabelle la Catholique, les Juifs et les musulmans figuraient ces barbares. Aux yeux du président-colonel ce furent les Juifs et les chrétiens du Levant.

Rien ne sera plus comme avant. *Out of a place*, « déplacé », écrivait le penseur Eward Saïd : Arabe mais chrétien, Palestinien mais détenteur d'un passeport américain, doté d'un prénom britannique accolé à un nom arabe. Lui aussi était un barbare. Combien sont-ils qui peuplent le monde depuis la nuit des temps et pour qui demi-tour est synonyme de néant ? Aujourd'hui, l'Égypte est-elle plus riche ? Des têtes qui ont roulé a-t-il jailli du blé et de l'or ?

Rassure-toi, Gamal, il n'y aura pas de retour. Alors…

Pourquoi cette inquiétude tout d'un coup ?

Et cet émoi ?

Comme les visages sont graves !

Pourquoi les rues, les places se vident-elles si vite ?

Pourquoi chacun rentre-t-il chez lui la mine soucieuse ?

Parce que le jour s'achève
Et que les Barbares ne sont pas venus.
Et certains qui arrivent des frontières
Assurent qu'il n'y a plus de Barbares.

À présent qu'allons-nous devenir sans Barbares ?

Ces gens-là, c'était une espèce de solution[1]...

1. *En attendant les barbares*, Constantin Cavafy.

Bibliographie

À la recherche d'une identité, Anouar El-Sadate, Fayard, 1978.

Abdel Nasser et la révolution algérienne, Fathi Al Dib, L'Harmattan, 1986.

Au fil de l'Histoire, André Castelot, Perrin, 1981.

Ces malades qui nous gouvernent, P. Accarce, Dr Rentchnick, Stock, 1988.

Égypte, société militaire, Anouar Abdel-Malek, Seuil.

Farouk, la déchéance d'un roi, Jean Bernard-Derosne, Éditions françaises d'Amsterdam.

Farouk, un roi trahi, Adel Sabet, Balland, 1990.

Gamal Abdel Nasser et son équipe, Georges Vaucher, tomes I et II, Julliard.

Gamal Abdel Nasser, J. Daumal et M. Leroy, Seghers.

L'Affaire Nasser, Aboul Fath, Plon.

L'Égypte dans le siècle, 1901-2000, CEDEJ, Le Caire, 2003.

L'Égypte des ruptures, Pierre Mirel, Éditions Sindbad, 1982.

L'Égypte en mouvement, Jean et Simone Lacouture, Seuil.
L'Égypte moderne, G. Lecarpentier, Éditions P. Roger, 1925.
L'Égypte, 1967-1973, Mahmoud Hussein, Maspero, 1975.
L'Évolution de l'Égypte, 1924-1950, Marcel Colombe, Éditions G.P.Maisonneuve, 1951.
La Question d'Égypte, M. Sabry, Éditions « Au siège de l'Association égyptienne », 1920.
Le Proche-Orient éclaté, Georges Corm, Gallimard, 1988.
Les Documents du Caire, Mohamed H. Heikal, Flammarion, 1972.
*Mohamed H. Heikal, entre le socialisme de Nasser et l'*infitah *de Sadate (1952-1981)*, Jamal Al-Shalabi, L'Harmattan, 2001.
Nasser tel qu'on le loue, Emmanuel Berl, NRF, Idées actuelles, 1968.
Nasser, Jean Lacouture, Seuil, 1971.
Suez, Marc Ferro, Complexe, 2006.
Too rich, William Stadiem, Éditions Carroll & Graf, New York.
Trente ans au bord du Nil, G. Dardaud, Lieu commun, 1987.
Un printemps arabe, Benoist-Méchin, Albin Michel, 1997.
Une femme d'Égypte, Jehane Sadate, Presses de la Renaissance, 1987.

Mes remerciements vont à Max Karkegi, véritable puits de science égyptien.

Une pensée *in memoriam* pour Roger Camille.

DU MÊME AUTEUR

Aux Éditions Gallimard

L'ENFANT DE BRUGES, *roman*, 1999 (Folio n° 3477).

À MON FILS À L'AUBE DU TROISIÈME MILLÉNAIRE, *essai*, 2000 (Folio n° 3883).

DES JOURS ET DES NUITS, *roman*, 2001 (Folio n° 3731).

Aux Éditions Denoël

AVICENNE OU LA ROUTE D'ISPAHAN, *roman*, 1989 (Folio n° 2212).

L'ÉGYPTIENNE, *roman*, 1991 (Folio n° 2475).

LA POURPRE ET L'OLIVIER, *roman*, 1992, nouvelle édition révisée et complétée (Folio n° 2665).

LA FILLE DU NIL, *roman*, 1993 (Folio n° 2772).

LE LIVRE DE SAPHIR, *roman*, 1996. Prix des Libraires (Folio n° 2965). Nouvelle édition revue par l'auteur en 2004.

Chez d'autres éditeurs

LE DERNIER PHARAON, *biographie*, Éditions Pygmalion, 1997.

L'AMBASSADRICE, *biographie*, Calmann-Lévy, 2002.

LES SILENCES DE DIEU, *roman*, Albin Michel, 2003.

AKHENATON, Le dieu-maudit, *biographie*, Flammarion, 2004 (Folio n° 4295).

UN BATEAU POUR L'ENFER, *récit*, Calmann-Lévy, 2005.

LA REINE CRUCIFIÉE, *roman*, Albin Michel, 2005 (Folio n° 4631).

LE COLONEL ET L'ENFANT-ROI, *récit*, Jean-Claude Lattès, 2006 (Folio n° 4803).

MOI, JÉSUS, *roman*, Albin Michel, 2007.

LA DAME À LA LAMPE, *roman*, Calmann-Lévy, 2008.

Composition Nord Compo
Impression Maury-Imprimeur
45330 Malesherbes
le 20 septembre 2008.
Dépôt légal : septembre 2008.
Numéro d'imprimeur : 140649.

ISBN 978-2-07-034826-8. / Imprimé en France.

153324